郁金香书系

码字的女人
Woman in Love of Writing

黄梅 著

南京师范大学出版社

图书在版编目(CIP)数据

码字的女人/黄梅著. —南京:南京师范大学出版社,2012.1

(郁金香书系)
ISBN 978-7-5651-0543-2

Ⅰ.①码… Ⅱ.①黄… Ⅲ.①妇女文学－文学评论－世界－文集 Ⅳ.①I106－53

中国版本图书馆 CIP 数据核字(2011)第 228434 号

书　　名	码字的女人
作　　者	黄　梅
责任编辑	高朝俊
出版发行	南京师范大学出版社
地　　址	江苏省南京市宁海路 122 号(邮编:210097)
电　　话	(025)83598077(传真)　83598412(营销部)　83598297(邮购部)
网　　址	http://www.njnup.com
电子信箱	nspzbb@163.com
照　　排	南京理工大学印刷照排中心
印　　刷	江苏凤凰扬州鑫华印刷有限公司
开　　本	850 毫米×1168 毫米　1/32
印　　张	10.5
字　　数	191 千
版　　次	2012 年 1 月第 1 版　2012 年 1 月第 1 次印刷
印　　数	1—3 600 册
书　　号	ISBN 978-7-5651-0543-2
定　　价	28.00 元
出 版 人	闻玉银

南京师大版图书若有印装问题请与销售商调换
版权所有　　侵犯必究

目录

码字的女人

玛丽们的命运 / 3

起居室里的写者 / 18

萨维奇小姐:"有才无貌" / 33

还有简·卡莱尔 / 55

邂逅斯特拉 / 73

塞耶斯(上):从破案开始 / 81

塞耶斯(下):制谜者的秘密 / 96

普拉斯身后的纷争 / 106

"拜访"古典

18世纪的英国女性小说家 / 113

讥讽者的陷阱 / 126

奥斯丁与着装的焦虑 / 138

笨嘴拙舌的范妮 / 146

"阁楼上的疯女人" / 163

"声东击西"的叙述及其他 / 173

家的梦魇 / 182

伍尔夫的三重言说 / 194

叩问时下

不肯进取 / 211

人生的一些关键时刻 / 219

莱辛写猫 / 225

女人的危机和小说的危机 / 236

婚恋"旧曲"翻新 / 249

默多克与 unselfing / 261

风靡一时的《着魔》 / 268

"狂野之夜"令人心惊 / 279

漫步芒果街 / 290

"听"杨绛先生话文学 / 301

代后记：奥斯丁"遇见"《教育诗》 / 312

附录：和钱钟书先生做邻居 / 322

码字的女人

玛丽们的命运

> 如果我是任你吹拂的一片枯叶；
> 如果我是伴你飞翔的一朵云彩；
> 如果是你掀动的波浪，翻腾不歇
>
> 享受你神力的推动，自由自在，
> 几乎如你一般，无羁无绊！

熟悉珀西·雪莱的读者也许知道，这是他的著名的《西风颂》中的几行。假如我不指明作者，请诸君来猜想诗人的性别，不知有几人会做出错误的判断。

事实上，文学不但具有时代性，也是有"性别"的。20世纪以前，女诗人如凤毛麟角，并非偶然。因为写抒情诗不像写小说，可以躲到人物背后曲曲折折地表达思想。妇女世世代代多受压制，几乎没有可能直抒胸臆。即使是男人，若不是拜伦、雪莱一类贵族阶级的惯养娇生的逆子，又有几个能如此恣意纵情地讲话呢！何况女人。就是雪莱的妻子，难道她能畅快淋漓地说出"无羁无绊"这样的话么？

当雪莱的妻子玛丽动手写作品，以自己的声音发言时，她选择了小说。这一耐人寻味的选择告诉人们许多的事情，关于妇女、关于小说、也关于玛丽·雪莱所生存的时代。不过这位颇有代表性的女作家的存在长久以来却被她丈夫的巨大身影所遮盖。而她那位更有血性的母亲，在一个多世纪里几乎就消失在文学星空的幽暗角落里了。这母女俩的境遇并不是什么特殊的例外。在一部辉煌的文学史的背后，野冢荒坟里掩埋着许多比她们更不见经传的女作家们一生的坎坷和努力。

玛丽……

玛丽·沃斯通克拉夫特生于 1759 年。她的父亲出身富裕织工家庭。立业之初，他手头还颇有几个钱。在那时的英国，务农比做工身份上略高一等，就如在乡下当绅士比在城里做买卖有脸面得多。于是玛丽的父亲买了块田产。只是事与愿违，十年后他搞得倾家荡产，几至无以为生。由于这种家境，玛丽自小做了野孩子，没得什么当淑女的教养。十八岁时，她毅然离家去闯天下。此后十余年中，她历尽艰辛，先后当过伴从、裁缝、学校教员和家庭教师等等。这些工作使性格奔放的姑娘感到压抑。特别是家庭教师一类寄人篱下的职业。那种生活"使我们变成可怜的软体虫"。她1787年写信给朋友说:"但我不愿爬行!"

此前她曾写了一本有关女子教育的小册子。这时她便拿定主意前往伦敦,当职业作家。法国大革命前的欧洲到处都有点山雨欲来之势。连玛丽这个没见过太大世面的外省女子也被一种历史使命感所鼓舞,壮怀激烈地宣布她要为妇女们拓路,做"一个新种族的开山鼻祖"。

弗吉尼亚·伍尔夫写过一本生动活泼的小书,叫做《自己的一间屋》(1929),谈五百英镑(年收入)一间房乃是女人立身之本,至今仍是西方女权主义者们的必读书之一。其中一节谈到旧日里妇女的命运。伍尔夫说,设想莎士比亚有个同样才华出众的妹妹,她自然不会像她大哥一样有机会进语法学校,但她自己东捡西拾,也颇通文字。后来为了逃避父母操办的婚事,星夜出逃,步其兄后尘去伦敦学戏。女人还能演戏?剧院经理嘴都要笑歪了。凭她有多少天分吧,就连看门打杂的差事也甭想揽到。最后免不了是沦落风尘,直到怀了孕——说不定怀的就是那剧院经理的孽种——只好一死了事,埋在伦敦郊外岔路口旁一处野坟。

可知玛丽去伦敦的那点子行程未尝不是"山重水复",并不如今天坐上直达火车那么便当。不过,距离莎翁的那位假想的妹妹,到底又是两百年过去了。这期间,妇女已荣幸地获准演戏。大概妇女从业也有多米诺骨牌的效应吧——让演戏就还要写书,一发即不可收拾。反正第一位知名的英国女作家阿芙拉·贝恩就是演员出身。到了18世纪后半期,一帮被称作"蓝袜子"的饱学多才的女士活跃于文化沙龙,已被中产阶级文人乃至贵族社会承认。"蓝袜子"们个个笔头了得,其中不乏职业或半职业女作家。玛丽自然算不得严格意义上的"开山鼻祖"。也正因并非头一个,她生存了下来,并幸运地闯进了时代弄潮儿的行列。她所投奔的书商约瑟夫·约翰生很有眼光,网罗了一批具有激进民主主义色彩的精英知识分子,其中有艺术家、科学家,还有日后名动文坛的诗人布莱克,思想家兼小说家威廉·葛德文和托马斯·潘恩等。

不久,法国大革命在英国引起一场轩然大波。先是一位改革派教士在讲道中颂扬了法国革命。英国上层社会和富裕资产阶级一向以"光荣革命"的妥协传统自得,安居乐业,害怕动乱,闻此如听警报。爱德蒙·伯克发表了赫赫有名的《法国革命论》(1790),为君权和等级制度辩护,反对革命手段,认定社会发展是渐进过程,为英国正统舆论奠定了基调。笃信民主、自由原则的玛丽顿时拍案而起,写了《为人权辩护》(1790),比潘恩的《论人权》(1791—1792)还早一年多。随后她又写了《为女权一辩》(1791),理直气壮地打出了妇女权利的旗号。在这旋风般的生活中,玛丽步入了而立之年,从一个在杂志上谈谈女子教育、浪漫小说的捉刀文人变成了有独立见解的思想家。她不但捍卫法国革命所代表的原则,也抨击卢梭等启蒙作家在妇女问题上的偏见。这两部激扬热烈的檄文赢得了不少喝彩,也招致更多的抨击詈骂。玛丽全不在意。她搏击在时代的狂潮里,无心似福楼拜先生那样对自己的行文一字三叹地推敲玩味,也无暇抚摸某些暗箭明枪留下的轻伤。她实在是连自己都顾不得收拾,总是一头蓬发,一双长黑袜,连她周围那些思想开化的男士也有点难于消受她的新女性风格,称她为"哲学脏婆"。唯玛丽我行我素、文思如涌地写着。"我是伴你飞翔的一朵云彩"——1792年,革命的风把她卷过海峡,送往巴黎。

三年多以后,玛丽带着一颗满是创伤的心回到英国。逢得小说里或小说外的女主角们对理想或人生绝望,追究起来,到头来大抵总会发现某个男人"作祟"。连玛丽这样的叛道者都未能打破这个定律,不免让人为古往今来的女人气闷。可能因为妇女历来当附庸当惯了,一向把男人视作自己生活的支柱和中心。这种状况已深深刻进了女人的潜意识,玛丽也不能幸免。也可能对于女人来说,与她打交道的具体的男人带有某种普遍的象征意义,代表着异己的事物,代表着全体男人乃至整个社会和外在世界(在某种程度上,男人大约也同此情此理。大名鼎鼎的哈姆莱特王子不是因为母亲匆匆改嫁,受了刺激,进而便发现了整个世道的不平吗？——不过这是题外话）。否则区区一个男人，负心也罢，不成器也罢，何至于有如此的打击力量呢。

玛丽在法国所见所闻当然远非花团锦簇，一派光明。断头台上的斑斑鲜血留下了难以驱散的心理阴影。但更为致命的是，她被爱人抛弃了。这是她第一次堕入情网。玛丽向来认为浪漫故事所传播的"恋爱病"有害于妇女对平等和自立的追求，对此颇加防范。她的第一本小说《玛丽：虚构的故事》(1788)旨在揭示现存婚姻制度给妇女带来的不幸。然而，凭她敢做敢当的为人，一旦她发现了爱，便投入了整个的身心。虽无婚礼一类仪式，但这位天真理想主义者心目中的爱情不只是严肃的，而且简直就是神圣的。岂知对那个名叫伊姆利的美国男人来说，这不过是逢场作戏。不时大谈唯物主义和女权问题的严肃女性很快就令他头痛不已，避之不及。几经折磨颠簸，玛丽终于对此人绝望了。1795年底，她带着没有父亲的幼女范妮回到伦敦，心力交瘁。如果说她的信念和理智尚能与政治上的失望与困惑对峙，尚能乐观地期望从法国革命的"一片混乱中将诞生一个较之以往更公正的政府"（见《从历史和道德的角度看法国革命的起源和发展》），那么，那颗受伤的女人的心则拒绝一切理性的劝告。

在一个寂寥的夜晚，她投身跳进泰晤士河。

人事不省的玛丽被路人搭救上来。她毕竟命大，于是渐渐走出了失望的谷底。实际上,即使在她最痛苦的时刻,玛丽也不曾中止写作和思索。1796年问世的《北欧书简》成书于她自杀之前,笔调却惊人的宁静婉约。该书记述了作者目睹的种种压迫现象,指出私有制是一切社会不平的根源;也描绘了丹麦等北欧三国的风土人情,充满诗情画意。也许爱情和痛苦使她在大自然中发现了新的美。也许做母亲的经历给了她温柔恬静的眼光。这本书为她赢得不少赞誉和友情。赞美者中包括当时正因《社会正义论》(1793)一书而春风得意、名重一时的葛德文。

葛德文和玛丽也算旧时相识。此番重逢,两人成为挚友、邻居,爱人,并终于在1797年结婚。他们婚后仍保留了原有的两处住房,以便各自工作交友,互不干扰;大约类似车尔尼雪夫斯基在《怎么办》中鼓吹的那种"新人"关系格局。两人或切磋商讨,或调侃戏谑,颇为相得。连对婚姻契约关系戒心重重的玛丽也嘴软了几分。她颇有兴致地对葛德文开玩笑说:"丈夫是屋里的一件十分便当实用的家具。"

她开始动笔写第二部小说《玛丽亚:妇女的苦难》。主人公玛丽亚被丈夫百般迫害并送进疯人院。在那里她与一名处境相似的青年男子邂逅相逢,由同病相怜发展到一往情深。小说未写完,玛丽就永远搁笔了。这位勇敢的探求者被一种最古老、也最寻常的妇女病——产褥热——夺去了生命。小说的残稿表明玛丽亚的浪漫纠葛将以历尽劫难后的再度失望告终。作者以矛盾犹疑的笔触探讨着爱情主题,同时着力摸索爱情以外的出路。玛丽亚和疯人院的女看守都是很出格的不寻常角色,特别是那位饱经风霜、坚毅冷峻的女看守。她将帮助玛丽亚出逃。她们真能逃掉吗?她们将何以为生?她们如何能躲过父权社会这座大"监狱"的惩罚和囚禁?作为作者的玛丽甚至没来得及以自己满意的方式提出问题。

人们常常谈到生命和历史发展的接力进程,仿佛从这延续性中找到了一种悲壮的生存意义。但当这个比喻变成真真切切的事实,有时却这般的严酷而又平凡:为了她的女儿来到人间,玛丽躺倒在产床上,再没能起来。

又一位玛丽……

这个女儿也叫玛丽。

不是街上随便拾来的一个玛丽,而是世界上最"富有"的文学遗产继承人——玛丽·沃斯通克拉夫特·葛德文·雪莱(1797—1851)。

她少年时游离在继母所代表的"正常"家庭生活之外,在母亲墓旁度过了许多时光。在那里,她默默地从书本中寻找失去的母亲。也是在那里,她初次得到推崇她父母的诗人珀西·雪莱的求爱。死与生、与爱、与文学纠结在一起,姑娘年轻的生命仿佛一首充满玄奥象征的诗。当她与已有妻室的雪莱出逃私奔时,年仅十六岁。当时已日趋保守的葛德文对此勃然大怒。此后他们几度流亡国外,度过了八年颠沛流离的生活。许多的生与死、爱与恨在她身边流旋着。先是她的异父姐姐范妮自杀了。雪莱的妻子哈丽艾特也自杀了。后来她与雪莱正式结了婚,但仍不被体面的英国社会所接受。法院否决了他们收养珀西前妻所生子女的权利。债主们常追逼要账。雪莱的贵族家庭拒绝给他们充分的经济支持。连葛德文也不愿公开跟他们打交道,但却三番五次地跟雪莱要钱。这期间玛丽五次怀孕,其中一次流产,大伤元气。四个孩子三人夭折,头胎女儿还没来得及起名字就死在襁褓里。当雪莱本人1822年出海遇难死去时,他的饱经忧患的未亡人尚不足二十五岁。

这位玛丽,如耶鲁的名牌教授哈罗德·布鲁姆先生说,即使她平生不碰文墨,也是文学史不能完全忽略的人物。何况她写了《人造人的故事》(原名《弗兰肯斯坦》,1818)这部浪漫主义奇文。作品上承古堡幽灵式哥特故事的传统,下开现代科幻小说之先河。雅俗共赏,颇得好评。自从发明了电影,以它为原型改编的影片陆续不断地问世,总有不下三四部。"下里巴人"对这个故事的喜爱可见一斑。另一方面,像多数浪漫主义作品一样,《人造人的故事》编造了一个神话,构造着一套象征体系。故事本身虽不复杂,但它所包含的神话却如此深入西方文化的脊髓,以至近年来许多学者教授们忙不迭地撰文著书,演绎出许许多多的道理来。这本薄薄的小书便俨然进了文学史的

"正册"。

小说的主人公维克多·弗兰肯斯坦是个才气横溢、雄心勃勃的科学家。他在幽暗、污秽的实验室里日夜工作,终于实现了制造生命的梦想。但当那堆胡乱拼凑起来的肢体活过来时,维克多却又惊恐又厌恶地发现自己制造的是个面目可憎的庞然怪物。此后便是一系列的对抗和追捕。维克多想收回自己从科学魔瓶中释放出的妖怪。而怪物觉察到他的敌意后变得狂暴凶狠,反过来向维克多寻求报复,并残害不少无辜。不止歇的追捕伴着一连串的毁灭,一直通往极地。冰天雪地的北极标志着大自然划定的极限:死亡是创造者和他的创造物的共同归宿。

小说的副题是"当代普罗米修斯",表明《人造人的故事》企图改写浪漫主义的神话。玛丽·雪莱简直有点反雪莱之道而行之。她不像雪莱那样将撒旦一类反叛英雄上升为普罗米修斯式人类解放的先驱,却使理想主义者维克多的追求导向令人毛骨悚然的怪物。在她笔下,"当代普罗米修斯"成为作法自毙的浮士德的翻版。

攀高而跌重的人物(Overreacher)一直是近代西方文学中挑大梁的角色之一,莎士比亚的那些形形色色、虎虎生气的野心家们大都属于此类。其代表人物自然首推那位为了获得无涯的知识和力量而与魔鬼订约、出卖灵魂的浮士德博士。不畏鬼神、渴望突破局限、追求无限发展的浮士德精神带着新兴势力开疆拓土的气派和锋芒,也打着资产阶级个人主义(然而并非狭义的利己主义)的鲜明烙记。这些人既被赞美、也被惧怕。不论在马洛和莎翁的剧里,还是在歌德的诗作中,浮士德们或理查三世们每每终不免成了自己勃勃雄心的牺牲品。大概因为诗人们虽不能不为新时代的主人公所吸引,却也意识到了这种膨胀的个人意志包含着某种对人类共同生存的威胁吧。

《人造人的故事》中的无名怪物就是这种威胁的体现和化身。但他又远不只是个杀人魔王。他是理想的产物,也是正统西方文化的虔诚弟子(他的启蒙书包括普鲁塔克的《名人传》、《失乐园》及《少年维特的烦恼》等经典著作)。他是维克多的升华,比维克多更诚挚热烈地在茫茫人间求索着,他又是维克多的蜕化,以狂暴的自我中心的欲念和仇恨夸张地表现了维克多身上温文尔雅的自私和残酷。他像玛丽·雪莱一样,是个没有母亲并且不被父亲和"文明"社会接纳的孤儿。他是被造物主遗弃的亚当,因而变成比撒旦更绝望的魔鬼。怪物的自述嵌在多层框架叙述结构的正中间,是小说的参不透的"黑暗的中心"。

总之,《人造人的故事》是一个关于创造和追求的忧心忡忡的寓言。它包罗万象。从对某种高尚社会理想的追求到有如十月怀胎的文学创作,从现代科学技术中的发明探索到血肉之躯的母亲生儿育女,都可与弗兰肯斯坦创造生命的这场恶梦挂起钩来。玛丽·雪莱笔下的当代普罗米修斯并不是拯救众生的英雄,也不是受神力推动的"无羁无绊"的开拓者,却是被现实条件制约的矛盾重重的凡人。维克多为他所使用的材料所局限,因而造出了意想不到的怪物。这未尝不是生存于柴米油盐的现实世界中的女人对遨游于理想幻境的珀西·雪莱们的一条中肯的评议。

如《人造人的故事》所示,玛丽·雪莱早在1818年就对浪漫主义追求抱有十分矛盾的态度。雪莱去世后,她便趋于安分守常了。人们惊诧地发现这位有名的"道德败坏"的女人竟然"淡泊、安静,娴雅温文",看来全然不像"怪物"。当年与雪莱一道造反的难兄难弟则失望地抱怨说:"玛丽是顶顶守旧的奴隶。"的确,玛丽作为沃斯通克拉夫特的女儿和珀西·雪莱的妻子,后来竟力求与现存秩序相安无事,不肯出面支持包括女权主义运动在内的各种进步事业,却不遗余力地为儿子谋求继承雪莱家庭的名号和家产,这不能不是一个辛酸的讽刺。

然而历史的发展并非总是也不可能总是高歌猛进的。众所周知,拿破仑滑铁卢兵败山倒,整个欧洲经历了一段压抑低沉、万马齐喑的时光。沃斯通克拉夫特热烈倡导的激进资产阶级民主自由理想,被现实中一个与贵族老爷联营的资产阶级政权老实不客气地镇压了。玛丽·雪莱少小时虽受父母当年的激昂文字的哺育,但她也目睹着父亲日渐保守,时时听闻他对母亲的谩骂、斥责。这些都在她心中留下了相互抵触的信号。青年时代天涯流落,也不尽如浪漫的梦想。孩子们接踵死去,自己尚是半大孩子的小玛丽不能不怀着某种惶恐检讨人生;风闻雪莱前妻投水自尽,她又怎能闭目不视雪莱一桩桩浪漫恋情的残酷的另一面;而当她的丈夫又开始给别的女人写起星星月亮、大海森林之类的情诗,恐怕任何审美感受都不能使备受磨难的妻子轻松地欣赏这新的诗思的火花。她爱雪莱,也爱他关于人类未来的梦想。但即使在她小小的天地里,拜伦雪莱式个人反抗的英雄也拖着一条抹不去的阴影。大至时代潮流走向、小至为妻为母的人生境遇,都为玛丽造就了一种自相矛盾的双重眼光。或许正是这种深刻的矛盾性使她选择了小说这个能容纳多种不同声音对话的艺术形式。

两代玛丽的命运从一个小小侧面揭示了妇女解放运动以至人类进步所经历的曲折历程。伟大的时代触发伟大的欲望和激情。而当整个民族在徘徊中前后瞻顾之时,当拜伦、雪莱那些执迷不悟的梦想家们纷纷辞世而去以后,充当了幸存者的玛丽·雪莱便成了一个比较黯淡的过渡时期的剪影。她在另一部小说《最后的幸存者》(1826)中别情依依地回顾了逝去的浪漫诗的岁月,预言着现存世界的毁灭并表达了幸存者的孤独和悲哀。小说一问世便遭迎头痛击。批评者或云此乃"精心炮制的阴沉愚昧之作",或称它是"病态想像及低下趣味的产物",不一而足。此后,玛丽便索性把不合时宜的思想感情统统打入地下,在后来的几部小说中张起正统的"高尚淑女"的幡子来。

两位玛丽都是当今女权主义者们重写历史和文学史时的热门话题。这固然因为沃斯通克拉夫特是第一位提出激进女权主义政治主张的人，而玛丽·雪莱是耐人寻味的"怯阵者"。同样重要的是，她们的作品揭示了女性生活经验（如不平等的两性关系、婚姻、生育等）对文学创作的影响，也反映了中产阶级妇女思想与社会主导意识形态既依存、又抵触的复杂关系。

不知是女权主义批评勾起了其他学者们的再思呢，还是文坛上几十年河东、几十年河西，此际又合该轮到玛丽·雪莱出点风头，反正近来有不少与女权主义未必相干的学术权威们出面替她摇旗呐喊。前边提到的布鲁姆教授，1965年亲自为《人造人的故事》写后记，说它内涵丰富，意义深远，普罗米修斯主义至今仍在行世，小说提出的问题并未过时。著名学者乔治·莱文参与编辑了论文集《弗兰肯斯坦的持久生命力》(1979)，还在《写实主义想像》(1981)一书中指出《人造人的故事》代表了从浪漫主义到写实主义的转变，为"其后形形色色的英国写实小说提供了一个叙事模式和一个象征"，从而肯定了该书在"正宗"文学中的地位。

说来作史作论的墨客文人又何尝不是在干着弗兰肯斯坦的营生——他们时不时地"掘墓"，试图赋予那些死去的人和文以新的生命。焉知他们不会造出可怕的怪物来呢？

想来虽也让人有几分耸然，人们却都不肯就此偃旗息鼓,束手无为。连玛丽·雪莱也并不是那么彻底安分守己的贤良淑女。她在1831年再版序里仍深情地称《人造人的故事》为"我可怕的孩子"。她岂会不知弗兰肯斯坦们的追求与痛苦远比小说结尾处关于"在平静中寻找幸福、切忌野心勃勃"等苦心教诲更动人心弦呢?大概人类注定要不断同自己创造出来的"怪物"搏斗,与它一道磕磕碰碰地去塑造未来吧。

在这个意义上,玛丽·雪莱留下了一个永生的神话。

初刊于《读书》1987年第8期

起居室里的写者

简·奥斯丁(1775—1817)故世是在七月盛夏,距今一百九十年了。

遥想两百来年以前,那位从未出过远门、"生活平淡无奇"的女性操持家务或会客应酬之余,在起居室一角悄悄用蝇头小字把脑中徐徐推敲出的字句写到随身携带的碎纸头上,是多么不起眼的景象。有谁能想到,这个连一张书桌都没有的写者将来会有"誉满全球"的一天?

奥斯丁的作品最初是匿名出版的,印数也不多。它们曾被有的人讥为视野"狭隘"、主题"琐屑",但也因其机智幽默鲜活生动的文笔得到不少称许,在整个19世纪里不断再版,渐渐赢得了一批忠实读者。进入20世纪,她的声誉持续上升,逐渐被视为构成英国小说

"伟大传统"的名家之一,确立了"经典作家"的地位。到了20世纪末叶奥斯丁开始进一步"蹿红"于新媒介。《爱玛》被改编成青少年时尚电影《全无线索》。《劝导》、《理智与感情》和《曼斯菲尔德庄园》等被先后搬上荧幕,或原汁原味,或更改出新。早在1930年代就由名家拍过电影的《傲慢与偏见》也不甘落后地接连出了第二种BBC版本的电视连续剧和新版电影。2007年夏天又有传记电影(《成为简·奥斯丁》,或译《珍爱》)问世。与此同时,铁杆奥斯丁迷们在互联网络上大规模"跑马圈地",不仅把她的全部小说都搬上网,还建立了庞大而纷繁的超文本链接系统。"奥斯丁衍生文学"也兴盛一时。有美国小镇妇女开写奥斯丁探案系列;有名不见经传的英国作者戏拟《傲慢与偏见》推出《单身女人日记》(1996)大出风头。在今天的中国,奥斯丁的六部小说全都译成了中文而且大都有多种译本同时出售。可以说,在当今这个行色匆匆的汽车和电脑的时代里,奥斯丁仍然和读者或观众很相通。

新近这一轮温度空前的"奥斯丁热"正应和着西方各种新批评理念的影响在学术界和各个文化领域中迅速播散并日渐深入。或多或少由于女性主义批评和文化研究等理论思潮极大地丰富并深化了人们对奥斯丁的理解,近年里"琐屑"论已几乎销声匿迹,肯定或赞扬的观点也跳出了原来的窠臼。人们越来越认识到奥斯丁的"小"题材涉及女性处境,婚姻和家庭的经济基础,不同人群间的政治、经济、文化权力的分配和运行等许多深层次的问题,也直接参与了有关道德哲学和认识论的讨论。若不是独到地探讨了现代商业化社会的某些根本问题,若没有比较深厚的思想底蕴,她的作品不会有今天雅俗共赏的"火爆"景况。

奥斯丁大家庭

简·奥斯丁的亲戚和家族后人曾反复强调,她是个循规蹈矩的家庭妇女,生活"平淡",活动圈子狭小。这多多少少是一种误导。

简的父亲乔治·奥斯丁是略有薄产的乡村教士,勉强位列下层士绅,家族里的男性大都受过良好教育并成功进入教会、司法、军队等职业。母亲家族的地位更高些,有若干贵族亲友,还有位叔叔长期担任牛津大学贝利奥尔学院院长。母亲本人文化修养很好,诗写得不错而且很有幽默感。简有四个哥哥、姐姐卡丝(卡珊德拉)和一个小弟。为了养活这一大帮孩子,父亲不时举债,还在家里招收住宿男生。于是,母亲除了照应自家子女,还兼管那些男生的生活和起居。她常编些朗朗上口的生动韵文和他们分享,诸如"我们整日都学习/除非我们在游戏"之类。

对于小奥斯丁们,家就是学校,而且是男孩子气十足的喧闹天地。这里人人都是写者,卡丝和简也不例外。尤其是出门走亲访友,她们得给对方和家人写信,描述见闻。奥斯丁家的亲友网如触须探入各层次各种类生活空间,从大小地主到各级教会人士,从律师医生银行家到民团和海军军官,外加他们的妻子儿女,形形色色的人物、谈吐和行止简都有机会见识。在那个日报尚不普及更没有电影电视和网络的年代,信是新闻报道和人物/事件速写,常常是要在傍晚时分读给全家人听的,而奥斯丁家那帮读者听众可不好糊弄。老爸曾是牛津高才生,老妈"极有见解、思想活跃",孩子们则是由他们一手调教出来的(尽管卡丝和简曾短期被送进住宿学校)。小奥斯丁们有时全员参与,在谷仓里排练演出整出的戏,比如谢立丹的《情敌》。诸位大哥有时甚至会干劲十足地自己编写剧本、出家庭期刊。他们博览群书,连女孩都有在父亲书房随便翻书的自由。他们不仅阅读还要说长道短恣意批评,嘲笑哥特小说的荒唐或多情故事的夸诞。

于是,简小小年纪就修炼得讲究文体、擅长讽拟。她十五六岁时曾兴高采烈地攒了一"部"英国史,手写共34页,放肆评说十多位帝王(她这样说伊丽莎白女王:"那女人特别倒霉的是尽遇到些奸臣——否则,就算她心肠坏也造不成那么大危害"),由姐姐作插图,自称"由偏心眼、有成见且蒙昧无知的史家撰写"。很显然,在这个英国牧师家庭里,拿正襟危坐的大部头历史开涮,"恶搞"一下帝王将相非但不违禁,相反却如在大观园里猜谜行酒令,是可以博得喝彩的事。

是的,对简来说,家人不仅是她日常生活的同伴,也是她的第一读者,是她写作活动的"公众"。没有这个群体,就没有她的写作(她的作品后来出版也有赖父兄的推介)。这与勃朗特姐妹童年的共同艺术创作活动不无相似。从写家信到写虚构书信体小品只有一步之遥。当简开始用喜剧笔法写出《爱情与友谊》之类的习作时,她已经是有相当功力的少年写手了。

何况家族里还有种种引起好奇、焕发想像的传说。

不能略过的人自然首推曾祖母伊丽莎白。大约在1693年,乡绅的女儿伊丽莎白嫁给了富有的棉布厂商的独子约翰·奥斯丁。十年后她的丈夫和公公相继去世,前者留下七个孩子和一堆债务(主要是婚前形成的);后者留下一份遗嘱,立她的长子为(姑姑、姑夫监护下的)继承人,却让她本人和其余六个孩子分文未得。财产不由分说地撕裂了家庭。大儿子后来进了剑桥大学,承袭了家业,却没给母亲和弟妹任何帮助。

惯于安逸的女人遇到了塌天大祸,却出人意料地显示出勇敢、坚忍和实干的精神和能力。伊丽莎白靠变卖、借债和操劳维持了一家七口的生计甚至偿还了债务。孩子稍大,她又断然放下淑女架子,谋得一家寄宿学校的女主管职务,负责照顾校长(老师)和学生的起居生活,同时让她的儿子获得了免费读书的机会。当她1721年去世时,不仅已把六个孩子一一送上人生轨道,还留下了亲笔写就的有关艰难奋斗岁月的札记。

值得一提的还有费拉(费拉德尔菲娅)和她的女儿伊莱泽。

费拉是简的亲姑妈。她和乔治的父亲是伊丽莎白的四子,从医,结过两次婚。父亲去世后费拉姐弟被后娘扫地出门,推给了并不情愿接纳他们的叔叔。童年失怙,孩子们早早就懂得了要自奔前程。乔治靠成绩优异多次获得奖学金,最终就读于牛津大学并获得教会职务。漂亮、机智而且冒险精神十足的费拉则刚刚成年就去了印度,不久后嫁给了比她年长近二十岁的东印度公司职员汉考克。十二年后她和丈夫带着女儿和一笔财产返回伦敦,同船的有女儿的教父沃伦·黑斯廷斯。"衣锦还乡"的关键是那位教父。黑斯廷斯可不是等闲之辈,而是发财有方、事业蒸蒸日上的青年精英,后来成为首任印度总督并曾在英国国会中引发"弹劾"大波。汉考克能发点小财是沾他的光,有人甚至断言说那女儿其实是黑斯廷斯的私生子。至少,黑斯廷斯非常善待费拉母女是事实。他不时资助她们,还给了伊莱泽一万英镑财产——这在当时可不是小数目。

于是简·奥斯丁就有了一个来往密切的阔表姐。费拉母女不安于伦敦,一度定居巴黎并出入法国上层社会。伊莱泽和某个法国人结了婚——对方以为她是"豪富女"(heiress),而她误认人家有贵族头衔。法国大革命爆发后丈夫被送上了断头台,伊莱泽本人返回英国到奥斯丁家避难,携着"伯爵夫人"的唬人头衔和源自殖民地的余财,心怀"自由殊可贵,调情价更高"的游戏态度,刮起一阵不小的都市旋风。

是的,尽管奥斯丁一家在英国乡村过着波澜不惊的小康生活,18、19世纪之交却是人类历史上天翻地覆的时期之一——英属北美殖民地和欧洲大陆先后爆发了一系列革命和战争,思想文化论争也异常活跃。伊莱泽这样生动而异样的存在,她那被身世谜团和异国情调缠绕的人生传奇以某种方式把奥斯丁们和外边的"世界"联系了起来。她发表的言论,她带来的思想和情感冲击,也是年轻的简·奥斯丁不能不面对、不能不思考辨析的。从这个角度看,奥斯丁笔下的乡绅家庭生活还的确和革命风波、城乡对照以及"思想之战"有某种内在关系。

总之,诸如此类的事件和传说沉淀在家族的精神血脉中,丰富着简的阅历,开阔着她的眼界。它们不时回荡在奥斯丁的小说里,从《理智与情感》开篇时达什伍德家母女被逐出家门的处境,从有钱的伦敦姑娘玛丽·克劳福德(《曼斯菲尔德庄园》)机敏明快但不免过于以自我为中心的俏皮话里,我们都能感受家族中传奇女性的身影和话音。也许更重要的是,老曾祖母、费拉姑姑、伊莱泽表姐以及她自己的母亲都有把经历和想法付诸笔墨的习惯。这使女孩子们的写作成为自然而然的事。

恋情与婚约

和简·奥斯丁最亲近的是姐姐卡丝。

1896年初,简给出门在外的卡丝写信说知心话,

第二句话就提到了爱尔兰来的年轻人汤姆·勒佛伊。汤姆是头年底圣诞节期间引人注目的新面孔。他在都柏林拿了学位，正在伦敦进修法律，此时来亲戚家过节。两个刚刚二十岁出头的年轻人似乎一见倾心。汤姆又英俊又聪明，简对生活怀有很多憧憬，活泼而机敏。两个人舞跳得开心，话也谈得投机——比如说，行事不怎么检点的小说人物汤姆·琼斯得到他俩的共同欣赏。简写信时真没法把这位"爱尔兰朋友"挡在纸外，三句五句就又转到了那"有绅士风度的，开朗快活的漂亮小伙儿"。她报告说：他刚刚过了生日；他们俩只在三次舞会上有机会接触对方，不过汤姆已经"因为我遭人打趣了"。她描述头天邻家舞会中众人的表现，专门提到有对舞伴一起跳过两回，"可他们不懂如何展示特别的情味，在下自诩，本人一连三次的示范课对他们应不无小补"。如此大言不惭地把自己和勒佛伊在舞会上的交际和调情称之为"示范课"，是多么轻松欢快而又信心十足的自嘲！她甚至逗自己的姐姐，让她去想像"在跳舞和并肩而坐的过程中能发生的所有最最放浪无羁骇人听闻的事儿。"

　　简这样说话，原因之一显然是年长两岁并已订婚的卡丝在这之前已经嗅出了什么并就此批评或警告过简。感到紧张的还大有人在。有人跟汤姆开玩笑，还有人画了汤姆的小像送给简。年轻人的朦胧心事已是尽人皆知。汤姆·勒佛伊开始躲闪。他的亲戚更是断然启动了"防灾预案"，决定尽早将他打发走。

勒佛伊们是流亡的法国胡格诺教徒的后代,家境窘困,一大家子人都把希望寄托在汤姆身上,他可没有权利娶个几乎没有嫁资的穷姑娘。

简接着写道:"我也就还剩一个机会遇风险遭谤议啦,"因为下次舞会之后汤姆就要走了。她真够犟,游戏的口吻分毫没改。汤姆真的走了,从此黄鹤一去不复返,小心地绕开了简·奥斯丁。简的感受如何呢?她另有一两封信诙谐淡定地提到了汤姆,表示自己毫不在意。但是那不能说明任何问题。她的很多信件遗失或被销毁了。她的满不在乎很可能只是一种自我保护的姿态。

我们所能确知的仅仅是,那一段时间是简·奥斯丁的第一次创作高峰期。"爱尔兰朋友"来访之际,书信体故事《埃丽诺和玛丽安》的写作已在进行中,杀青后她立刻又开写《第一印象》,到 25 岁时已完成三部文稿。十多年以后,上述两草稿被分别改成《理智与情感》(1811)和《傲慢与偏见》(1813)与公众见了面。也许不是偶然,其中有好几位重要女性人物都曾因恋人突然消逝、音讯全无而肝肠寸断。很多年后,早已娶得有钱女子、事业成功并且子女满堂的汤姆·勒佛伊对侄儿承认说,他当年的确爱过简·奥斯丁,不过,那只是"少年人的恋爱"。

这一段少年初恋便是 2007 年新奥斯丁传记片大加发挥的题材。

此后几年里卡丝的未婚夫随军出海在国外病逝。

卡丝拒绝再考虑出嫁,简的婚姻大事也没什么进展,虽然曾有人试图撮合,也可能还发生过一段海滨邂逅的浪漫插曲。姐妹俩彼此相依,与"老处女"身份渐行渐近。

1802年秋天,她们的好友比格姐妹极力主张简嫁给她们家小弟即财产继承人哈里斯·比格-韦瑟。哈里斯比简小五岁,曾是个"羞涩而口吃的男孩",如今已长大成人。比格家三位女儿的设想包含了对单纯内向的小弟的关切,也兼顾了她们自己日后的处境。另一方面,对已经随退休的父亲迁居巴思的简来说,新的生活方式包含种种不适和不安,还要顾虑老父亲辞世后的生计。对哈里斯她非常了解。缔结这桩婚事至少可以保障姐姐和自己此后的归宿和安宁。

哈里斯表态求婚时简应允了。然而,那天晚上她苦思了一夜,第二天一清早就表示歉意,撤销了婚约。

这是简和婚姻最后也是最近距离的"擦肩而过"。

在婚姻市场边缘地带的几次小"遭遇战",使简深谙个中三昧。她知道什么是怦然心动,更了解世俗婚姻所包含的经济条款和务实交易,还熟知交易可以怎样无情地剿灭感情和其他人际关系纽带。这些都被写进了她的小说。

诗人奥登曾在一首长诗中说,拜伦再惊世骇俗

> ……也抵不过她(奥斯丁)给我的震惊
> 在她身旁乔伊斯真纯如嫩草一样,

> 我真真好不自在心绪难平
> 看英国的中产阶级老姑娘
> 描写"铜臭"招情惹爱的力量
> 如此直白而又清醒地揭示
> 支撑人间社会的经济根基。

应该强调的是,对于金钱的魔力,奥斯丁不仅有深刻体察,更有嘲笑、质疑和抵制。当二十七岁的她一夜长考后最终决定解除刚刚应允的婚约时,她做出了重要的价值判断。她知道自己拒绝的是经济上的富裕和保障。她知道她的决定和社会上的通行选择背道而驰。她知道自己很可能就此永远放弃了为妻为母的传统角色。她准备面对相对的贫困、寒酸以及必然相伴而来的世人的某种轻慢和鄙弃。

不过,她有姐姐卡丝,还有那些已经成文的和尚待完成的手稿。

"痛感"女人

奥斯丁最畅销的作品是《傲慢与偏见》。

初读者和年轻人往往特别欣赏它的轻喜剧风格,喜欢其中夸张滑稽的反面角色和伶牙俐齿的女主人公伊丽莎白·班纳特。他们不肯相信作者说那部小说"太轻松明快,太露光彩;缺几笔阴影"会是认真的自我批评——因为,既然小说安排伊丽莎白最终称心如意地嫁给了"头牌"男主人公,她自然就是奥斯丁心底的最爱。

　　这一判断自有道理。不过,至少同样值得注意的是,奥斯丁着意塑造的多数女性"楷模",比如埃丽诺·达什伍德和范妮·普莱斯等,并不是伊丽莎白式的聪明伶俐的"说者",相反却有点压抑有点酸涩有点自相矛盾,让读者感到隐约不安。若是读得细一点,我们会发现她们讷言少语是和地位及"话语权"相关的。范妮是寄人篱下的穷亲戚,达什伍德母女被继承了家产的异母哥哥赶出家门。她们是士绅阶层里较多地体尝了生活之"痛"的女性,深知自己的"言"多么轻。有评论家强调指出范妮心中压抑着的愤恨,是明眼人的洞见。是的,即使在《傲慢与偏见》中,喜剧的背后也不是没有隐忧。达什伍德家女性的遭遇其实就是一直悬在伊丽莎白们头上的威胁;对班纳特太太的粗俗举止的挖苦也并非全然轻松可乐,因为陪绑的还有伊丽莎白和她的姐妹们。恰如一位19世纪英国女作家所说:"细味故事中的尖锐描写和温婉讽刺,我们会发现,更铭心是失望之感,而非满足的快乐。"以喜剧态度审视人间万象的奥斯丁从不哭天抹泪。然而,恰恰是从她掩在讥讽微笑背后的有关痛楚的伏笔中,读者能更多地感受到对世道和人生的深入批评剖析,甚至发现某种试图矫治现状的乌托邦想像。当代西方伦理学家麦金泰尔把奥斯丁视为"古典美德传统的最后的伟大代表",他倚重的论据不是伊丽莎白高攀达西的"美满"婚姻甚至不是他们两人轻松的自我批评,而恰恰是让人有所困惑的范妮和安妮们。

对奥斯丁本人来说,生活之"痛"是在一件件小事中慢慢积累的。

19世纪初奥斯丁的父母决定把家宅让给继任做牧师的长子詹姆斯,带卡丝和简一道迁往巴思城。他们拍卖了藏书和几乎所有器物,东西多由詹姆斯购去,卖价很低。本来就对旧居割舍不下的简心凉地说:"整个世界就这么合谋让我们家的一些人更阔,另一些人更穷。"1806年父亲去世后简和姐姐以及母亲几度迁居,靠兄弟资助,生活相当困窘。她在有钱的亲友中不怎么舒服:"她们很富有,过得风光排场,她似乎喜欢当阔人,我们告诉她,我们可没钱,因此她很快会觉得我们不值得她往来。"她还曾半自嘲地说:"单身女人有受穷的可怕趋向。"她最看重的侄女范妮·奈特后来嫁了个从男爵,就议论说姑姑家的人"不入流":"她们算不上有钱,经常往来的人也都根本不是高贵出身,最多不过是平庸之辈。只不过简姑聪明,藏起了所有'平庸'的标记……"简·奥斯丁没有直接听到这番议论,但此类看法所代表的阶级歧视她显然早有知觉和洞察——《曼斯菲尔德庄园》中的穷亲戚眼光以及《劝导》中安妮的老处女式的沉静哀伤绝不是没有来由的。

前些年英国出了本名为《奥斯丁读友会》的小说,描写一小群灰头土脸的当代小人物定期聚会共读奥斯丁小说的经历。他们中只有一位男性,大多是些事业和生活均不得意的中年或准中年妇女。小说以舒缓的节奏在奥斯丁式的琐事和议论中展开,让有耐心跟随的读者渐渐感受那些人的共同思想和趣味,贴近她/他们的哀乐、困难和彼此间相濡以沫的微温的关爱。也许,能长久喜爱奥斯丁的人不是激赏最新版电影里风情万种的伊丽莎白的观众,而恰恰是这类见识过生活阴影的读者?

简·奥斯丁是在1816年初明显感到身体不适。即使到这时她也不爱谈自己的病痛——过去她没少讥笑母亲大惊小怪的病号作风。她尽可能坚持写作,改定了《诺桑觉寺》和《劝导》,并开始写《桑迪顿》。她偶尔在信中涂上几句玩笑话。她悄悄写下了遗嘱。最终,在拖了一年多后,于1817年7月18日凌晨溘然长逝,年仅四十二岁。

在奥斯丁的遗嘱里,有一名出人意料的受惠者,那就是伊莱泽的法国仆人毕琴。简从自己极为有限的私产中给那个并无特殊关系的年老女人留下了雪中送炭的50英镑。

此时的简·奥斯丁已经多么的不同于当年初写《第一印象》的那个姑娘!那时她的小说里根本没有仆人。谁会注意那些和绅士淑女诗画雅趣及浪漫情事无关的"下人"呢?然而她的最后一部小说《劝导》不但唐突地安排沦落下层的残疾人史密斯太太出场,而且让女主人公安妮视她为挚友。也许,这些最后的"表态"最能体现简·奥斯丁所曾感知过的"痛"。因为有痛,才有了对人生和社会的更周全也更犀利的认识,才能减少势利心而增生同情,才能使人笑过后有沉默和回味。

初刊于《中华读书报》2007年9月19日

萨维奇小姐:"有才无貌"

塞缪尔·巴特勒(1835—1902)是19世纪后期一位十分"各色"的英国文人。他曾和他当牧师的老爸断断续续进行了绵延几十年的私人"战争",曾尖锐抨击父权和教权双重统治下的维多利亚家庭,还曾公开质疑基督教传统和新科学权威达尔文,等等,生前树敌颇多。他死后出版的小说《众生之路》(1903)对萧伯纳、戴·赫·劳伦斯和乔伊斯等20世纪初期的名家有很大影响。弗·伍尔夫把那部小说视为标志一个时代终结的最初迹象。萧伯纳在《巴巴拉少校》剧本前言中称巴特勒的某些"异常鲜活、自由而富于远见的思想"与叔本华、易卜生和尼采相通,说他"是其领域中最伟大的作家"。

不过,钱钟书先生读巴特勒的传记,关注的既不是他的"炸刺儿",也不是他在思想上文学上的成就,而是萨维奇小姐。

他在《容安馆札记》百四十九条中写道:

> H. F. Jones, *Samuel Butler* 所附 Eliza Mary Ann Savage 尺牍,笔舌玲珑,胜于 Jane Welsh Carlyle 多矣,Butler 谓使其作小说当可比 Jane Austen (II, p. 106),虽为溢美,尚非海样语也。有才无貌,令人叹惋。Butler 自责薄幸之诗凡三首,Jones 载二首(II, p. 350)。其三则余于 Malcolm Muggeridge, *The Earnest Atheist* 中(*Letters between Samuel Butler & Miss E. M. A. Savage*, pp. 372—4 备载三首)见之,措词命意更使读者拊口不下……①

奥斯丁在英国文学中是何等人物。然而巴特勒说:奥斯丁能做到的萨维奇小姐亦能。钱先生又是怎样挑剔的评家。他却也认为巴氏的话并非"海样"夸口。

那位名不见经传的萨小姐是怎样的女人呢?

---

① 《钱钟书手稿集·卷一》(商务,2003),220 页。笔者在正文中使用了简体字。促使笔者注意到这条笔记的是上海的陆灏先生。

最佳阅稿人

巴特勒家祖辈是富裕的自耕农。祖父巴特勒博士完成"转型",以剑桥圣约翰学院杰出才俊身份进入教会和学界,担任希鲁斯伯雷学校校长多年,还曾出任主教。他治校有方,成功地扩大了学校规模并创造了引人注目的升学率,使学校业务蒸蒸日上。不仅如此,他个人投资置业也有点石成金之效,家道日渐发达。塞缪尔的父亲是教区牧师。他把让自己从小饱受折磨的严苛教育方法(包括体罚)变本加厉地用到了儿子身上。其中的残酷和专横可从《众生之路》中小厄内斯特·庞蒂费克斯因口齿不清惨遭暴打的经历略见一斑。待到塞·巴特勒步祖父和父亲的后尘进圣约翰学院修习毕业后,他对基督教基本教义和教会的一些做法产生怀疑,拒绝按父母安排接受神职,从而和家庭发生了剧烈冲突。1859年,经过反复争执商讨,父亲给了他若干资助,他便赴新西兰养羊,谋求自立。他在异乡荒原艰苦奋斗,圈地盖房买羊雇工,还凭借似乎是家传的商业本能交涉经营购进卖出,发了一笔小财(8000镑)。1864年他返回伦敦靠投资利息为生,进入希瑟雷学校(Heatherley's)习绘画,圆他的艺术梦。

正巧当时萨维奇小姐也不时出入希瑟雷。多年以后她仍栩栩如生地记得他们街头偶遇时的情形。她读到巴特勒的手稿(《阿尔卑斯山和圣所》)中有关

吃樱桃的场面,写信说:

> 它使我想起第一次认识你时你吃樱桃的情形。那天我正向画廊走去,天气很热,我记得,我在伯纳斯街有树荫的一侧遇见了你,你正从一只小篮里拣樱桃吃……一言不发,心满意足,当我经过的时候,你把篮子递给我,仍然没有说一句话。我抓了一把樱桃就接着往前走,心里很快乐,却也没有开口。那以前我没有注意到你和别人有什么区别……

萨维奇用笔节制,但记述的场景分明如画:晴朗炎热的夏日,伦敦街边的树荫下,快乐的年轻人把樱桃递给不相识的姑娘。画面散发出浪漫的温情,甚至有些许未多加掩饰的对幸福的憧憬。巴特勒对那弦外之音是心知肚明的。所以他1901年编辑旧信时在那封信后注道:"我希望没有人以为我抄写上述文字时,心情不过稍有波动,仅仅是那表面看来微不足道的小事所能唤起的微澜,不,我的感情要深切得多,也复杂得多。而今我多么希望能亲口对她说出这话。"

E. M. A. 萨维奇比巴特勒小一岁,是伦敦建筑师的女儿,有残疾(跛脚)。关于她没有更多的史料留下。通过书信中的只言片语,我们知道她去过法国,法文很娴熟。她的文学造诣非常触目,但很可能是通过旁门左道自修成才的——她说过,她曾每天晚晚地去大英博物馆读前边的人留在桌上的书,用这个法子浏览了许多非常奇异而有趣的作品。她曾于1862—1866年间在名门大户做家庭教师,1866年那家人迁到伦敦后她回父母家居住但继续家教工作,同时到希瑟雷学校学素描。作为中产家庭的独生女,萨维奇即使不出嫁也应能衣食无忧。然而她却一直在打工。她教家馆,给杂志报纸写文章、评论和短篇小说,还参与当地妇女俱乐部和女画家协会的事务。在妇女从业的机会很少的19世纪中期这有一点不同寻常。是新型独立女性的人生追求?很可能。她显然对各种主张女权的著述和社会运动都相当熟悉,还不时发些不拘一格的议论。不过,她也可能另有苦衷。她曾隐约谈及和母亲的关系不大融洽,曾提到为赔偿自己丢失的俱乐部款项而向"至亲"求告的不快经历,等等。

萨维奇和巴特勒的通信始于1871年2月底。起因是巴特勒要求萨维奇帮他分批审读他的寓言小说《埃瑞璜》的手稿。他写信说:他知道她病着,还怀疑她的家人不让她安生,"然而我仍拿自己的书稿来折磨你"。他的语音里漾着某种歉疚、体贴和温存,显然是参透了萨维奇的处境和心境。这种心有灵犀的感觉使萨维奇的"审稿"不仅是业务劳动,也是灵魂的沟通和慰藉。她从此投入了这项持续多年的漫长"工作",为巴特勒斟酌构思、修改词句,提出了许多有价值的见解,可说是超一流的编辑。后世有人评论道,巴特勒不可能把自己托付给比这更机敏、更有见地的判断了。

《众生之路》一书是在萨维奇的建议和督促下写成的。在写作过程中,巴特勒每成一章都先交她阅读,全书写完后又在她的协助下逐章修改。她1873年曾就《众生之路》的初稿说,"你应更多地 soigner(法文:关照)你的文字——中间部分有相当一些句子是用'不过''然而'开头的,这样的句子连在一起就显得不好看";还说,"叙述者到底是不偏不倚的记述人呢还是向着一方呢?在故事中偏袒一方的麻烦是,读者的同情心往往容易反而被推向另一边",如此等等。1883年末,巴特勒又陆续把修订稿寄给她。她说修订后的第一卷已近乎"完美",说她欣赏书中许多细节;同时一边就某些用语、描述和场景提出质疑和批评。比如,她对阿西丽亚姑姑的形象颇有微词,还觉得"接近结尾处的那场大灾难(指主人公入狱等)不够**真实可信**"。

萨维奇不仅是巴特勒的第一读者、审稿人和私人编辑,也是他的文学事业的鼓励者和督促者。巴特勒在世时并不得意。他的书除了一本外都是自费出版,不但赔钱,还常招来争议和贬斥。他自称是为后世而写作。萨维奇则始终坚定地支持他,赞扬他的文才和思想,在各式各样的笔墨官司中都毫不犹豫地站在他那一边。巴特勒偶尔表示不喜欢自己的某一作品,萨维奇就大发脾气:

> 我很生你的气。我简直气疯了。你竟不喜欢《埃瑞璜》!我真没法相信你的鉴赏力居然如此差劲——而且还那么粗暴——你明知道我喜欢那本书——我爱它——却偏要说不喜欢,意思是贬损我的趣味……

她的口气夸张而矫情,但分明是故意的:表面上看是女孩子式的撒娇使气(说人家粗暴云云),其实却是夸对方的作品;褒奖似是讨好,实际却是在鼓劲儿。萨维奇深知巴特勒极为敏感孤傲而骨子里却并不那么自信。要让巴特勒能听进批评,能接受别人的鼓励,不那么容易。正因如此,萨维奇对"分寸"的拿捏令人惊叹。

萨维奇欣赏巴特勒的讽刺文笔,而且比他本人更早准确判定了他的才华何在。巴特勒一直在尝试音乐美术创作,对此萨维奇从未阻止或讥笑,但却更卖力地鼓动督促他写小说。她曾动员巴特勒读《米德尔马奇》和《奥罗拉·李》等女性作品,没有得到正面的回应。但她仍毫不气馁地继续"主持"他的文学教育,不断给他开书单——包括建议他读伏尔泰和狄德罗甚至哈丽亚特·马蒂诺。

至于巴特勒在财经领域进行的风险投资活动,萨维奇明确表示有所保留。她半是打趣地说:

> 我敢说你会毁了自己,不过你也知道,千金

难买经验呀。而且,保不准在痛苦和贫穷中你倒会被引向基督教呢……何况,也说不定你还会真的发了,钱财无数,百万富豪,成为大资本家靠自己的专利蒸汽机挣得万贯家资从而受封当上爵士。好吧!我不反对。我乐于认识一个阔佬,不过,你忙着发家的时候可就没法为我做什么了——我是指你将没法子写那些最最能让我喜悦的书了。所以,总的说来我想我还是宁可你别太有钱。

萨维奇不幸言中。投资失当引起的麻烦一度让巴特勒无法专心写作。1875年他甚至不得不亲赴加拿大蒙特利尔处理商务。对被经济烦恼缠身的朋友,萨维奇在一封信的附笔中仿佛顺带地说:"我也表现很好。直到此刻为止我一点儿都没想起庞蒂费克斯们。我是世间最不自私的女人。"用的仍是她一贯的腔调。挪揄的自我表扬是对对方作品的肯定,同时又是委婉的批评和暗示,提醒巴特勒他荒疏了最值得做的事。很难想像,如果没有来自萨维奇的这般不懈的鼓励、敦促和批评,巴特勒的文学写作究竟能进展到何种程度。

信箱里的"文学"

萨维奇在信里也谈自己的生活和社会百态。

她提到自己由于收到15先令稿酬而"大为得意",因为她原以为不过能得10先令:"而且,我将受托写本书,挣上10英镑!!书名为《装饰性刺绣家庭指南》。"萨维奇虽然对阔佬并不那么景仰,却和多数英国人一样谈起钱来毫不扭扭捏捏。她一板一眼地把具体钱数列出,口气一如既往轻松诙谐。不过,大惊小怪的语气让我们不能不怀疑那份"得意"和那双倍的感叹号在多大程度上是在挖苦女性写作的不值钱。随后她又写道:"顺便说,我还没有来得及给你绣提水壶用的手垫(防止手被热气烫伤的厨房用品)呢。不过,等你回来的时候我会送你一本我的书,你扫上一眼就能自己动手绣手垫啦!**保管称心**(It is warranted)。"

萨维奇后来确实写了一本有关刺绣的小书,其内容不仅有实用技术指导,也包括刺绣艺术的简史。她常在一些主要面向妇女的报刊(如《客厅报》、《妇女报》等)上匿名发表文章,也写过短篇故事,但《刺绣》是她唯一出版了的书。如今研究女性活动和劳动的历史多少成了显学,萨维奇们的先驱工作得到了认可和传承。然而,在她生活的时代,被委托专写这样的话题必曾唤起过复杂的心绪。她的话音里既有对刺绣的兴趣,也有对书商推销术的揶揄,还有对女性写者事业空间的促窄、对那些无形的划界和障碍的痛切体会。如果没有这诸多的深层感想,她又怎能和一位男作家就刺绣指南"包管称心"的指导效果开出那么精彩的玩笑呢。

萨维奇还参与所在街区的女性俱乐部的组织管理,常常为俱乐部办维修、凑房租、筹经费,搞得焦头烂额。由此她对巴特勒的地主营生①也不时稍加挖苦:"我可以相信你的房客们付了租金,可怜的家伙们,但是如果你指望我相信他们付钱时毫无怨言,我可还没轻信到那地步。"还有一次,她还向巴特勒报告说,自己像蜘蛛捕捉飞虫那样网罗会员,却遭遇了一位趾高气扬的太太:

> "我喜欢这地方,"她说,"很简素呀",然后她盯着我,说:"很简素"。意思是,可怜见啊,寒酸,于是我觉得很寒酸。她身穿貂皮和昂贵的天鹅绒……盯着地毯上一块磨损得很厉害的地方,又说很"简素"。我想她前来加入俱乐部只是为了通告说我们很"简素"。然后她说,"现在我得告诉你我的情况:我是厄德雷·威尔莫特爵士最近的表亲。"此时我露出万分虔敬的表情,在场的另一位俱乐部成员不得不赶紧逃出房间……我景仰从男爵仅次于尊崇正经八百的爵爷——尤其是厄德雷·威尔莫特爵士这样似乎在沃威克郡有大片地产的从男爵……

她还曾打点女画家协会的事务:

---

① 巴特勒和家庭长期斗争,终于得到了祖父留给他的一份遗产,以之抵押借款(利率4.5%)置房产,然后出租获益(收益率8%),以为生计。

我现在当上了协会的秘书——我指的是拿薪水的助理秘书。正式秘书是荣誉的。如果我干得不错,就可能整个展季都被雇佣,那当然是好运。前秘书是个男的,两周前很适时地患肺炎去世了。你瞧,老天有时候甚至对我都挺不赖。

我的展览快结束了……我觉得展览挺有意思,而且,这营生还让我能够合法地一逞与生俱来的撒谎癖好。我乐不可支地告诉那些刚刚购置了极其可怕的画作的人他们买下的乃是"本次画展的精粹",并目送他们欢天喜地地离去。

1883年底萨维奇谈到两人以大英博物馆阅览室门口收管雨伞的人为中转交换手稿的事:

我总是把我的东西留在他那儿,省得上楼去妇女专室……

我认识的一位夫人有一天看到我从那里取雨伞,惊骇不已,说当局肯定不乐意我这么干。我对她说,通常情况下男伞和女伞不加区别待在一起可能会滋生不轨,不过我的雨伞长期受我的个人品质的熏染,可以信赖她会循规蹈矩,稳妥自持。无论如何,我也应等当局或者男伞们抱怨以后再改变做法。如果他们听说我的篮子和你的手稿私奔,说不定我就会受到申饬啦……

读罢这样的文字,谁能不莞尔一笑?从中我们可以充分地体会为钱先生所称道的"笔舌玲珑"。然而,她的信里有的不只是机智的文笔,还有思想,有对社会陋习的批评、对独立女性处境的深刻洞察,有和巴特勒的交流,以及明显的博友人一哂的娱人之意。也许,她需要那般会心同笑所带来的一点温暖。而且,她明白偏执而孤单的巴特勒更需要这种交流所蕴含的精神支持。

萨维奇不曾试笔写长篇小说,但她肯定想过这个问题。她见到过那么多精彩或不太精彩的女性写作的先例。她讥笑那种为男人而埋没自己的"贤淑"姿态。她拒绝了巴特勒邀她合写小说的建议——她不认为自己的参与算得上联合创作,大概也不太能想像自己如何能进入巴特勒的题材和思路。那她为什么不尝试单干呢?因为她的身体状况不能支持持续的码字?因为她的生存环境没有给她提供可以安心工作的"自己的一间屋"?因为她尚未找到适当的主题和话题就永远地离开了这个世界?还是因为她如巴特勒所说"最仁慈、最不自私",缺少某些女作家所具备的那种天真而张扬的自我中心主义,从而不能心安理得地把一己的挣扎奋斗喜怒哀乐都当做美玉奇葩奉献给公众?无论如何,事实是,她留下的只有一本关于刺绣的书、某些报刊文字和那些写给巴特勒的书简。所以,巴特勒的朋友兼传记作者琼斯说:萨维奇把自己对文学声誉的诉求投寄到了巴特勒的信箱里。

难 堪

然而,友谊并不总是风和日丽。

在频频往还的书信里,有时候萨维奇会忍不住诉说自己的病苦和失望——失眠,没有食欲,等等。

> 昨天我看见你的窗口,一时发疯般地想冲进去向你求告。但常理(common sense)占了上风,我就又走了。我真希望自己不通常理,那样的话我就能对你说出一切,就能让自己轻松很多。

对这类倾诉巴特勒听而不闻。

他对女人的"企图"极其警觉。1875年他赴加拿大处理陷入困境的投机商务,其间两人闹了点别扭。先是春天里萨维奇觉得巴特勒写信不勤,于是责备他(巴特勒把那信毁了)。而巴特勒对如何把握分寸顾虑重重:"写信会滋生无谓的希望——不写信又显得很不仁慈。"到了秋天情况则反了过来:萨维奇一连几个月没有给巴特勒回信。年底前她再次动笔时,戏谑地写道:若是巴先生容忍自己被一帮老处女仰慕者包围,她将与他断绝往来,云云。话音中不无一点试探。不过,更令人惊讶的是巴特勒的强烈反应。很多年以后他编辑两人尺牍时在此函后面补记道:

> 至于说我被满怀景仰之情的老处女包围

着——我倒想知道,究竟是谁殚精竭虑想包围我,让我简直不堪忍受,连满心尊敬感激也抵不过;又是谁因为我无法以唯一能让她满足的方式回报她的爱意而对我时时针砭?若说有男人在一开始就明明白白给女人以回答,我可以算是早就向萨维奇小姐表了态的——然而却没用。她不肯被制止而我也不忍心制止她——或者——算了,不提了。

这段小风波充分揭示了那份两心相知的友情阴差阳错的尴尬的一面。

巴特勒在去世前不久再次回顾这段往事,写了三首十四行诗。其中之一提到:萨维奇"太过执著地求爱",说"她写得越多,我越心如铁石;/她给予越丰,我越无以报答",还说他竭尽全力也没法爱她——"因为她又丑又瘸又胖又矮/而且还四十大几……/唉,假设她不那么仁善却更加漂亮/说不定会发现我的心思另是一样"。诗写得不算高明,但是一向以反伪善出名的巴特勒总算保持了某种粗粝的诚实和坦率,直言不讳地道出他在生理上对萨维奇的拒斥。也许这就是让中国文士钱先生说"令人挢口不下"的原因。很显然,巴特勒当初觉得萨维奇在谋求嫁给他,因此必须设法扼杀她的幻想从而制止这一事态。

可能因为萨维奇曾被如此"薄"待,汉译《众生之路》的序言把她错认作巴特勒与之"暧昧往来达十六年之久,(但……一直没有向她透露自己的真实姓名和身份)"的某法国女人。① 实际上,那位深肤色的漂亮法国女子是巴特勒生活中的另一个女性。巴特勒曾多年里每周固定时间"访问"她,每次不超过两小时,每周付一英镑,称呼她"夫人(madam)"。显而易见,堪作性伴侣的外貌可人的女子也很难幸运地成为巴特勒太太,也会被高度警惕,拒之千里。所以那位法国"madam",很长时间里连个平等的熟人都够不上。

对女人的态度是巴特勒的人生谜团之一。

巴特勒是否在潜意识里有"恐女"乃至"仇女"的情结,认定女子难养,生怕某个女人一辈子缠上了他?我们不好贸然断定。但至少有足够的证据表明,他在理论上认为家庭必定要消亡,而且他从新西兰回国后曾多次在不同场合表示不主张结婚。他似乎觉得,在性关系上,拣个相貌人品性格都过得去的烟花或"半烟花"女,当每次货款两清的匿名老熟客最为清爽——他曾引用谚语说:"买牛奶比养奶牛省钱多了。"

不论是出于暗昧的深层本能性取向还是出于"科学"思考形成的理念,巴特勒待女性的确比较"薄"。他在新西兰结识了出身牛津大学的上层青年保利(Charles Paine Pauli),以为保利处境困窘,自回英国后每年资助他200英镑,直到保利1897年去世后才得

---

① 黄雨石:《译本序》,见塞缪尔·巴特勒:《众生之路》(人民文学,1985,黄雨石译),13页。

知对方其实收入相当可观,很多时候甚至超过自己。后来他又结识了琼斯(H. F. Jones),和琼斯一道度过了许多漫步和旅行的惬意时光。由此我们得知他对男性朋友可以宽容到匪夷所思的地步,也不乏共享的体验。然而我们很少看到他对女友的慷慨(在伦敦街头递送樱桃之时萨维奇还是萍水相逢的路人),也不曾看到热爱户外生活的他让女友多少分享亲近自然的快乐。萨维奇只能在阅稿校稿时领略他眼中的阿尔卑斯山景和意大利风光,这算是情理之中。不过,偶然与朋友一道邀请行动不便的萨维奇到郊外透透风是否也是不可思议的呢?

诀 别

如果说最初一些年里萨维奇说不定有一点"非分"的冀望,她一定在某个较早的时候就已死了心,全然失去了冲上楼向巴特勒倾诉的冲动。对此旁观者琼斯看明白了。可是巴特勒一意顾念自己的"安全",从而错会了萨维奇的心态。

1883 年萨维奇读《众生之路》的修改稿时,称赞文稿大大改进了,却不满意阿丽西亚姑姑的形象,说她"太完美无缺。你把她整得像最最可恶的女人约·斯·穆勒[①]太太似的,那位夫人虽然才能胜过雪莱,却甘愿抹杀自己而为穆先生提供更多安乐!"琼斯深知

---

① 英国著名哲学家(1806—1873)。

阿丽西亚的原型就是萨维奇(只是在外貌上美化了),因此他谈到此信时大感不解地说:"我一直没有弄明白萨维奇小姐是否知道巴特勒在刻画阿丽西亚时心里想的是她;看她写信的架势就像是不知道;就好像她不知道她的同情和鼓励给了他多么大的支持。"这种时候琼斯们又是多么愚钝!如果萨维奇没有早早悟到巴特勒的需要,不明白他从事写作多年里"一直感觉很没底、很手拙",她的那些风趣、温存、不断捧场而又非常有见地的信又怎么会产生?

所以,问题不在于巴特勒是否将阿丽西亚视为萨维奇的升华,而在于萨维奇是否愿意当阿丽西亚。多年前她审读该书初稿时就曾开玩笑说:"我真希望我是你那没出嫁的姑姑,还有一大笔财产,那我就可以大得其乐地把你的名字从我的遗嘱上划去。"显然,那时候她已意识到了巴特勒心目中的完美女性在多大程度上反映了他的自我中心主义。[1] 她对一味以成全男人为己任(不论是真的还是做姿态)的阿丽西亚和穆勒太太们表示不以为然,是有意识的论争和表态。她恰恰是看透了看清了巴特勒。更难得的是,她仍一如既往地帮助巴特勒读稿子,和他打趣说笑。也许她知道,这就是她在这个并不完美的世界里所能得到的

---

[1] 书中阿丽西亚聪明、善良、美丽,精心培养男主人公(她的侄儿)却从不压制他,及时离开人世没给他添任何负担却给他留下可观的遗产,对后者来说可谓万分"理想"。

最好的朋友,得容忍,得善待,得珍重。关于男伞女伞的那段轻松戏言就写在"后幻灭"时期,出自那重病缠绵、身心疲惫的中年女性之手。

萨维奇生命最后三年里他们的通信大大减少,语调也显得更中性。这时巴特勒先生的经济条件已大大改善,可能不那么需要同情了。号称自己的词典里没有"悲观主义"的萨维奇曾发出过报警信号,不时提到"数夜无眠"、"感冒难熬",还曾说:"你这一向忽视了我,你真该羞愧——想想吧,我没给你写信,也没有为这为那感谢你,你就应该料想我病了,或者死了,并相应地问询情况。我认为你非常非常不仁慈。"她开玩笑的口气里包藏的是中肯的判断和正当的责备。但是,当然,巴特勒是雷打不动的,即使多少听出了她的话外音,也把它们当做女人矫情的老套,不肯冒一丝一毫的险更多介入她的生活。

1884年10月,她又给巴特勒写信说:

> 我一直在生病,我去见你的时候正病着,现在还病着……我得了重流感;不过有人说我得的不可能是流感,因为没有别人发病。我只能说,如果真是这样,那就是整个流行病全集中到我身上了,我真希望它去朝好多别的人发动攻击。

她还说,近时她"织袜子的特殊才艺"突飞猛进并寄去手织袜子,告他若不合用可转送他人。巴先生谢过后表示不再要袜子;又不忍太唐突,就说若添个备用的防烫手垫倒是不妨。

于是手垫就来了。萨维奇还回信说,"有本事掌控两只手垫的人令我敬畏";又说,虽然手垫织得不好,可她给它上了一道镣铐,这样巴特勒就能把它拴住,免得它到处游荡消逝不见。尽管防烫手垫是他们两人打趣的老话题,巴特勒也有点吃不准这回唱的是哪一出,便猜测手垫其实是买来的而非她亲手织就,说萨维奇"自诩给它上镣铐那一笔恰如我本人的一个小小谎言"。萨小姐毫不迟疑地发动了反击:"你撒谎的本事无疑大得很,不过,当你号称我的真话恰如你的诳语时,你大大地高估了谎话的力量,有一天你会因自己的过度自信而陷入困境的。"这时已是1884年11月。12月15日她又寄来一纸明信片:

> 我写此信特为告你我为基督教青年会织了十二只提壶手垫,它们将于明天以及周三、周四在义卖会上售出。我不想责备任何人,但我想让你知道我编织了十二只富于基督徒精神的手垫播撒到世间,有如遣出十二名使徒。

次年2月10日,巴特勒写了最后一封信,说:"你好久没写信了,轮也该轮到你了;上回我写了信而你只回了张明信片;我觉得我自己真是最有耐心,等了这么久才提笔抗议你持续的沉默。"大约一周后萨维奇的一个朋友写信说,萨维奇不能写信,是因为先是她母亲病了,而后她自己病了,现在不得不做痛苦的手术。又过了几天,在2月23日,那位朋友再次通知说,萨维奇小姐已经过世。

巴特勒震惊不已。

他因自己的"过度自信"受到了惩罚。他没有接到邀请,但还是去参加了葬礼。萨维奇的墓碑上刻着一段引自圣经的铭言:"不求自己的利益。"①萨维奇的父母也许意在强调女儿的无私,但那碰巧也是巴特勒最喜欢的警句之一。永别之后,生死悬隔。留在人间的巴特勒不得不一再面对自己内心的不安,为自己辩护——"她从没给我任何暗示","我一丁点儿都不知道萨维奇小姐那时已经病入膏肓"。然而,面对"死"的绝对沉默,这样的辩解能使他的良心稍许轻松么?

那些手垫和袜子见证了萨维奇在癌症折磨下临终前的坚忍。我们不知道她苦痛到什么程度,但可以想像。然而这位敢于嘲笑教会并常常提示巴特勒救助他人的女子仍在编织,在制作一些有用的小东西赠与友人、捐送慈善义卖会并留给这个待她相当刻薄的人世。而且,她仍然在拿自己的编织才能和那些卑微的手垫(女性产品)开玩笑。

她不是没有给过暗示。她一再提到自己的病痛。可巴特勒谨守成规,不闻不问,甚至主动多写了一封

---

① 出自《新约·哥林多前书》13章5节。

信都要先声明本来该"轮"到对方。难道他感受不到"全世界的感冒"统统袭击一个人会有多么恐怖？难道他丝毫不曾觉察萨维奇早已不对他存任何浪漫的幻想？难道他就听不出遣出十二个使徒之类话语的背后的责备和告别意味？如果在这最后的时刻他对萨维奇稍微多一点点"富于基督徒精神的"嘘寒问暖，后者或许会说出自己的真实病况并心怀稍多的暖意离开这个世界。然而，可悲的是，巴特勒只怕给错了信号引"火"烧身，全然不知那生命之火正在熄灭。

人们可以理解巴特勒对婚姻的恐惧和躲避。他需要时间和自由，需要不受打扰地从事写作——如他给妹妹的信中所说："对于我来说我的书是生命中最最重要的东西。事实上它们才是'我'，远远超过其他别的什么。"人们或许无权过分责备他对自私而厚颜的保利宽悯无边，对萨维奇却多取少予。人们也许无法怪罪这位绅士对又老又病的女人不感"性趣"。但是我们很难完全原谅一名追求公道和真理的思想者对多年慷慨帮助他的女性友人在情感上那么出奇地吝啬。这不是一般男性恋人的薄幸，而是打着小商人烙印的心灵的贫瘠。巴特勒认为"（男）人的首要义务是对自己负责（a man's first duty was to himself）"，他坚定地保护这个神圣的"自己"，以至扼杀了心中原本或许存在的热诚和慷慨。

对朋友有深刻认识的萨维奇选择了沉默。她始终没有告知巴特勒自己身罹癌症。她的规避是对巴特勒一生躲闪的回复。在个人生存的危机时刻,她不指望也不许可他的介入。此后,在失去萨维奇的漫漫余生中,巴特勒苦涩地回味着体会着那女人曾如何用心血帮助他温暖他而且她已经在何种程度上融进了自己的生命。他也更深切地感知到了那最后的沉默所蕴含的自尊和某种拒斥、决绝乃至蔑视。不论他怎样向自己解释,萨维奇的"鬼魂"每一天都在萦扰他。"没有一天,我不曾心痛地想到,那些朋友待我比我对他们更仁慈、更诚挚、更亲善。"他还在另一首十四行诗里写道:"如今,虽然已是二十年秋去春来,/那矮小跛足女士的面容仍时时萦回;/没有一天,她不是与我同在,/日复一日,以后也将永远相随。"

说到底,萨维奇还是没有选错朋友。经历了一切的一切,巴特勒最终表明:他让萨维奇长远地活在了自己的内心,也不惮于透过她的身影直面自己的本相或错失。负疚成了他最终动手收集、整理、编辑两人来往书信的心理动因。由此,后人(包括钱先生这样的读者)才得以多少一睹萨维奇的文采和生命轨迹。

如此的萨维奇:没有 beauty,很不 healthy,且只有区区一点 money(有人说那三样是女人幸福的基本构件);没有嫁人,没有生儿育女,没有成就"事业";也无从顾及后人将会怜惜叹惋、轻慢嘲笑,抑或脱帽致敬。

初刊于《书城》2007年第4期

还有简·卡莱尔

钱钟书先生有关萨维奇的札记中提到了简·卡莱尔(1801—1866)。她是英国文学史里另一位以书信留名的女人。卡莱尔夫妇留下的尺牍,除去那些被遗失或销毁的,仍多达九千余件。

简的丈夫托马斯·卡莱尔(1795—1881)是英国19世纪中期最负盛名的文人,有"维多利亚哲人"之称。他对工业化进程中的英国社会的批评在全世界产生了深远的影响,其著述在我国已有多种译本。

而对于简的关注则在相当长时间里聚焦于私生活。他们伉俪间不大和睦的关系一直是文坛"街谈巷议"的热点之一。在中国,据笔者所知,除了钱先生的笔记,少数涉及简的文章似乎都围绕这个话题。① 若是简九泉之下得知,不知会从另一个世纪给我们寄来怎样尖酸的信。

"嫁给他"

1821年,生于苏格兰西南部小村庄的托马斯·卡莱尔经朋友爱德华·欧文②介绍认识了十九岁的漂亮姑娘简·威尔士。

简是独生女,聪颖早慧,父亲在爱丁堡东边小镇哈丁顿居住行医,把爱女"当男孩子教育"。欧文曾在哈丁顿学校当老师,同时每日两次到威尔士家教家馆(早上六至八时以及晚上),指导年方十岁的简姑娘学习拉丁文。小简事事争先,常常做几何习题做到深夜,第二天一清早又爬起来翻译维吉尔,十四岁就写了一出五幕悲剧。当地人众星捧月般地宠着这位样样出众的"哈丁顿之花"。卡莱尔更是一见钟情。然而,用世俗的眼光看来,当年的卡莱尔可取之处还真不多:他出身低卑,言谈举止像乡巴佬,宗教信仰含糊,身体有毛病,职业前景不明,可脾气还挺大。

卡莱尔是穷人家众多儿女中的长子。父母是虔

---

① 见周越然:《言言斋风月谈》(《万象》,2002年2期);林行止:《卡莱尔的婚姻》(《闲读偶拾》,上海三联,2003)。
② 卡莱尔的同乡和同学(1792—1834),苏格兰国教会(长老会)牧师,是极有煽惑力的演说布道者,后在伦敦曾风云一时。

诚峻厉的加尔文教徒,想培养他当教士。他十三岁即被送往爱丁堡大学,入学时徒步走了近百英里路。不过,经过爱丁堡大学这一启蒙文化重镇一番熏陶,卡莱尔成年后对各种教会组织都心存怀疑,尤其反感宗教人士中的市侩倾向。1817年他下定决心放弃教士职业。于是,走出大学的卡莱尔没有固定工作,靠零星授课、写作和翻译勉强糊口,成了飘零困顿的小知识分子。而且,他还长期为(日后在文化稗史中小有名气的)"消化不良症"所折磨。

给两位年轻人当"红娘"的是德国文学,还有对拜伦和卢梭的共同的喜爱。简在卡莱尔的指点下修习德文,还读了其他很多书。那时简丧父不久,正需要一位父兄般的师长。又赶上卢梭的《新爱洛绮丝》在英国一时风行。简深受触动,不免把师生关系浪漫化。她在给女友的信中说:那部小说的女主角朱莉是"至高善德的完美形象"、"像银月般纯洁明亮";她的老师圣普鲁也高不可攀,世间任何男子都无法与之相比;不过卡莱尔倒有点像他——"**他**的才具——**他**渊博的头脑——**他**生动的想像——**他**独立的灵魂和**他**有关荣誉的高贵原则"。当然,她也像母亲一样看到了卡莱尔种种短处。于是她力图限定两人的角色:只做师生朋友,不涉情爱。她自问自答,说"决不决不"当他的妻子。可是,这种防范姿态难道不恰恰证明了存在某种强烈的内心斗争?

简不肯向卡莱尔发放婚姻许可证的一个主要原

因是她一度爱上了热情奔放、乐观外向的欧文。直到欧文迫于早前的婚约于1823年和别人结了婚以后,她才把注意力更多地转向了卡莱尔,给了他某种承诺。然而那位小镇公主仍然希冀兼得鱼和熊掌。她在一封长信中写道,她不稀罕当时尚富婆,但求有一所

> 宁静地坐落于某浪漫小谷里的"可爱的房子";有足够的钱能实现我心目的文雅舒适之生活;有三两知己好友,其言谈可以改善我的头脑和心灵,其中之一将成为我生命的北斗星——一位高贵而热忱的最亲的朋友,他无与伦比的天才将影响周围每一个人,使他们更加高尚……

现实中的卡莱尔与这幅图景相距甚远。他年近三十,却还在生活中飘荡;虽有一本《席勒传》付梓并在伦敦和巴黎见过不少名人,稳定的职位或收入依然渺茫。简给他写信说,"我爱(love)你……但并没醉迷地爱上(not in love with)你",又说,如果没有足够的钱保障她所习惯的体面生活,她决不结婚。可是她私下给女友的信却表达了另一种想法,说她"最可能的宿命"还是嫁给卡莱尔——"我怎能和唯一理解我的魂灵分手呢?"

真正主导两人关系的是痛苦地、几乎无望地寻求人生突围的卡莱尔。坚忍和执著是他的定海神针:"我们彼此拥有,任何东西都不能把我们拆散。在一

起我们虽说未必能幸福,若分开双方几乎注定要痛苦。"那英雄双韵体般铿锵有力的词句,以及它们所表达富于洞察力的判断不容怀疑或反驳。

最终,他们在1826年10月结了婚。

那时卡莱尔的状况没有丝毫改善,甚至是处于空前的低点。如他婚前不久所坦率申明的:他脾气坏,生着病,睡不着,没有希望,没有信仰,也没有善心。有人说,简的抉择是出于抱负而非爱情,但至少应该承认她对卡莱尔有由衷的欣赏和思想上的认同——如简的女友杰拉尔丁·朱斯伯里[①]说:"嫁给他,简担起了她自认为是伟大而高贵的人生重任。"

如此,两位尚无稳定经济来源的浪漫派步入了维多利亚婚姻生活。他们在爱丁堡郊外住了约两年。卡莱尔翻译《威廉·迈斯特》,写《席勒传》,编译四卷本《德国罗曼司》(1827)。他和歌德通信,认识了司各特。他数次谋求教师职位均失败,尝试写小说也未有结果,一度甚至想移居美国。1828年他说服妻子迁到她家一处偏远的农庄。他在那里写文章,写《旧衣新裁》,饲养牲畜;简写诗,做家务,照料园子。《旧衣新裁》(1834)一书对劳动和工作的热烈鼓吹十分触目:

产出!产出!哪怕只是某种产品的最最微

---

① G. Jewsbury(1812—1880)是当时在英国有一定声望的女作家。

不足道的小部件,也要以上帝的名义将它生产出来!既然它是你所能提供的最好的东西;就让它问世吧。振作!振作!不论在从事什么,让我们全力以赴,在尚被称为今日的时段里劬劳努力,莫待黑夜来临,到那时任谁都将再不能工作。

读者不难听出,话音里除了有对劳动者的礼赞和对新教工作伦理的服膺,还有卡莱尔本人的内心挣扎。在看不清前途的贫寒处境里坚持思考和写作,的确需要不断给自己打打气儿。

如果说乡村生活多少舒缓了卡莱尔先生的精神压力,改善了他的身体状况,那么对他的太太简来说,这段岁月十分艰苦而又辛酸。日后,在他们夫妇关系最紧张的1850年代,她曾对好几位女友说,那地方是块烂泥煤沼,"最荒凉最不适合居住",离最近的店铺邮局也有十六英里。他们非常穷,可简从小是冲着"远大前程"培养大的,是呱呱叫的拉丁文学者和不错的数学家,却毫无实用技能。她"惊骇不已地发现,丈夫们会把袜子穿出破洞来!还老丢扣子!"在那连能干女仆都不乐意去的荒宅野地,简得自己动手学习缝缝补补。而且,因为卡莱尔肠胃不好十分挑食,她"作为基督徒式的妻子(还)有责任在家烤面包"。她购买了科贝特①的《农舍经济》一书,手忙脚乱地研究如何发面如何操控炉火,常常忙到夜里两三点不能休息,"累得浑身疼痛,心里酸楚,感到凄凉和堕落!"在这样的时刻,她愤懑甚至哭泣,但也不时从各种历史名人——比如切利尼②——的工作经历中汲取勇气:"说到底,既然都不过人手的产物,在上界诸神看来,珀修斯塑像和面包又有多大区别?人的坚定意志、他的力量、他的耐心、他的机智才是真正值得赞美的,而珀修斯像不过是其偶然的表达。"

这样的日子一过就是近五年。倔犟的卡莱尔在坚持,心存怨气的简也在坚持。简鼓励卡莱尔写作,赞赏他的作品和思想。偶尔,在短暂分手的日子里,在奔走路上或寄人篱下反侧难眠的时刻,她也会温存地向卡莱尔诉说:"哦我的爱我的爱,经历了这些颠簸、辗转、折腾和气恼之后在你的臂弯里我将觉得多么安宁多么福气。"

1834年卡莱尔夫妇迁居伦敦。这个当时的世界头号大都市改变了他们命运。卡莱尔渐渐有了更多的朋友和欣赏者。后来《法国革命史》(1837)更是让他一举成名。

---

① 威·科贝特(1762—1835),英国散文作家,农民出身,以写农村生活著称,马克思称他为"大不列颠最保守和最激进的人物"。

② Cellini(1500—1571),文艺复兴时期的意大利雕塑家。

卡莱尔夫妇在地价低廉的切尔西区内年租仅50英镑的禅恩巷五号住了下来。在今日中国人眼里这类前后有小院的连排房是仅次于别墅的"豪宅",但在那时的英国却是中下层市民的住所。此后三十年里那处平凡的寓所成了维多利亚时代英国思想文化生活的一个中心:穆勒夫妇一度是常客,狄更斯是老朋友,萨克雷不时散步到访,爱默生前来拜谒并把更新版的超验理想带回美国,布朗宁夫妇是熟客,丁尼生会不时专门造访女主人,意大利的流亡革命家马志尼则是简的崇拜者……

卡莱尔的吸引力部分地来源于他的奇特。他有如"山野之人",以独立不羁的做派,以铿锵有力、极端激烈而又神采飞扬的文句引起讶异、震惊和激赏。当然,文体的力量融合于它所附丽的有生机的思想,即对当时第一个工业化现代国家的深刻认识与批判。许多我们今日耳熟能详的词语,如工业主义(industrialism)、遗传(genetic)、环境(environment),等等,其现代用法都始自卡莱尔。

卡莱尔最大的成就是其尖锐而中肯的社会政治批评。虽然他宣扬的英雄崇拜并非救世良方,但是他对当年英国生活的议论和针砭在今日的全球化世界中仍没有过时。《宪章主义》(1839)第一章的标题以及《过往与现下》(1843)的第一句话都是"英格兰现状问题"。他像哈姆莱特王子一样痛感自己的国家"脱了节"。他的早期文章《时代之征象》尖锐指出,英国的领导即贵族阶级败坏失效,社会在精神层面面临巨大危机;后来的一系列著作更激愤地批评新工业世界是冷漠的,非人的,机械的,并特别着力剖析鞭笞思想领域内的"功利的魔障"(the monster UTILITARIA)。

卡莱尔特别关注的问题还有社会的贫富两极化。他搬到伦敦后不久就发生了议会大厦被焚的骚乱事件,他的同情心更多放在下层人民一边,认为动乱是"对济贫法的裁决"。他批评经济上的自由放任政策加剧了劳工的贫困。对美洲蓄奴问题,他语出惊人地挖苦了美国北方,言论不无种族主义色彩,不太政治正确,但也入木三分。他说:北方义士们见南方人"竟然终身雇用"奴仆而不是像自己那样"按日按月地雇用"工人便义愤填膺,认定对方"十恶不赦"当下地狱,决心打他个"脑浆横飞"。是的,他受不了美国北方有产者那过于自以为是的嘴脸和说辞。卡莱尔不仅对反蓄奴人士的慈善心不太恭敬,还挖苦法国式"自由、平等、博爱"口号,说:现状下劳动大众被给予的只是"饿死的自由"。他认为,自由主义(liberalism)把一个看似美妙的理想置入了与之对立的竞争性社会架构中,从而使自身无法实现;普遍福利(Welfare)和个人主义不能共存,因为对利润的追求压倒了社会责任;当下危害最大的就是个人不顾后果一味追逐经济利益的自由和拜金主义思潮。他把社会视为由等级秩序的复杂网络构建的有机整体,痛心地看到如今各种传统人际关系被扫荡一空,只剩下"现金关系"作为

"人与人之间唯一的纽带"。后来,这个经典概括因马克思、恩格斯在《共产党宣言》中的引用而被传扬到了全世界。

早已和教会分道扬镳的卡莱尔却选择了传道和警世作为他毕生的事业。他热忱地谋求改造社会和人心,如"先知"般在世间奔走呼号。简一路与他同行,是他最坚定的支持者和最声气相通的朋友。四五十年代之交,也即在他们夫妻关系阴影日渐增多之际,关注社会状况的卡莱尔外出旅行考察时仍时时写信给简描述"恶臭不堪、绒尘飞扬、空气窒闷"的曼彻斯特工厂,以及百年前不过几户人家的宁静威尔士小村在发现煤铁矿后如何被精明生意人把开采权一包九十九年,此时已聚居了上万满身泥汗的矿工。很显然,不论有多少争执龃龉,简仍是他的第一听众,是他砥砺思想的磨石。

朱斯伯里说:卡莱尔坚执于大事业,为此他奉献了自己的全部生命,"简也付出了自己的生命,有她的付出才使卡莱尔的献身成为可能。卡莱尔先生的作品曾帮助、鼓舞了无数的人,曾是他们的生机之源,所有这些人也都应感谢简,不亚于他们欠卡莱尔的恩惠"。

"还有我呢"

1835年6月,在伦敦落户不久,简给斯特灵先生回信感谢他在致信卡莱尔先生时为自己单独附了一纸,说,"那'完全属于我自己的'一小页"给了她莫大的快乐,因为,"虽然我确确实实在努力泯灭我的一己性(my I-ety),或力图将其融入于那无疑被世人评断为我的更好的另一半中,我却仍是那个独力支持并且——真没办法!——逞强好胜的我"。她随即借歌德的小说《威廉·迈斯特的漫游年代》中小费力斯在遭人忽视时央求大人注意自己的小插曲发挥说:"他以一个小孩儿迷人的诚实道出了我持续的感受,只是我已太通世情,不能真的去拽人家的裙子或如此这般地说:'斯特灵先生,还有我呢(I too am here)!'"

在19世纪的英国,所谓"更好的另一半(better half)"大抵是男人以半玩笑口吻指称妻子的用语(由此还派生出"较差的另一半"之说)。简使用这个说法时却刻意颠倒了两个"一半"的性别。她直白地指出,人们其实是把男人视为夫妻间"更好"的主导者,还嘲笑说自己的命运是"充当'著名作家'的较差的另一半"。

从小备受宠爱的简要求自己独立的存在,甚至要求成为关注的中心。少年时代"男式"高强度学习生活所造就的文化素养使她希望被丈夫及其他人视为思想上的同侪,而非名人的配偶或管家婆。尽管在很大程度上简自愿选择了以妻子身份加入卡莱尔"团队"的奋斗,尽管她精明务实,对持家不无兴趣,本质上却已不是传统家庭妇女。他家的老朋友兼卡莱尔最早的传记作者弗劳德先生说她有"火暴的性格"和

"强烈的苏格兰式共和精神"。对简来说,婚后迫于困窘家境和性别分工"沦为"卡莱尔的附属和管家,是漫长而痛苦的人生挣扎。所以她感到"堕落"。所以她烤面包还需要搬出切利尼来自我安慰和自我勉励。所以她愤愤地强调:"作为独生女,(我)从来不曾'乐于'给男人缝裤子——从不曾!"社会的演进向来都是不均衡的。作为被拘在传统角色里的新型女性,简深感到自己被忽略、被压抑,被"挪用"。

何况,他们没有孩子,没有育儿的苦与乐让简分心并舒解郁闷的心情;艰辛的操劳又严重损伤了她的健康。何况卡莱尔性格专横,严苛挑剔,成名后还一度狂热地崇拜有贵族身份的超级富豪太太兼沙龙女主人艾什勃顿夫人。而且,还有传言说简至死仍是处女云云。有些传言是无法证实的,也无从探究。应该指出的是,这对最著名的维多利亚夫妇间的矛盾、冲突和纷扰在很多方面具有超私人的起因和含义。

夫妇摩擦的一个实例是1855年2月关于持家费用的争吵。

那时简已经五十多岁,而且正因卡莱尔和艾什勃顿夫人的关系痛苦不堪。她正式给丈夫打了个报告,题目是《不被理解的女人的财务预算》("Buget of a Femme Incomprise")。她说:"我不愿意再**谈钱财问题**!高贵老爷的回答既不公平也不仁慈,而且毫不切题。"她一一举出家用开支增长的原因:新女仆加薪、改管道供煤气供水、税收增加,生活品(面包、黄油、肉、煤、蜡烛、肥皂等)涨价等等,共计多开支29镑10先令8便士。她说卡莱尔曾"带着'苛酷的讥讽'问(她)是否有数到底得多少钱才能满足",其实她要的不过是上年度已经超支的29英镑。实际上,她已经把卡先生给她的额外"资助"甚至自存的私房都用在买煤上了。"别以为",她在括号中说,"我告诉你这些是心存不高洁的幻想,指望你会再补给我那些钱;凭**对我父母的记忆**即所有在我来说神圣的东西起誓——我这种'不信神的家伙'还能凭别的什么起誓呢?"

这不是此类冲突中的头一回,也不是本次争吵的发端。显而易见,此前简曾经要求增加拨款而把持财权的卡先生则怪怨她花钱不节制。简深感其中的不公道。作为"主外"的男人,卡莱尔在家里是坐享其成者,住房设施衣食起居乃至仆人和税务统统由简打理。他毫不体察其中的艰辛,却让简要钱时感到自己是在乞讨。难怪简要称他为"老爷",甚至把问题提到"造反"的高度:

> 如果我是个男人,我或许会"扔下手套向社会挑战,和几个勇敢的同伴结伙,劫它一辆公共马车"。但我的性别"似乎"阻止我干那样的事。——请多发发善心!想想有些女人,比如,您的朋友艾什勃顿夫人("谣传惑众"、"耸人听闻"),她们一晚上在舞会上的花销可不止是令我如此大费口舌的"额外的"几英镑,而是相当于我全部

进项的四倍！……

简极为强烈地意识到30英镑之争背后的社会不公——在男女之间,在贫富之间。作为革命家马志尼的密友,简由柴米油盐话题骤然跳到揭竿而起呼啸江湖,令人惊愕,却也并非完全不可思议。这位儿时敢和男孩子干仗并比拼攀高涉险的英国头号文化家庭妇女,此刻对举案齐眉的角色真的是咬牙切齿了。

简的经济账无懈可击。她还预想到了对方可能的反响和应答,把它们用异体字写出来放到括号里(如"耸人听闻"),预先制止卡莱尔以简单的方式否定自己的逻辑,迫使他更耐心地面对糟糠角度的真实。不仅如此,她还把鸡毛蒜皮的家务争吵升华成一种写作和论争艺术。一共只涉及30英镑,她却起用了带法文的标题,算账精确到便士,还拿对自己来说最神圣最珍贵的东西起誓,甚至危言耸听地说到造反起义。她故意小题大做,锋芒毕露地讥刺男性当家人并且无情地自嘲。作为这份火气十足的报告的结束,简签名时却搬出了帕梅拉①式的贤良淑女腔,自称"您最顺从而谦卑的仆人"。真是文字高手。这签名既是降调和妥协,又未尝不是对女性地位的点题和更尖刻的嘲讽。

而卡莱尔呢,不论他此前表现如何,却能充分欣

---

① 18世纪英国著名小说家理查逊的小说《帕梅拉》(1740)的主人公,其言行举止曾被视为淑女典范。

赏简的文才:"写得真棒,我亲爱的机智的好媳妇儿,——最节俭、最戏谑、最伶俐的女人!我一定会让你心满意足,你要求的额外 30 英镑将会得到,你的欠账将被偿还,你的意志将被**贯彻**!"文中"你的"一词用的是古体的"thy",语句一如典型的卡莱尔文风,像《圣经》般抑扬顿挫,用在 30 镑家庭拨款上,不无玩笑意味,也不无认真,是夫妇间的文采竞争,也为一场家庭纠葛画上了休止符。后来卡莱尔在妻子去世后整理遗文时重读此件,再次说它写得那么机敏,自己实在"不忍烧掉"它。

由此我们知道文字往往是他们夫妻间彼此沟通、化解矛盾的主要途径,知道卡莱尔虽有时暴躁,却仍珍重妻子。他一贯称她"好老婆(goodie)"或"亲爱的小媳妇儿(dear little wifie)"什么的,有点高高在上的大男子主义,也不乏出自内心的怜和爱。只是他不肯或不能直面简对成就的独立追求以及她婚后的精神痛苦。不论在苏格兰乡下还是在伦敦,他理所当然认为自己是主角和核心,常常埋在书房里独自与他的灵魂和工作角斗,或者一人出门骑马散步,要求简提供生活保障甚至文娱消遣(比如弹琴给他听),却很少关心她的感受。在这种情况下他对居家环境和日常开支的干预和苛求加剧了简的气恼和绝望。

在孤寂和阴暗的心境里,打理家务、营建朋友圈以及借助文字审看并讥嘲自家琐事或许就成了逃避之途乃至生存的必须。简曾再三谈到亲友间的书信对她来说是何等重要。她甚至借用爱犬尼罗的口气抒发滑稽却又悲切的哀怨之情:"毁掉一个家庭的安宁可比恢复它容易多了……我的心!我的心呀!——苦—呜—呜哇苦—呜—呜谁—唉—唉!"朋友和来客自然也都注意到简的机智谈吐和那些拿丈夫拿自己开涮的俏皮话:

> 请想像:(场景——一间被伦敦黄黑雾严严实实笼罩的屋子!要呼吸,只能吸入某种液状煤烟!……)卡先生坐在餐桌的一端,看去情绪糟透了;卡太太在另外一端,看上去半死不活!卡先生说:"我亲爱的,我必须通告你我床上满是臭虫,或者虱子,或者其他什么整晚在我身上爬的小动物。"……

于是,半死不活的简只得掀床倒铺地搜捕小动物并继而发动更大规模的清剿。

从简笔下源源淌出的禅恩巷五号的故事还有很多。比如,有一次她曾替卡莱尔应税务官员传唤,和一干各色贫民久久等候,半晌才有幸进入"一间黑屋子,内有三个男人坐在大桌旁,桌上堆满了纸张文件。一人持笔对着白纸,一个在吸鼻烟……第三个显然是粪堆上领队的公鸡,充当判官的角色";她陈情申述说卡先生近年没有稿费收入无可纳税,但那颟顸而又霸道的下层官僚仍胡搅蛮缠不肯甘休。她的记述栩栩如生而又夸张幽默,令人联想到狄更斯小说中的场面。还有一次,禅恩巷六号人家引发了一场不大不小的风波。有一天突然有"九只母鸡和一只雄赳赳的公鸡入住毗邻的花园!"而且那公鸡打鸣啼唱不择时辰!卡先生的写作被打扰。卡先生夜不能寐。卡先生烦躁抱怨。是的,写作不顺时,备受折磨的卡莱尔就对环境特别敏感,然而他们又不是住得起深宅大院的富贵人家。于是担任全职管家和秘书的简就有责任周旋谈判。经过一系列争执抗议讨价还价,处置诸鸡的经济补偿以及在家里加修隔音书房的方案终于尘埃落定。半夜鸡叫危机获得解决。简如释重负,同时对邻居之谜不无神往:"六号!我打算就此写一部小说。"

如一位评家指出,此类记述常介乎"反讽和媚俗之间"。讥刺挖苦的笔调和鸡毛蒜皮的话题无情地拆解着卡莱尔们鼓吹的男性"英雄"的形象并一次次透视着评议着文化名人妻子的角色。但在另外某个层面上,"自曝内幕"的言谈和文字又何尝不是在迎合公众兴趣、维持并扩大名人效应?19世纪中叶尚非今日。对于后一种效用,卡莱尔们未必充分自觉,但也不见得全然懵懂。

"公鸡故事"得到了狄更斯的赞赏。他为简最终未能写出那部小说感到遗憾,说"那些在世的女写者和她根本没法比"。对狄更斯的议论不能过于当真。即使我们赞同某些当代西方学者,认为简·卡莱尔的书写乃是对维多利亚时期占主导地位的男性文类的旁敲侧击抵制拆解,认为她的书信是有艺术成就有思想内涵也有史料价值的文学作品,仍很难得出她可以胜过盖斯凯尔夫人或乔治·艾略特的结论。不过,她倒也不一定如钱钟书所说远远不及萨维奇——她只是比后者更尖刻更自恋更咄咄逼人。

钱钟书先生的确剑走偏锋。

他的"偏"使他时不时会在传统"重要"著作的范畴之外随心漫游。在中国社科院图书馆馆藏《巴特勒与萨维奇通信集》(1955)一书的借书卡上,孤零零地留着他的名字,日期是 1960 年 3 月 22 日。书页里还夹着一纸被他遗落的冒效鲁手写的便条。也就是说,在女性主义尚不那么走红的年代里,他是留意阅读或多或少被掩在他人背后的简·卡莱尔和萨维奇们的极少数人之一。

今天我们得以结识她们,还得感谢钱先生的引荐。

初刊于《书城》2007 年第 5 期

邂逅斯特拉

"认识"斯特拉·本森,在我纯属偶然。

1986年秋冬我在美国进修时顺便为编辑英国女作家作品选集(《蓝袜子》丛书)收集资料。浏览内奥米·米奇森的作品时,无意读到了她纪念本森的文章《远方的斯特拉》,其主要组成部分是她和本森的通信。最后,我决定把该文收入作品选。不是因为米奇森,而是因为内中的斯特拉。我喜欢本森的文字,简洁,矜持,幽默;含着莫名的痛楚。当然,也因为这些书信往往表现了两个女人之间的精神支持。说不定,还因为斯特拉写这些信时身在中国。

那时,我尚不知弗吉尼亚·伍尔夫曾就本森逝世说过"生活受到了损失";对于1985年《泰晤士报文学增刊》征询最被忽略的优秀作家作品时有两人(包括米奇森)提及本森一事也毫无印象(尽管我清楚地记得巴巴拉·皮姆因那次被提名而"重现江湖"的过程)。我不知道自己偏爱这样一个不见经传的人物是否有点出格,因此那本选集出版时我在前言中特别两次提到本森,半是提请大家注意她的价值,半是并不很自信地自我辩护:

> 内奥米本人已不算大名鼎鼎,而她所撰文纪念的那位曾在中国生活了很多年、写了许多畅销小说的斯特拉更是早已被人忘却了。而且,构成文章主体的往来书信应是信笔之作,并未私下打算好要传之久远。尽管如此,当斯特拉幽默地谈到马的"职业"与牙痛症的矛盾时,会令人哑然失笑;当她三言五语地描述奇异的日本舞者和醉哭的"落难"白俄时,栩栩如生的形象如在眼前。她们谈论时局,谈论文学和彼此的作品,用相互的友谊和关切濡沫对方。所有这一切,也许说不上伟大崇高,但却真真切切是前人留下的雪泥鸿爪,指示着一种追求,一种修养,一种尊严,一种可敬的人生境界。内奥米说,如今斯特拉已经被遗忘了,我们又何必写作呢?但也许,人类精神积累的林海中这些人迹罕至的幽径的存在,就是为了让偶然到此的漫游者面对星点的野花、带露的青草怦然心动,有所感悟?

又过了几年。一日突然在《文汇特刊》上读到李文俊先生的文章,提到张爱玲曾表示在外国女作家中她比较喜欢斯特拉·本森。我当时的反应是惊喜不已——因为发现了本森有这样一个中国知音。

本森(1892—1933)出身于富裕的英国人家,自幼患肺病。或多或少是为了养病,她的童年和少年时代多在欧洲大陆度过,曾在法国、瑞士等国上学。因为病也因为漂泊的童年,她曾体验很多痛苦,后来也一直身体虚弱,不时陷入抑郁状态,最后在越南病逝时年仅四十一岁。

似乎与羸弱的体质不相称的是,她一生酷爱旅行。成年后她积极参与女权运动,尝试过各种零星工作以争取自食其力的生活。1921年她和在中国海关任职的"洋员"安德森先生结婚,此后直到她去世,大部分时间在中国度过。到过北京、上海、香港,并曾在云南蒙自(Mengtsz),东北延边,广西南宁、北海等地较长期地居留,死在越南,葬在(越南的)一个小岛上。

在本森眼中,中国是一块贫瘠的失血的土地。她曾见证了延边的日本势力如何蛮横地侵害中国主权,也曾亲历云南、东北和广西的土匪骚扰和军阀混战。她对中国的感情很复杂,在中国的日子过得也并不快活。她不喜欢这片缺少绿色的土地,不曾试图深入了解中国的文化和人民,只学了一点点中文(安德森汉语相当不错)。她把自己的生活局限于白人小圈子。但是,她的许多书信、文章(后者收入分别于1926、

1928年出版的《小小天地》和《世界中的世界》)和亲手绘制的有关中国风情的图画却又体现了某种不容置疑的兴趣和关切。对中国的历史处境她多少有了解——她认识的海关中国雇员中不乏主张争取国家独立自强的激进青年。一般说来,本森在情感上一向站在弱者一边,比如,她讨厌那些自以为是的外国传教士和法国殖民者却十分同情俄国流亡者。这同情主要不是政治性的,而是针对白俄们无家可归的景况和失去"身份"的身份。她对动物(马、狗、鸟和家禽)也怀有特殊的亲近之情。因此,她似乎又对中国有某种潜在的关怀甚至认同。病重去世前不久,她把中国称之为她"今后度余生"的国家,并说"希望在那里获得惟有东方能给予的(内心)宁静"。有时,她甚至把中国的土地称之为"我们的":

> 两年前当我到达满洲的时候,简直像是走进了噩梦。我觉得,从来不曾有哪趟火车迫使乘客应对这么多的刺骨冷风、这么多肮脏的旅伴、这么不舒适的座椅,以及这样没有树、没有草的土黄色的天际线……
>
> 但是两年过去了。在**我们的**土黄色的满洲,花儿来了又了,恰如落日景象来了又去,如今那缺少欢乐的艰苦行程把我的记忆引向妙曼的终点……(黑体为笔者所加)

她也许没有想到的是,他们夫妇来华的经验其实与近代中国"失血"的命运密切相关。安德森为中国海关工作,却受英籍税务司(长)领导。中国丧失关税自主权自1842年中英《南京条约》始。1853年小刀会起事,上海英商乘乱攻占海关,开了"领事代征"的先例,上海形同自由港,此后逐步演变为"洋关"制度,即中国海关名义上由中国政府设立为中国服务并受中国官员节制,但是税务司人选是外国政府提名的,各关业务也由该外国税务司全权管辖。英国人赫德(Sir Robert Hart)就曾掌管中国海关近五十年(1865—1911)。英国人在中国海关的任职到1941年太平洋战争爆发美国势力主导世界后才结束。在实际运行中,中国海关成了丧权辱国的清政府对外偿付赔款的出纳机关和举债的担保机构,实际上是外国债权人的代理者,热心于增加中国海关收入的是外国的利益集团。海关洋员的高额薪酬由中国支付,赫德的前任李国泰(Horatio Nelson Lay)在任后期两三年里靠给中国政府(因办舰队事)添乱扯皮就得了一万四千英镑的酬劳。这种状况在辛亥革命后特别是北伐期间受到冲击,1929年国民党名义上实行"海关自立",但是外国对中国海关的控制一直到1949年春天随着最后一任外国总税务司李度(美国人)逃离大陆才正式告终。

在此背景下,1927年本森夫妇在东北经历了"杯中风波"。那时,当地中国政府决定加征一项税收。日本商人抵触情绪非常大,甚至有暴力闹事的迹象。虽然这项税赋与安德森们无关,但他们也被日本人敌视。他们夫妇甚至做好了一旦受到攻击从后院逃跑的准备。斯特拉对日本觊觎中国东北领土的野心早有感觉,因此这一次她评论日本人的心态是"惯于把邻居的家看作自己的财产"因而容不得"人家在自家园地里掐了一朵小花"。事后斯特拉以轻松的笔调写了《满洲的杯中风波》来描述这一事件,发表在伦敦一家著名杂志上。结果这篇文章被日本驻英大使看到了,而且提出了抗议。所以待安德森回英国休假时便遭到英国上司严斥,说:因为此事他将失去本来可以得到的升迁,而且,如果他太太再写此类文章他将被解职。

与本森这种复杂的心态相呼应,她最有名的作品(曾在英法获奖)《远东多比》中,中国构成了一个阴暗的生存背景,举目所见,是贫瘠的土地、粗陋的土房、肮脏的街道,蔓延的战乱,野蛮而贪婪的兵士——那些土匪般的军人从死人身上劫掠财物,还无缘无故毒打老谢尔盖·马里宁……然而另一方面,和这块异国土地相关的,也有某些温暖的暗示,如漫漫土路旁的星星点点的野花。

小说围绕流落在东北邻近朝鲜的某七道口镇的俄国人马里宁一家展开。故事的发展——暗合《圣经后典》中《多比传》的叙事框架。多比是流亡在叙利亚的犹太人,艰难谋生,不幸失明。由于多比忠于信仰,热爱本族同胞,上帝遣天使陪他儿子出行,让他儿子成了亲,最后他本人眼睛复明,家境也大大改观。

最耐人寻味的是,在本森的故事里,出任"天使"角色的是中国律师周威福。粗通英语的白俄青年小马里宁(即萨约沙)在七道口(!)街头遇到一个饶舌的广东人跟他搭讪,大谈英国和伦敦法学院(!!),说他在英国前途无量,只是为了"报效祖国"才毅然返乡。这不可思议的场面让我生出的第一个念头是这家伙是个江湖骗子,像哈克贝利·芬碰到的"国王"一样。而且是个山穷水尽的骗子。不过,或许当年中国的骗子尚没有今日多吧,后来我惊讶地发现,他说的竟然大都是实情。总而言之这位夸夸其谈者是解救了贫困潦倒的马里宁一家的天使,是带来微笑的逢凶化吉的喜剧人物。而且本森还让这位在教会学校长大的中国人想:上帝和自己一样是个东方人。从这一点看,本森安排一名在精神上文化上东西混杂、兼收并蓄的中国人出任"天使"并非偶然,表达了她对中国和东方的某种正面的理解,以及她对东、西文化关系的有新意的估量。

于是,我们几乎想说,她对中国的情感中,正面的肯定甚至稍稍超过了她心里对异己文化的抵触和排斥。

张爱玲看上了本森哪一点?是她冷静、明晰的眼光?低调而讽嘲的风格?新颖奇特的比喻?还是她对阴暗、无望的人生的直面凝视和冷静刻画?也许,本森通过张爱玲把她的某些文学基因留在了中国?

至少,我愿意这样想。

初刊于《万象》2004 年第 4 期

塞耶斯(上):从破案开始

"哦,该死!"彼得·万嘻①勋爵是说着粗话登场的。

他是善本收藏家,正要去参加古书拍卖,上了出租车才记起没带拍品清单,不由得懊恼。不过,他折回后没来得及再出门,就被母亲的电话"劫持"了——因为出了大事情:一位相识的建筑师家里清早突然在浴室里发现了无名尸,年老的死者一丝不挂,却莫名其妙地戴着夹鼻眼镜。他是谁?他如何到了那里?谁杀死了他?

---

① 彼得勋爵的姓 Wimsey 与"whims(e)y"谐音,明显有双关意,作者也曾明白指出这一点(如《校庆》15 章 287)。因此完全音译有所不妥,这里勉强试译"万嘻"。

回答这些问题自然就是勋爵大人的任务啦。

这是彼得的开场锣鼓,也是多萝西·利·塞耶斯(1893—1957)在公众前的第一次亮相。小说的名字直截了当地叫做《谁的尸体》(1923)。

当今的中国人有不少知道阿加莎·克里斯蒂的名头,但听说过塞耶斯恐怕就不多了。其实当年她们二位几乎齐名。后人常称20世纪20—30年代是英国经典侦探小说的"黄金时代"。《谁的尸体》和此前出版的克里斯蒂的《斯泰尔斯庄园奇案》(1920)则被认为是那个时代的"揭幕"之作。

对于塞耶斯来说,试笔侦探小说或多或少始于困境中的东奔西突。传记作者之一布拉巴赞敏锐地抓住了她人生中那段危机重重的关键期,不从传主出生谈起,开篇便直接切入到1920年代初,说:此时塞耶斯年已二十八岁,仍是处女,漂泊无业。

那时的塞耶斯并非初出茅庐。她是在牛津大学萨默维尔学院读了本科和研究生、拿了法语一等成绩的才女。她曾积极参与学生社团活动,出过两本颇得好评的诗集,曾在出版社以及法、英学校短期工作,经历了战争岁月,拒绝了自己不感兴趣的求婚,狂热地或不那么狂热地爱慕过不止一个年轻男人。然而,1921年她"漂"到伦敦之际,正值英国经济萧条失业严重。一些一次世界大战后退伍还乡的士兵尚且得在街头卖火柴,更不必说女人。年近三十的塞耶斯没找到自己的"天职",也没有安身立命的方式。没有资产。

没有职业。没有丈夫。作为新时代的"三无"女性,内心的焦虑和压力可想而知。

幸而那也是孕育变化和可能性的年月。在教育领域里牛津终于改变政策开始为女毕业生补授学位,塞耶斯幸运地成为头一批拿到学士、硕士学位的女性之一。在文化领域里,一方面剑桥系布鲁斯伯里圈文人雅士活跃一时,一些后来闻名遐迩的正宗现代派大作正在酝酿;另一方面侦探小说风靡一时,不仅中下层市民趋之若鹜,在所谓知识界里也颇得人心。柯南道尔重新请回了福尔摩斯,让他继续破案;吉·基·切斯特顿的布朗神父名气蒸蒸日上,《特伦特的最后一案》之类的故事则使读者和跃跃欲试的潜在写手看到了另类侦探和别样情节的迷人之处。

塞耶斯是时代的女儿。她喜读侦探小说,流连于其中包含的思辨乐趣和文字游戏,也看到了它们所提示的职业可能和商业机遇。1919年她有一次卧病在床之时曾狂读系列长篇侦探故事,还和女友通信恣意评点,由此突生一念,觉得不如干脆自己玩一票。随后在那段忙于代课教书、做翻译零活、找房租屋的伦敦岁月里,她一直不断构思,插空"泡"大英图书馆并争分夺秒地码字。"怀胎"的过程漫长而充满疑虑。手稿完成了,请人打字还得开销几镑,真让阮囊羞涩的塞耶斯好生为难。而后稿件辗转于一家家出版商长途旅行,反复体验退稿之痛的年轻写者几乎失去信心。塞耶斯请求父母再支持她一年,倘出书依然无望她就去教书糊口。熬到1922年夏天,有家美国出版商给了肯定的回音。不久她又在广告公司谋到一份文案工作。

塞耶斯的伦敦奋斗终于柳暗花明。

彼得勋爵东瞧西探

读者对那位细挑个儿、瘦脸盘的年轻爵爷的反响趋于两极,既有人追捧,也有人鄙夷。持否定态度的人认为:彼得背靠公爵家族,是出色学者、古董鉴赏权威、体育健将、出口成彩的智者以及外务部在国际危机中倚重的外交家,等等,实乃加添了现代特色的旧式传奇英雄,"完美"得令人生厌。

不过,彼得本来就是戏仿的滑稽浪漫"英雄"。所谓的"绅士侦探"是"黄金时代"经典的主流,福尔摩斯们个个都在其列;彼得只是随其流而扬其波,出身"高"得更夸张一点,钱多得更扎眼一些(自掏腰包乘飞机跑趟法国查个线索什么的不在话下)而已。他饶舌多话,腔调酷似沃德豪斯(P. G. Wodehouse)笔下那位事事仰赖仆人的轻佻少爷伯蒂,离王尔德剧中耍嘴皮子解闷儿的上层青年也不远。他见到死人会雀跃地说,"啊,完美尸体",宣称自己的嗜好就是好管"人家的闲事",还常常在严肃谈话中插入一串串歌曲、俚语和韵文。他在《谁的尸体》第二章里就开始喋喋不休,拿"body"一词("尸体"只是其义项之一)大做文章,且说且吟,还故意用些耸人听闻的话来捉弄他的一本正经的警官朋友。彼得的这类嘴上花活儿几乎无法翻译。现行中译本把借自彭斯《走过麦田来》中的名句"Gin a body meet a body"译成"尸体遇到尸体"又未做任何注释,[①]读来粗鲁无趣且古怪荒唐,真叫人替作者抱屈。文字游戏造成的翻译困难恐怕也是塞耶斯在中国难以像克里斯蒂一样广泛流传的原因。

然而这个人物从一开始就被赋予了双重面目。在第八章里他因为持续从事高强度破案工作,又不可避免要面对伤害和死亡等残酷事实,身心极度倦累,战争后遗症复发,半夜冲到现任跟班前任警卫员邦特那里求助,从而揭示了他并不那么轻佻快乐的一面。很显然,这个从小敏感脆弱、常做噩梦的家伙其实是在有意识地戏仿滑稽角色,他的内外两面反差极大。在人前他是兴致高昂甚至故意骇人听闻的即兴表演者。他似乎很明白,到了20世纪,爵爷们只有出演娱乐人民的小丑角色才能得到欢迎从而较为顺当地游走于世。他的创造者塞耶斯大肆招摇地呼应沃德豪斯(如《杀人广告》第一章),显然是借此和读者会心一笑,搭搭时髦类型人物的顺风车。

至于彼得满口俗语粗言,可以说是作者的某种自觉的拉伯雷式处理。塞耶斯喜欢中世纪骑士传统的

---

① 见秋叶(译):《谁的尸体》(群众出版社,2006)19 页。王佐良对该诗行的翻译是"如果一个他遇到一个她",当然也不适直接搬用。

悠远，也欣赏"低俗"的民间趣味的生机，甚至曾幽默地演讲说"俗气很要紧"。她毫不犹豫地向贵族人物注入自己在平民圈子里的观察体验，如常见的战争后遗症和对粗俗笑话的爱好等等，开心地制造矛盾和对比，其恶搞作法和嬉闹态度颇有点"后现代"。

彼得后来渐渐演变成无所不能的"超人"，其实是侦探小说的需要——这种公式（formula）小说的配方要素之一就是要展示某种与犯罪活动或破案方式相关的特殊知识或本领。正如有的评论者指出，学问名家的《玫瑰之名》和当代畅销书《达·芬奇密码》之类都是如此炮制的。知识是破案推理的线索，也是这类小说诉诸有文化的读者的知性魅力之一。为了应付彼得行"侠"破案的需要，不懂品酒也不了解教堂鸣钟艺术的塞耶斯没有少在图书馆吃苦头。这方面，塞耶斯比克里斯蒂做的"功课"多。

名探们哪一个没有几手绝活？彼得一个一个案子连续侦破，不免也就成了知识和本领的"多能"冠军。要破投毒案，他得如福尔摩斯般深通化学和毒药（《剧毒》）；要探究刁钻老头的遗嘱秘密，他得是猜字谜的高手（《梅里格尔老伯的遗嘱》）；要制服讹诈人的赌徒，他得能玩一手出神入化的扑克戏法（《扑克游戏》）；要彻查路上的抛尸案，他得是敢于飙车的超一流司机（《袋中猫》）；要让昔日老海盗的花招水落石出，他收集研究古书的嗜好便派上了用场（《龙头考证》）。当然，塞耶斯有时过于放纵自己。当我们读到隐姓埋名探案的彼得勋爵在某次小板球赛中为挽救危局按捺不住大显身手一展自己当年的牛津风采从而几乎暴露身份时,不免要微微哂笑。是的,这分多余的能耐真有点太007了。

总的说来塞耶斯的作品大都至今是蛮好看的故事,所以在英美仍不断印行。她的长篇几乎每一部做了某些艺术上和思想上的尝试。短篇很丰富多彩,不但有彼得到处东瞧西探一意发扬管"别人闲事"的嗜好,还添了小个子酒类推销员艾格先生不事声张地染指破案;有近似冒险传奇的《阿里巴巴洞穴》,还有鬼气十足的超现实想像《骑豹女郎》。她的多方面实践在侦探、冒险、间谍小说等亚文类传统中起着彼此呼应承前启后的作用,对后来的很多写家有直接影响,与大名鼎鼎的邦德(007)间谍系列也有明显的传承关系。塞耶斯对写侦探小说的手艺很认真,曾创办同仁协会"侦探俱乐部",大讲"不得对读者隐瞒线索,不能用科学上没说到的毒药"之类的行规。可是她从来不用大写的"Art"来指称这种非常风格化公式化的写作。她明确承认自家作品的商品性质和消遣功能。也许,她对所有的文艺写作都没有正宗现代派们那种自以为天降大任的多情想像。

"黄金时代"侦探小说和正宗现代派作品同在1920年代"崛起",恐怕有比较深层的社会历史文化原因。意识流小说所表达了对变化、失序和不确定性的感受以及和某种迷漫而沉郁的困惑。侦探小说同样是不确定性的产物,只是相反采用了有抚慰人心效用的非常公式化的固定喜剧结构。1920年代是不安的岁月。"在那个景气萧条变幻、拂拉啪女郎①出现、黑帮横行和法西斯社会方案纷纷出炉的时代,侦探小说带领人回望更自以为是的上一代人的冷静士绅风格和粗糙的乐观主义,维护那些已经几乎完全消逝的社会秩序和规范的胜利。"侦探小说不鼓励社会变革也很难引发灵魂地震,但它以独特方式迎合人们的精神需要并从一个角度提示了现存世界的问题。

转轨,再转轨

英国批评家利维斯夫妇对侦探小说不以为然。这类商业文学中唯一"惊"动利维斯夫人奎妮·多萝西动笔写文章的只有塞耶斯的《校庆之夜》(1935)。她说,如今塞耶斯从侦探故事写手"转而变为畅销小说家,成了在受过教育的读者中略享声誉的文学人物"。她抨击该书思想上艺术上的种种毛病,如每章前卖弄地摘引中世纪名句,美化牛津大学,发布浅薄道德说教,等等。如此以高标准写实文学为尺度的严厉判决多少有点放错了地方,但是利维斯夫人敏锐地意识到该书标志着作者的一个根本性转变:即《校庆》一书的重心已经不在侦探情节上了。

---

① 拂拉啪女郎(flapper)指1920年代一批活泼时髦的年轻女性,她们着短裙,留短发,喜欢喝酒,抽烟和跳舞。

变化其实早有端倪。

此前出版的《九曲丧钟》(1934)已用了相当多的笔墨绘写东英吉利乡村生活风俗画。与教区生活有机交织的,是偶然来到此地并与牧师结识的彼得·万嘻勋爵所卷入的又一起无名尸案。有关教堂建筑、钟楼、编钟和钟乐艺术的详细说明提供了一种专门知识,也渲染出某种中古哥特式氛围,最终还被证明与犯罪及破案密切相关。寻找行凶者的过程一波三折,带领读者结识了小村中形形色色的人物,包括痴迷于鸣钟奏乐的善良而博学的教区牧师,把婚姻合法性看得至高无上的虔诚村妇,信赖亲人并愿为之担当罪责的忠义弟兄,等等。大洪水来临之际,全体村民团结互助,镇定有序,不畏牺牲,终于安渡危机。直到最后,读者才和彼得一同发现,这个案子虽有尸体,却没有凶手。

悬念牵引我们走到多少出乎意料的结局。在这个意义上,该书仍然是"好"谜案故事。然而在另外的层面,就笔酣墨浓的社群生活描写和最后被揭示的"真相"看,小说已在质疑甚至解构侦探事业。在那古风犹存的乡间,死亡并非蓄意谋杀,而是意外,甚至是对恶人的天罚。现代司法及其业余帮手彼得·万嘻们除了找回一件没有人依然想要的名贵首饰,几乎没有起到任何惩恶扬善的作用,相反却给善良村民以及彼得本人带来许多困惑、怀疑和痛苦。对于彼得,这是个得启示受教育的过程。故事开场时,勋爵大人是因为他的现代高级轿车在新年暴风雪之夜翻了车才一头跌进那个小小世外桃源的。这难道不是极有象征意味的一笔?

接踵问世的《校庆》进一步淡化了侦探情节。这部小说中根本没有死尸,主要篇幅全被划拨给了对某虚构牛津女子学院师生群体的记述。

尸体的消逝值得大惊小怪。英文中侦探小说别称"whodunit"(意即"谁干的")——吸引读者读下去的悬念就在于解谜。也正因此,干的那件"事"得有点分量,得值得关注值得追查——如果只是某太太丢了一把没有暗藏任何玄机的破雨伞,又有谁肯去劳神破案呢?涉及国家安危和国际政治的事件通常被划归间谍小说,私人空间里这样的"大"事还真不多:巨额财富稀世珍宝的得失算一桩,能给阔佬贵胄造成大麻烦的敲诈劫持算一桩,剩下的,似乎就只有死亡的分量不容置疑。因此,不论是福尔摩斯,还是克里斯蒂的波洛,所到之处,每每遭遇死者遗体。

而在《校庆》中受到威胁和损害的却是女子学院的声誉和秩序。校内多次出现谩骂恫吓侮辱教员学生的匿名信和涂鸦漫画,还有烧书毁稿、焚模拟人像、破坏供电设施等等恶行。院方不想闹得满城风雨,因而没去报警却请来了老校友哈丽特·维盈女士。经维盈多方考察外加名探彼得施以援手,最后才真相大白。以对女校的骚扰破坏置换侦探小说中极为关键的"凶杀",是个大胆的决定。在1930年代,女子学院仍是引起争议的相对脆弱的新生事物,塞耶斯让它在故事中占据中心位置,说明女性话题在她心目中"生死攸关"的分量。

小说的另一条线索是万嘻和维盈的爱情。维盈首次露面是在《剧毒》(1930)中,身份是侦探小说作家,因旧日情人中毒死亡而成被告。她在法庭上固执坚持某些对自己不利的证词,只因为那是实情。彼得被这一点打动,介入调查,从而挽救了维盈。可是维盈被开释后却拒绝了彼得的求婚。此后维盈在彼得的世界里断断续续偶然出现。塞耶斯把爱情线索悬在那里,让彼得不尴不尬地充当徒劳的追求者。

彼得到底看中维盈什么?爵爷有钱有地位有十八般本事,而三十多岁的维盈不过是个容貌尚可、自食其力的小作家。如果两人在婚姻市场上速配,哪有维盈挑拣的份儿?重要的恰恰是这一点。待《校庆》重拾起"爱情",塞耶斯对两人关系的刻画却根本不是以彼得为中心的。作者自觉地赋予了女人以"看"者和"选择"者的强势主人公位置,专注地揭示女性面对如此难以拒绝的求婚者进行了怎样的考察与自我考察。塞耶斯说,维盈才是全书视点,彼得的形象完全是通过她的眼摄取的。因此,直到筋疲力尽的彼得在出游划船时暴露了自身弱点并检讨了以往胜券在握的求婚态度,两人间的平等关系才寻到了发展的新起点。经过几代女性主义者的呼号批判,如今很多人都认识到千百年来不公平性别秩序的表现之一就是女性总是被选择者和被看者。然而《校庆》出版于七十多年前。维盈那些翻来覆去的掂量岂不是先觉者对新型两性伴侣关系的构想？

到 1920 年代末塞耶斯的生存压力已大大缓解，于是她不仅辞去了广告公司的工作，而且开始更多地反思自己的写作。她意识到，谜案小说"提问与解答"的叙事方法导向读者欢迎的"答案"，但这却"严重地违背我们对生活和艺术的理解"。于是她把思想议题而非引人入胜的故事推向小说的前台。有关性别的思考正是话题之一。《校庆》展示了形形色色的女性选择和女性命运，甚至成为有关女性教育和女性职责的多声齐鸣的论争场，成为被某些人蔑视的"不招人待见的有关学识和女性主义的论文"。塞耶斯对性别问题的思考后来在《女人可算人？》和《不太算得上是人》等讲演中得到了更直白的体现。她反对大而化之的口号和大轰大嗡的运动。她力陈女人也是"人"，若有兴趣应有机会学习亚里士多德，若是乐意应有自由选穿男式长裤。她不赞成全盘照搬男性教育模式。她像弗吉尼亚·伍尔夫一样讲究平衡，认为人的头脑是"双性（Androgyne）"的。她维护女性特质和女性观点，高度评价女性的劳动和工作。塞耶斯的看法和议论是感性的，零星的，幽默尖刻的，并非当时或后来女性主义的主流。但是她的言说和写作不仅根植于时代大氛围，而且不以她的主观意志为转移成为 20 世纪女性实践的一个组成部分——如有的后来人说，"如若没有了塞耶斯那奇异、独树一帜且受过良好教化的智慧,女性主义思想将会贫弱许多"。

塞耶斯的另一个主要议题似乎关涉现代社会的弊端。她曾在广告界摸爬滚打整整九年,深知其中三昧。《杀人广告》(1933)一书揭示,广告营销多少类似智力游戏,其挑战魅力和成功快感把前来调查死人事件的彼得都迷住了,一度欲罢不能。但与此同时,小说又表明,以最大销售最大利润为目标的资本逻辑日渐主宰了现代人的全部生活,其后果是可怕的——如书中一个人物说:"(作)广告(的)人都是毒贩子。"塞耶斯还曾在讽刺文《谈谈其余六宗重罪》中尖锐抨击左右一切的贪欲:"唯有现今时代赋予了贪婪如此显赫迷人的荣光,还给了它一个称号可以像旗帜挂起来招摇。有人灵机一动将其称之为创业(enterprise)。自打那个妙念诞生之时起,贪婪……便一往无前……它看来如此快活而惬意,它狡黠的眼那般闪闪发光,简直没人能相信它的心仍一如既往冷酷无情且斤斤计较。"第二次世界大战接近尾声时她写信给亲人表示自己对战争结局并不悲观,却对和平前景满怀忧心:"我们将见证大规模生产发展到极致并最终毁灭自身。"塞耶斯的写作转型正是这类疑虑积累的结果。现实中的英国乡村和牛津大学肯定如利维斯们所指出存在无数弊端,却不妨碍它们在塞耶斯笔下作为传统文化余绪发挥狙击商业社会和唯我主义的作用,代表着某种理想化的可能性和"社会改造的愿景"。

因此,与《丧钟》相似,《校庆》也把大量篇幅留给了对群体的描写。不同的是,这里出现的是由牛津第一代职业女学者构成的"女性社群"。尽管她们性格各异境界不一,尽管校园里的风波难免造成人人自危彼此生疑,这个团队仍然同心协力地维护了教学和研究的秩序。在她们中间甚至连婚姻都不完全是个人的事。女教员德·怀恩的分析和建议对维盈的决定起了重要作用。塞耶斯结合自己学生时代的经历,借维盈的眼光将牛津幻化成关注知识和信仰、靠群体生活支撑并能和都市生活唱对台戏的学术殿堂,还通过万嚯的自嘲表达了对"古老价值"的某种追怀和护守。她倚重传统的思想与托·斯·艾略特的保守姿态不无异曲同工之处,甚至和利维斯们对前工业文明有机社会的称道也相去不远。

帮塞耶斯审读初稿的女友穆丽尔·伯恩曾担心《校庆》的题材未必能抓住读者,但塞耶斯拿定了主意"只说该说的话"。出人意料,小说销得相当不错——奎·多·利维斯的文章证明了这一点。塞耶斯有和公众沟通的本事。即使论道德谈社会,她的表述也是活泼鲜明的。

《校庆》之后塞耶斯只写过一部侦探小说,即和同名喜剧联袂推出的《忙人的蜜月》(1937),讲的是万嚯夫妇即彼得和哈丽特度蜜月时碰到的一桩杀人案。彼得说的最后一句话是"哦,该死",恰如《谁的尸体》的开篇。有意无意,塞耶斯为彼得系列画了一个完整的圆。

由于约稿机缘也由于决心"只说该说的话",从1937年起塞耶斯投入了有关宗教的舞台剧、广播剧和各类文章的写作,并赢得了相当的声誉。不料1943年她却再次选择转轨,接受企鹅丛书邀请翻译《神曲》,埋头书斋,十年磨剑,变成有名望的但丁专家。

两度转轨意味着不断从"成功"中引退。

塞耶斯顶住了出版商和铁杆读者的压力以及不可小视的经济诱惑,毅然放弃继续生产"彼得系列"。她是忠实教徒,在英国国教圈里有很多朋友,但却拒绝了索尔兹伯里大主教提议颁给她的名誉神学博士学位以及诸多教会机构纷至沓来的约稿。

人生最后十四年,塞耶斯全程走过了《神曲》的地狱和炼狱,但未能完成《天堂篇》后三分之一部分的翻译,从而永远滞留在了对天堂的求索中。

不过,或许那是她最好的归宿。

初刊于《中华读书报》2007年12月12日

塞耶斯(下)：制谜者的秘密

塞耶斯死得有点突然。1957年12月17日她白天还出门到伦敦购买圣诞礼物，当晚却在家里突发急病去世。第二天，一位彬彬有礼的青年人敲开了她的好友伯恩的家门："您是伯恩女士？……我是多萝西·塞耶斯的儿子。我可以进屋吗？"

伯恩错愕不已。她和塞耶斯是近四十年的知己，自牛津读书时代就共同参加兴趣小组，后来一直互相支持，甚至还帮塞耶斯写侦探小说和剧本。可她竟然全然不知有这么个"儿子"！事后，她想起多年前一个傍晚，她曾和塞耶斯去往牛津郡一处小农舍，在那里见到塞耶斯的表姐艾维、一个女孩和一个十来岁的男孩。她甚至隐约记起了分手时塞耶斯眼中闪动的泪光。

是的，写迷案故事的高手点水不漏地保守了自己的秘密。

牧师家的宠儿

塞耶斯童年时是个被宠爱的活泼孩子。

她生在维多利亚时代末期，父亲是牛津大学出身的牧师，和王尔德等著名文化人颇有交谊。父母结婚时都已年届四十。不知是她赶上了更自由的后维多利亚时代，还是父母对迟来的独生女特别宽容，总之，她的家庭远不像塞缪尔·巴特勒们描绘的那么粗暴压抑。

塞耶斯小小年纪就在父亲引导下开始读书，听音乐，看戏，拉小提琴。她是胃口健旺的读者，然而更让她兴奋不已的是演戏。她常常把书中的故事成套地表演出来，一度痴迷于大仲马的《三个火枪手》，自任贵族骑士阿托斯，还给全家人都分派了任务——父亲是国王，母亲当大主教，比她年长八岁的表姐艾维充当过的人物之一是阿托斯的恋人谢弗勒斯夫人，连姑妈和女仆也都被拉了差，她家"园子里回荡着恶狠狠的法国骂人话和木头刀剑交锋的响声"。

在那些日子里，十三四岁的多萝西给艾维写信，不时自称阿托斯，称表姐谢夫人："啊，爱人啊！爱人！即将要见到你！再一次把你紧紧搂在我的胸前！我把你的信藏在心口处——但我更希望拥着你可爱的躯体……"她的语气热烈而夸张，滑稽搞笑的用意跃然纸上,与日后彼得·万嘻的生动表演可有一拼。然而大约也在同一时期,那敏锐多思的少女极有预见地说,她希望表姐所持的崇高道德标准能多些弹性和包容:"我真不愿有这样的感觉,即若有一天我犯下了什么大罪过,会不敢向你求助。"当时的塞耶斯已经具备独立思考的能力并熟练掌握了若干种不同话语风格,不仅能成功戏拟男性恋人的口吻,也能在姐妹女友间交心深谈。

后来父母送她进了寄宿学校。到了20世纪初,英国略有资产的开明家长已经明白,嫁人不再是女孩子的唯一出路,应该让她们有机会受到教育进入职场。对于塞耶斯来说,对付学业是小菜一碟。学校生活有她喜欢的地方,也有些事让她不那么称心。她给父母写信谈住校生活的方方面面。令人惊异的是,她甚至毫不掩饰地描述自己对某男演员一见倾心:

> 我狂热地无望地孤注一掷地爱上了全英格兰最夺目最英俊最可爱最了不起的男人……还有他的微笑!!!!!!!! 可喜可爱! 令人神迷! 无以复加!!! 我在卧室里贴了四张他的照片,每天晚上都亲吻这些照片!

塞耶斯的言说姿态是亦真亦谑的:喜爱是真的,贴照片大约也是真的,然而那一连串不加标点分隔的最高级形容词,那些夸张的感叹号都宣示出信的写者同时在开自己和女同学们的玩笑,词语间分明听得见弗兰西丝·伯尼和简·奥斯丁等前辈作家的讥诮的回音。真可感叹,英国女性的戏仿传统竟如此精湛地代代传承,让笃信宗教的女孩子能这般健康而成熟地对待自己。她的父母自可放心,知道女儿既不故作正经,也绝不会追星追到使自己精神崩溃、家破人亡的地步。

塞耶斯和父母之间亲近的交流一直延续到大学时代和毕业后游荡于社会的年头。她曾不止一次向父母"汇报"自己的男朋友,1922年冬天还带来一个名叫比尔·怀特的青年到家里过圣诞节。怀特是汽车销售商兼摩托骑手,当时处于半失业状态,居无定所。塞耶斯对父母说,若是你们能请他来过节,他可就感激不尽了。这让身为牧师的老爸还真没法拒绝。

大"难"当头

次年5月,塞耶斯给父母的信中说,比尔·怀特找到工作离开了伦敦。此后她再没有提及那个人。

然而事态比她透露的要严重得多。

塞耶斯发现自己怀孕了。显然,那时她不仅在寻找职业和事业,也在全方位地尝试生活。至少在某些方面,她也是很"拂拉啪"的。

意识到自己面临重大危机,塞耶斯私下做了一些咨询后请下两周假带着一袋书和一只猫住进了一个小村庄。她检点自己的处境:怀特拒绝结婚,哪怕是只给孩子提供身份的临时婚姻;父亲的牧师身份难以容忍私生子带来的丑闻；母亲的神经状况不佳。她考虑过堕胎，但最终放弃了这条比较容易的处理方式——也许，她的国教信念以及内心的某种感觉不允许她这样做。最后她决定不告诉父母，独力生育抚养孩子。两周后，她回到伦敦上班。她委婉地请母亲推迟看望她的安排，号称自己"眼下有好多各式的熨斗搁在火上"，忙得不可开交、焦头烂额。她照常上班。她审读了《谁的尸体》英国版的校样。直到11月底她怀孕已七个多月之际又请了八周假，暂时人间蒸发，藏进某家海滨产院。临行她没有忘记把伦敦公寓转租给朋友并请对方照料往来书信。原来，没有男人可依靠的时候，女人也很能够如此临危不乱、井井有条。而且公司那边居然没有起半点闲言碎语。是塞耶斯的化装和表演功夫出神入化，还是她的广告界同仁竟能对别人的隐私守口如瓶？

几乎像是天意，童年时代至亲的表姐如今以在家中抚养孩童为生。于是塞耶斯在临盆之际写信给"亲爱的艾维"，感谢她的圣诞礼物，并说有"要事"相商："有个婴儿，我实在巴望你能收养……他没有合法父亲，可怜的小人儿。但我知道你会因此而更想让他尽可能好地开始人生。他父母愿尽力而为，乐于依照你的常规支付费用……"

艾维一口答应了。于是塞耶斯在孩子出生后写信把事情真相告诉艾维并请求她在亲友中保密。人生的发展如此富于戏剧性。如今她真的犯下了大"罪过"遇到了大麻烦,不得不来向表姐求助了。没有人记录下她如何在英格兰一月阴冷的天气里携着篮中裹得严严实实的婴儿来到表姐家的情景。但我们几乎可以栩栩如生地想像。

然后,塞耶斯转回伦敦的广告公司继续上班。

危机还远远没有过去。

父母不知道女儿的身心已是地覆天翻。甚至连艾维也不知道。塞耶斯发胖了。她的头发大把脱落。她情绪起伏,几乎痛不欲生。她和怀特交涉,一时存几分希冀,一时愤恨不已,最后到1924年4月间终于以一句恶骂"滚,见鬼去吧"彻底结束了两人的交往。在那段难熬的日子里,她唯一的发泄对象是更早前曾辜负她一片爱忱的犹太裔美国作家库尔诺。这初看起来匪夷所思,细想则理所当然。女人产后即使"风调雨顺"都可能被抑郁症骚扰,何况塞耶斯难以进入工作状态却得维持上班,活得苦痛不堪却没有权利选择死亡。在孩子父亲退避三舍而自尊心不容她继续纠缠的情况下,除了那个对一切一切多少负有原始责任、和她分享着诸多私人秘密而且此时她仍然爱着的男人,她又能向谁倾诉?她写了很多信,再度会见过库尔诺。与库尔诺打交道并不比和怀特谈判更轻松愉快。她"整夜嚎哭"。她怨气冲天。她的信充满斥责,自嘲,歇斯底里情绪,甚至绝望:

> 但愿安东尼(儿子名)和我不至于沦落到济

贫院！但是想工作却是那么难。我感到那么难过，真把我自己吓坏了。我以为事情慢慢会好起来，可我每天都感觉比上一天更糟，我时时害怕他们会把我从办公室踢出去因为我活儿干得那么烂。而且我甚至不能采取最后一招了结掉我自己，因为，要是那样，安东尼该怎么办，那可怜的小东西？

伤筋动骨一百天。只要捱得过，心的伤口也终会愈合。有一天塞耶斯的信突然变了调子，冷静地鞭辟入里地谈论起了侦探小说的写作。然后，她不再给旧日的爱人写信了。她活过了那个阶段。她超越了所有的库尔诺和怀特们。

担当与劳作

塞耶斯保住了公司的职位。她继续在晚上和周末写侦探小说。她甚至很快安排了一桩不无权宜色彩的婚姻，于1926年4月嫁给了当记者的离婚退伍军官弗莱明。也许，如她本人说，"自由恋爱带来的种种限制"让人不堪忍受。也许，弗莱明表示愿意正式收养她的孩子的承诺促成了她建立家庭的决定。他们还算合得来，彼此一度是不错的伴侣。然而婚姻不可能一帆风顺。收养孩子的事迟迟得不到落实。几年后弗莱明的身体状况又日渐恶化。塞耶斯成了家庭的主要支柱，上班挣钱，写书挣钱，供养儿子，支付弗莱明的治疗开支,还得应付病人的脾气。她说,弗莱明如今很难相处了。区区一个"难"字,在柴米油盐的现实中有多少辛酸苦涩!

与此同时,在乡下,艾维在帮塞耶斯育子。对小安东尼来说,他体会到的母爱一定全都来自艾维。那个远在伦敦的提供经济来源的女人呢?她是"当家的",挣面包衣服和学费的人,是性别分工中的"丈夫"。她不时来看望他们。她写信给艾维:"别担心花费……我会送张支票过来……我真希望能来看你,可眼下我百事撞头,城里的约见呀与书籍和出版商有关的种种麻烦事儿啦这些都得我来干而且都意味着来钱。"她的口气也着实像在外挣钱养家的男人。

最初塞耶斯也有通常的做妈妈的感受。她曾得意地提醒艾维注意——"瞧我把他的耳朵睡得多么平"。她曾因为孩子出牙较早骄傲地调侃道:"人家的那些平庸的孩子得晚两个月才出牙呢!"但是渐渐的她越来越远离婆婆妈妈的细节了。据安东尼本人后来说,他十来岁时已模糊猜出塞耶斯的真实身份。可是塞耶斯几乎全然没有亲娘感伤多情的溺爱。她循序渐进地安排孩子的生活和教育。1934年办了认养手续后她告诉艾维,此后孩子写信可以称她"亲爱的母亲"了,不过,用不着多写,因为孩子(住校时)真正会想念的是艾维"你"。是的,艾维是成功女作家身后的不可缺少的另一个女人。她替表妹当母亲。她塑造了孩子的性格和人品。最后,她把一生辛劳积攒下的一点遗产都留给了那个孩子。

直到安东尼长大懂了事,塞耶斯才点破真实母子关系,但仍未告诉他父亲的名字和情况。即使他进了大学,她仍用商量的口气说,"你最好的法子"还是沿用"收养关系"的说法。她的言外之意很明白:多一事不如少一事。她不想让无谓的风波干扰自己的工作或孩子的成长。总之,塞耶斯几乎像恩威并重的"严父"。她写信和安东尼讨论学习,为孩子取得的成绩叫好,送他礼物,和他谈自己的工作,寄书给他。安东尼后来步她的后尘考入牛津,进了彼得·万嘻勋爵的母校贝利奥尔学院,恐非偶然。第二次世界大战期间她支持儿子暂时中断学业参与保家卫国:"如今我们在战斗的前沿了,要紧的事是坚守阵地并去做那些需要干的防务工作……你在学校挺出色,把这个营生也干漂亮";还叫他别嫌枯燥的空军技术工作乏味:"战争的胜利不仅取决于装备,也有赖于一个民族忍受单调和艰难的能力。"

有些人好奇,塞耶斯作为教会卫护者和道德说教家,如何解释她的私生子,又如何应付由此而来的罪恶感呢?塞耶斯不曾谈这些。那大约是她和上帝之间的事吧。千百年来形成的欧洲宗教传统未必如某些简单化的批判教条所概括的那样一贯"压抑人性",教会的告解仪式等等很可能为信众提供某些心理支持和帮助。总之,渡过危机后的塞耶斯显然没有沉溺于罪感,却在很多私信和文章中谈到责任、涤罪和救赎。一位传记作者说,她要履的"约"并非只是出版合同。的确,从她对待孩子的认真态度,从她后来处理婚姻关系的隐忍精神,处处可见某种大写的"责任"。

如此,塞耶斯成了有另一重隐秘生活的女作家。保密最初是生存的必要。谋得经济独立以后,对于这位既不胆怯也不再脆弱的职业女性来说,隐瞒似乎不再是刻意为之。她只是不想让更多的私人因素干扰自己的写作。她在1937年写给儿子信中说:"我们的作品比我们本人更重要。"

在塞耶斯看来,工作是圣事,是求救赎的路径。在宗教诗剧《天主之宅》(*The Zeal of Thy House*,1937)中她借1174年火灾后受命重建坎特伯雷大教堂的建筑师威廉之口道出了自己的心声:

让我深陷地狱
被死亡啃噬,任地火焚骨
但让我的工作,我命里全部的善,
我身中所有的神,屹立、勃生并成长吧。

初刊于《中华读书报》2007年12月19日

普拉斯身后的纷争

一个名人已经足以让人们津津乐道。

而特德·休斯(1930—1998)与西尔维亚·普拉斯(1932—1963)夫妇双双是名扬四海的诗人,且后者又死于自杀。于是他们不可避免地成了世人议论的话题。有些人总觉得休斯对女诗人之死有点责任,另有不少人则起而为他辩护。一位名叫杰奎琳·罗斯的女学者前些时出了一本《普拉斯幽魂不散》(1991)又拎起这对夫妇间难断的公案。她着重批评的是由休斯和他的家人所代表的所谓"普拉斯产业"对普拉斯留下的文字材料的垄断、篡改和歪曲。

美国姑娘普拉斯短暂的一生可以说是一帆风顺。她自视才华出众,年轻时立志要当大作家,十七岁开始发表作品。她获得奖金进大学读书时,成绩优异,在数种写作竞赛中得奖,1956年毕业后又拿着奖学金漂洋过海到剑桥大学当了研究生。在那里她认识了才华出众的年轻英国诗人特德·休斯,与他相爱并结了婚,一举成了"国际知名的天才诗人的妻子"(普拉斯语)。对此她似乎是颇为得意的。1957年,休斯出版了第一部诗集。

休斯在美国居住了一段时间。普拉斯怀孕以后,顺从丈夫的主张于1959年冬定居英国。她的第一个孩子和第一本诗集都在1960年来到世间。此后她一度流产并于两年后生了另一个孩子。同时,她几乎不歇手地从事写作,完成了大量诗稿及自传性小说《钟形坛子》,后者于1963年1月用笔名出版。

但是从另一个角度看,对普拉斯来说,这段不长的人生却又是风云不测、险象环生的。她八岁时父亲病逝,小小年纪便切近地接触到死亡。上大学期间她曾精神崩溃,几次试图自杀。英国的阴冷天气令她备感压抑。婚后,特别是怀孕生儿后,持家、育子、写作等几重负担同时加诸一个脆弱的躯体。而雪上加霜的是,休斯的婚外恋情纠葛使家庭濒临破裂。终于,在1963年2月一个几十年不遇的特别寒冷的清晨,她丢下一对小儿女自杀死去了。

诚然,如某些为休斯辩护的人所说,吞噬了普拉斯的那深刻的痛苦与她近乎病态的敏感天性相关。但她的毁灭恐怕也不能完全归因于先天素质,也有不少社会的和人为的因素。《钟形坛子》对此有所揭示。

普拉斯在其中描写了精神失常的女主角"我"所感受到的母亲的冷酷："女儿进了疯人院！是我让她蒙了羞。然而她仍决定原谅我。"这里母亲把女儿罹患精神病当做女儿乃至自己的人生失败和耻辱。可见"成功"已成为加在女主人公身上的可怕的家庭和社会压力！生病的女儿在母亲脸上读出的竟然是"原谅"（连"怜悯"都不是！），这里又该有多少辛酸、挖苦和愤恨！由此我们可以多少了解普拉斯何以频频得奖、春风得之际突然病倒辍学了。而且，折磨她的痛苦和怀疑远非都是出自纯个人原因。因此她才会谈论广岛，才会抱着孩子参加反军备竞赛的游行，才会在名诗《女性拉撒路》中提到纳粹"敌人"。

但是，想要确切地了解普拉斯究竟如何并非易事。因为有各种势力在控制、影响普拉斯的形象塑造。其中最重要的恐怕就是所谓的"普拉斯产业"了。当今社会"进步"，万事万物都无一漏网被纳入商业轨道。文化名人死后就由亲属或遗嘱执行者等充当法人组成"××产业"全权处理其文化遗产。如果今天有人问我们讨要普拉斯的版税，那么他不是代表买断了版权的出版商就是代表"普拉斯产业"了。由于普拉斯未和休斯正式离婚，她最珍视的手稿便统统落入了休斯和他的妹妹奥尔文（休斯任命后者代表他在"产业"中充任文学执行人）之手；虽然他们说不定正是普拉斯死前怨恨最深的两个人。

公道地说，休斯们已将普拉斯的很多遗诗付诸出版——这也符合他们的经济利益。但是,出版的文字经过他们编辑,因此总有人怀疑未必是"原装"。而且休斯把普拉斯最后一个月的日记全部销毁了——他本人解释说是为了保护孩子们的心灵不受伤害。此外,据说由普拉斯母亲辑选的《家书集》(1975)也多有删削。罗斯在从事研究时和普拉斯产业打了不少交道。她在自己的著作中激动地发难说:普拉斯的作品(包括档案中的手稿),特别是她的日记已被人涂抹、肢解、篡改。她还进一步从语言、文本和权力的关系出发讨论了谁"拥有"他人的著作、谁把握控制"事实"、谁来界定他人的"真实自我"以及是否存在凌驾于各种猜想之上的"唯一真实"等一系列理论问题。普拉斯产业指责该书"邪恶",声言要诉诸法律。美国著名女作家欧茨为罗斯写的书评在《泰晤士报文学增刊》刊出之后,进一步引起许多反应,有表示赞成罗斯的,也有为休斯鸣不平的。奥尔文则亲自投书,一方面从她的角度澄清事实;另一方面声明说"产业"中有关具体事务是她负责的,与特德了无关涉。

女诗人的悲剧,也许该说是两位男女诗人的苦痛和不幸,似乎还远未完结。

初稿于1992年,初刊于文集《不肯进取》(浙江文艺,1996)

"拜访"古典

18世纪的英国女性小说家

女性读者群的形成和女性小说家的崛起是18世纪英国文化生活中最意义深远的事件之一。

贝恩和她的追随者

谈到英国的职业女性写作,每每要追述到17世纪末的奇女子贝恩(1640—1689)。弗吉尼亚·伍尔夫在《自己的一间屋》(1929)中曾说过:所有的女人都应在阿芙拉·贝恩墓上撒下鲜花,因为是贝恩为她们挣得了说出自己的想法的权利。

贝恩的代表作《奥鲁诺克,或王奴:一段信史》(1688)有明显的承前启后的特征。它所讲述的奥鲁诺克与妻子悲欢离合的故事属于"英雄传奇",继承了罗曼司(romance)叙事传统。对于政治上拥护复辟皇室的贝恩来说,奥鲁诺克最根本的身份是尊贵的王者。然而他并非旧式"王公"或"英雄"。开宗明义,小说标题便采用矛盾修辞法借"王奴"这个词组将他的自相冲突的社会地位亮出来。他的肤色和面貌、出身和教养无不充满矛盾:他肤色漆黑,但鼻子却高高隆起,"不是扁平的,非洲人式的";他是黑人部族的王位继承人,却得法国老师多年调教,并且常与欧洲商人打交道(包括卖奴隶)。他通晓好几国欧洲语言,博览群书,"像是在某个欧洲宫廷长大成人的",但作为受害者又常常激烈地批评基督教和白人文明并率领黑人奴隶起义。他既做过贩奴者,又最终成了被贩卖到美洲的奴隶,因此他和其他黑奴的关系也是既有认同,也有深刻的隔膜。与主人公相似,讲故事的"我"也有多重的社会身份和多重的主体立场。她是白人殖民者中的一员,来到美洲殖民地苏里南后住在岛上"最好的房子"里,被奥鲁诺克称为"大女主人"。可是另一方面,她又对奥鲁诺克怀有深切的同情和敬意。比贝恩晚出生十余年的玛丽·查德雷(1656—1710)曾在一首诗中说:妇女无缘接触知识,被分派做最低贱的粗活,"充当奴隶",为奢侈骄横的男人服务。因此,女性叙述人同情、欣赏受迫害的奥鲁诺克,把他视为理想的英雄人物,并对以副总督为首的白人毒打折磨奥鲁诺克一事表达"我们女人"的不满和愤怒,是有深刻的内在原因的。

　　小说的叙述者和主人公都是在"老"故事框架中

出现的新时代的新人物,故事的背景也从传奇的非洲转到写实的美洲。航海殖民活动像是魔棒,把黑人王子奥鲁诺克变成了奴隶,同时却也把在欧洲微不足道的叙述者幻化为显赫的"大女主人"。苏里南复杂的种族关系和政治情势给了女性叙述人"我"介入政治的机会,就像复辟时代的危机曾使贝恩本人得以出任间谍的角色。没有这种参与感带来的自信,就没有这个人物的另一重身份——即女性讲故事人/作家。叙述人常常有意无意地强调最后这个身份。比如,书中有关"我"和奥鲁诺克等人的冒险和狩猎活动的记述所占篇幅超过全书的八分之一。她自称这些是"离题话",但是却津津乐道。显然,叙述人有某种"僭越"倾向——她流连于自己的活动和情感,使它们"超重"并几乎构成一个可与主人公的悲剧抗衡的有意味的"故事"。

贝恩的成功使其他一些粗通文墨而又处于经济困境中的妇女敏锐地意识到存在一个乐于购买贝恩式产品的读者群。

于是,德·拉·里维埃·曼利(1663—1724)和伊莱莎·海伍德(1693—1756)之流纷纷照猫画虎,开始了兜售散文故事的笔墨生涯。她们的作品就题材而言更多地脱胎于贝恩的熔法国式爱情传奇和"丑闻实录"(chronique scandaleuse)于一炉的三卷长篇《豪门兄妹的爱情书简》(1684—1687)和中篇言情故事。贝恩后继者的共同点是聚焦于越轨的情爱和女性激情。

曼利的小说,如讽刺辉格党党魁、挖苦上层社会堕落风气的《新大西洲》(1709)和带有自传色彩的《里维拉历险记》(1714)等,或是接近丑闻纪实和罪犯小说,或是以夸张笔触记述一连串以异域为背景的爱情奇遇。演员出身的海伍德也几乎同出一辙。她的第一部小说《过度之爱》(1719)曾轰动一时,与《鲁滨孙漂流记》及《格列佛游记》一道被列为理查逊(1689—1761)之前的三部最畅销书。她承复辟时代余风用比较直露的笔调写性爱,大肆铺陈、渲染引诱或情爱场面,书中时时出现起伏的酥胸、急促的喘息、激动的战栗、绵软的身躯、半透明的不整衣衫,等等,有意通过撩逗、激发色情想像而吸引读者。然而,她的作品又与色情小说《范妮·希尔》(1748—1749)之类有根本的差别。在她们的小说里,纯洁少女被贵族引诱者追逐迫害的道德寓言已经成型。海伍德作品中一再出现的模式是:守身如玉、消极等待的贞女得到颂扬、爱怜并终有"善报";而那些遭恶报的女人,如中篇《放达敏妮》(1725)中的女主人公,则都在社会中比较有地位,又在恋爱中表现得"过度"大胆、主动、热烈。

对性爱描写既趋又避,是早期女作家和理查逊的重要共同点之一。这类小说中的男主人公也往往面目模糊或前后表现不一。海伍德既复制了复辟时代喜剧中类型化"浪荡子"形象,又驱使他们转变;既想让女性激情和欲望得到充分的表现,又企图界定并神化某种与美德相关的真爱。总之,不论这类小说艺术成就如何,在近时许多文学和文化研究者看来,它们的存在"是极为重要的,使后来世纪中期的经典小说的出现成为可能"。

《帕梅拉》之后的女性小说

在工商业增长和殖民扩张进程中,旧的生活模式逐渐被侵蚀。经济、社会、文化的种种不同质的发展给中产阶级女性造成新的限制和挤压,也带来了新的发展空间和新的自我想像。有些妇女问题专家说,18世纪的英国女性被逐步摈斥于公共领域之外云云,恐怕是不符合实情的。实际上,当时中、上阶级女性在退出某些生产领域的同时大步走进了由正在变化的居家、娱乐和社交方式所催生的诸多新公共领域,小说的生产和消费就是其中之一。不仅日渐有闲的中产阶级妇女成了印刷品的忠实消费者,越来越多的下层女性也加入了不断扩张的读者群。专为低收入者服务的流通图书馆随之应运而生。由于女性读者的趣味和好恶对书籍的出版发行产生了举足轻重的影响,曼利和海伍德们才得以卖文为生。同样,由于存在这样一个热衷于从阅读中获得人生教益的群体,理查逊才会不断地和女性朋友兼读者讨论修改他的作品,帕梅拉才有可能在小说里获得第一主人公及道德权威的中心地位。他的《帕梅拉》(1740)继承了曼利和海伍德的"引诱小说"的情节框架,使之和兴盛一时的说教文学融合,让代表美德的帕梅拉最终收获了世俗的和精神的双重奖赏,把旧式引诱故事成功地改写成备受欢迎的新灰姑娘神话。

需要强调的是,《帕梅拉》等作品发布的操行指南不仅是对女性思想和行为的指导规训或(如某些女权主义者所强调)压制女性的新策略,而且也是整个中产阶级界定自身新身份的努力,是他们自我塑造、自我提升并在全社会范围内革新道德规范的宏伟计划的重要组成部分。理查逊等男性作者自认为有责任与复辟时代罗切斯特伯爵所代表的贵族恶德抗争,不仅认同帕梅拉所演示的虔诚而高洁的自我形象,而且也认同她和其他女主人公所代表的"美德受难"的社会处境。如学者南希·阿姆斯特朗说,"现代个人首先是个女人"。

以理查逊最后一部小说《葛兰底森》(1753)的同名男主人公为代表的商业社会新"绅士"大大不同于旧式尚武骑士,而更近似于所谓"淑女"。一些带有女性色彩的特征,比如对文雅和"精美"(refined)的讲求,开始主导全社会的趣味。对精致之美的追捧是 18 世纪中期的张扬的"善感文化"(the culture of sensibility)的一个重要方面。动辄落泪昏厥并喋喋不休谈论内心感受的帕梅拉是集种种敏感多情特征之大成的女性模范。"我知道我写的是真心话,"帕梅拉说。传达着女主人公的"真心"的话语不仅征服了情人,最终还改造了整个《帕梅拉》世界。理查逊的推重人"心"的作品"展示了识字妇女的道德力量以及男人皈依女性所代表的价值观的可能性。而这正是新兴的善感文化的主旨"。"情感主义"(Sentimentalism)思潮把妇女及其感受和德行推到了思想文化阵地的前沿。

《帕梅拉》之后,女性"出品"达到了一个峰值并在此后几十年里保持着数量上的优势。据说,1760到1790年间的书信体小说中有三分之二到四分之三出自女人之手。英国不但有了《新淑女杂志》一类刊物,而且它们已经开始刊登题为"女性文学"的文章了。一批人称"蓝袜子"的自学成才的中、上阶级妇女活跃于伦敦的文化沙龙,并且大举介入翻译和写作活动。在《帕梅拉》引发的热烈争论中,"老"作家海伍德推出了一部《反帕梅拉》(1741),把讥刺的矛头指向帕梅拉所代表的信仰和德行以及她向上爬的社会抱负;稍后又发表了《给女仆的礼物》(1743),立场明显有所转移。她趁热打铁、匆匆炮制不止一部"搭车"作品,说明她充分意识到热门话题的推销潜力,也深知不同的意识形态表态可以从不同类型读者的钱包里挖出硬通货。大约十年之后,海伍德又出版了她最著名的小说《白希·少了思》(*Betsy Thoughtless*,1751)。"少了思"小姐出身伦敦富裕人家,是个仰慕虚荣、贪图享乐然而心地单纯的女孩子。她一心要充分享受被多人追求的快乐,导致遇人不淑,尝尽苦头,最后才幡然醒悟。该书明显地向理查逊的路数靠拢,说教意味大大加强。不论这是否表明海伍德想"痛改前非",至少可以说她在情感主义大势将成之际准确地判断了世风,

"拜访"古典

"适应了市场并修正了自己的形象"。此外,在这部小说里,粗制滥造的罗曼司成分大大减少,语言表达、情节布局、人物刻画等也都大有进境。这恐怕不只是海伍德个人的成熟,也体现了理查逊和菲尔丁对英国小说的锻造。

亨利·菲尔丁的妹妹(也是理查逊的好友)萨拉·菲尔丁(1710—1768)的《素朴儿》(1744)和弗·谢立丹(1724—1766,名剧作家谢立丹的母亲)的《比达尔弗小姐回忆录》(1761)则都以十足成色的多情主人公弘扬情感主义哲学,并明确表达了对唯利是图的商业化世界和"个人利益经济学"的抵制和批评。戴维·素朴儿虽为男性,却有鲜明的女性特征,而且他的人生轨迹和诸多女性故事相交。他天真质朴,和他弟弟丹尼尔的虚伪狡诈构成醒目的对比。素朴儿和比达尔弗小姐的人生历程都是一连串的磨难。这种悲剧性处理不只是为了赚取眼泪,更包含了两位女作家对伦理和世态的认真思考和估量。终难见容于世的素朴儿的命运是双刃的诘问:既是对社会的质询,也隐含对情感主义美德本身的怀疑。

曾得约翰逊赏识的夏洛特·伦诺克斯(1720—1804)的成名作《女性吉诃德》(1752)讲述的是贵族少女阿拉贝拉的故事。她随父亲隐居田园,把浪漫传奇看作"生活的真实图景"并从中摄取了"她的全部见解和期望"。由于阅读成为越来越普及的文化消费,女性书迷开始成为文学作品中的刻板人物,阿拉贝拉就是这样让男人头疼不已的走火入魔者。她以虚构取代实况，见到一略有灵气的园丁就猜想他是隐姓埋名来追求自己的名门青年，发现来做客的表亲格兰维尔有恙，便认定是为自己害了相思病，如此这般地演出了一系列荒唐戏。不过，不论这位贵族小姐如何凌空蹈虚，其实她的幻想本质上与白希姑娘的心愿相似，是渴望在异性的关注中享受快乐和权力，从而从反面揭示出当时女性的"正常"生活是多么局促、空洞和暗淡。

步白希和阿拉贝拉们的后尘，弗兰西斯·伯尼（又称范妮·伯尼或达勃莱夫人，1752—1840）的伊芙琳娜小心翼翼、不事张扬地出场了。《伊芙琳娜》(1778)是轰动一时的畅销书，也是奥斯丁之前最成功的女性作品之一。小说描写来自乡下的身份暧昧的孤女伊芙琳娜·安维尔到伦敦"闯"世界并最终嫁给一位德财兼备的贵族青年的经历。就这个人生轨迹看，她显然是继帕梅拉之后的又一个"灰姑娘"。不过，通过女主人公即主要"写者"写作风格上的改变，这部书信体小说反映了《帕梅拉》所未曾包含的"成长"主题。

伊芙琳娜十七岁时得到监护人批准跟随邻居到伦敦访亲会友见世面，她最初从伦敦写信时，口气完全像个兴奋得晕了头的乡下姑娘。但不久后她就在私人晚会上开始了自己的"学习"。她的不少举止被认为不合礼仪。她的那些言行粗鄙的中产阶级亲戚又不时让她蒙羞。她写信给自己敬慕的贵族青年为亲戚们的失礼道歉，不想又触犯了淑女决不能主动与男人通信的忌讳。而她在游乐公园里走失一事则成了小说中的一个重要象征，凸现出女主人公的困惑和惊恐。伊芙琳娜意识到自己的命运取决于别人的看法——像她这样没有私产、没有家庭支持的女孩子一旦被开除"淑女"籍，就不但会失去缔结满意婚姻的机会，甚至可能失去安全和温饱。于是，生活不再是少年不识愁滋味的欢闹喜剧，而是布满了陷阱的险恶迷宫。伊芙琳娜的语调开始发生变化。她说自己"无精打采，忐忑不安，没有精神头儿也没有勇气干任何事……"她开始采取拐弯抹角的说话方式。这说明她开始失去天真，意识到了"应该"和实情的距离。此外，值得注意的是，在日渐成熟的伊芙琳娜笔下，"怕"和"爱"两个词在很多时候是可以互换的。对她的监护人，她常常用"爱"的宣言来掩饰自己的不安；和自己爱慕的青年男子打交道时她却不时以合法的"怕"来表达浪漫的冀望。伯尼以触目的位置突出"惧怕"的母题，并把它和女性对理想化的男性权威的"爱"扭结在一起。这一叙述选择使她笔下的灰姑娘冒险具有了新的意味，婉转地再现了伊芙琳娜们被压抑扭曲的处境以及她们修正这一处境的尝试。爱与怕的结盟不仅昭示出女性对男性"主人"——不论是父亲、导师还是丈夫——的"爱"背后的社会的和经济的压力，同时也透露了女性对于被社会认可的规范的改造和利用。这使她们在一定程度上成为压迫性性别规范的共谋或参与制定者,同时也使规范在生成之际就开始变质。我们或许可以小结说,在伯尼等女作家笔下,体现于帕梅拉等等的那种一脉相传的"女德"实际上代表了一种与当时的男权秩序有诸多共谋关系的特殊的女性主义,其特征是多情善感与理性"算计"并重,"柔弱、顺从"的表象与实质上争取、维护女性利益的目标共存。女德的两重性体现的就是情感主义的内在矛盾性。

《伊芙琳娜》出版十年之后,夏洛特·史密斯(1748—1806)将她的精神女儿《艾米琳》(1788)送到世间。这时她已经是个阅历丰富的中年妇女,生养过十二个子女,并且饱受不幸婚姻的折磨。书中主人公艾米琳·毛伯雷和她的女友们都是帕梅拉式的无辜受害者。艾米琳遭到堂哥及其家人的双重侵害。叔父蒙特利尔在她父亲去世后侵吞了她的家产。自私任性的堂哥迪拉米尔纠缠不休要和她私奔。这种种情况使艾米琳的生活成了接连不断的折磨和噩梦。斯塔福太太(像作者本人一样)嫁了个百无一是的男人,把一家人推到走投无路的境地里。而出身贵族的阿黛琳娜·特里劳尼则因厌恶酗酒成性的丈夫爱上了一名放浪的青年公子,结果婚里婚外陷入双重困境。她们都是被环境胁迫的弱者。在描写她们的经历时史密斯像伯尼一样频频使用"惧怕"、"眼泪"和"呜咽"等字眼。不过,柔弱多情不是这些女人的主导特征。

尽管艾米琳年纪轻轻，却惊人地成熟冷静。她和女友们联手攻防，最终成功地解除了她自己与堂哥的婚约以及另外两位的既成婚姻。她们设法让按照当时社会通行看法是"堕落女子"的阿黛琳娜重新被家人接纳。她们在男性友人帮助下使艾米琳讨回了自己的名分和财产。斯塔福太太最终也因朋友们处境改善而获益。在《艾米琳》世界里好男人和坏男人的差别不在阶级归属，而在其思想、品行、风度，特别是对女性的态度。书中的模范男士最重要的"功业"就是无条件地信赖女主人公的德行，在她未得父亲承认时就慧眼识珠地认定她为心上人。伯尼以及夏洛特·史密斯对两种男性形象的一褒一贬，宣扬了集旧贵族及新富阶级优秀品质之大成的葛兰底森式的新型绅士。这既是她们与男权秩序的妥协，也是她们对男权秩序的修正。这些形象所表达的女性希望和选择，最终影响了社会规范。1790年代初史密斯曾亲赴法国观察革命。她后来的一些小说特别是《德斯蒙德》(1796)常常被视为激进的"雅各宾"派作品——尽管实际上她的写作并不主要着眼于政论或道德说教。她的《老宅》(1793)一书以老到的笔法运用哥特风格，意识形态用意不那么显扬而艺术成就更高，布局适度、语言干净，人物生动，成就逼近玛丽·埃奇沃思(1768—1849)的有浓郁地方色彩的杰作《剥削世家》(1800)。

玛丽·沃斯通克拉夫特的处女作《玛丽》是粗线条的，从很多方面看只是一部小说的雏形，但却具有一些鲜明的思想特征,标志了日后在革命风潮中写出《为人权辩护》和《为女权一辩》的女作者的诞生。《玛丽》和后来的(未能完成的)《玛丽亚》(1797)均把女性私人经验政治化,书中法国大革命的气息隐约可感;叙述对女主人公的同情有时带有浓重的自爱自怜意味,玛丽们的思想也毫不掩饰地表现了"以自我为中心"的特征。在革命风起云涌之际,对"个人"的这种含有激进意味的强调来自女性,颇为耐人寻味。女作家关于妇女地位和命运的思考以及葛德文之流对社会公平的关怀表明,有关个人权利、尊严和自由的观念此时成了弱势群体的武器。不过,应该看到,呈现于沃斯通克拉夫特笔下的个人欲望伸张实际突出的是群体权益,是与信仰、责任感和自我约束共存的。

女作家一个世纪来富有成果的写作实践(其中包括本文未能述及的安·拉德克利夫等人风靡一时的"女性哥特小说")为此后简·奥斯丁们的创作活动提供了丰厚的文化土壤。

初刊于《中华读书报》2002年6月19日

讥讽者的陷阱

简·奥斯丁的小说写的都是三五户人家居家度日、婚恋嫁娶的小事。因此不少中国读者不理解她何以在西方享有那么高的声誉。但一部小说开掘得深不深、艺术和思想是否有过人之处,的确不在题材大小。有人把奥斯丁的作品比作越嚼越有味道的橄榄。这不仅因为她的语言精彩,并曾对小说艺术的发展有创造性贡献,也因为她的轻快活泼的叙述实际上并不那么浅白、那么透明。伍尔夫夫人说过,女作家常常试图修正现存的价值秩序,改变人们对"重要"和"不重要"的看法。也许奥斯丁的小说能教我们学会转换眼光和角度,明察到对"小事"的叙述所涉及的那些不小的问题。

她在《傲慢与偏见》(1813年)中对班纳特太太的

处理就是一例。班太太是书中一个被讽刺嘲笑的配角,她一出场就令人解颐:

> 有一天,班纳特太太对她的丈夫说:"我的好老爷,尼日斐花园终于租出去了,你听说过没有?"
> ……
> "哦,亲爱的!你得知道,朗格太太说,租尼日斐花园的是个阔少爷,他是英格兰北部的人;听说他星期一那天,乘着一辆四马大轿车来看房子,看得非常中意,当场就和莫理斯先生谈妥了……"
> "这个人叫什么名字?"
> "彬格莱。"
> "有太太的呢,还是个单身汉?"
> "噢,是个单身汉,亲爱的,确确实实是个单身汉!一个有钱的单身汉,每年有四五千镑的收入。真是女儿们的福气!"
> "这怎么说?关女儿们什么事?"
> "我的好老爷!"太太回答道,"你怎么这样叫人讨厌!告诉你吧,我正在盘算,他要是挑中我们的一个女儿做老婆,可多好!"
> "他住到这里来,就是为了这个打算吗?"
> "打算!胡扯,哪儿的话!不过,他兴许看中我们的某一个女儿呢。他一搬来,你就得去拜访拜访他。"

"我不用去。你带着女儿们去就得啦,要不你干脆打发她们自己去,那倒或许更好些,因为你跟女儿们比起来,她们哪一个都不能胜过你的美貌,你去了,彬格莱先生倒可能挑中你呢。"

听班纳特太太何等兴头十足地传播街谈巷议、盘算收入嫁娶!瞧她那副给个棒槌当针认的憨态!难怪班纳特先生忍不住要调侃、挖苦她。绝大多数读者对他的戏谑也不由得要报以认同的微笑。班纳特太太从此就被定了型。第一章结束时,叙述者以权威的语调总结说:"她是个智力贫乏、不学无术、喜怒无常的女人,只要碰到不称心的事,她就自以为神经衰弱。她平生的大事就是嫁女儿,她平生的安慰就是访友拜客和打听新闻。"

归纳起来,她被人看不起似有三个原因。第一是她的浅薄和俗气。这"俗"体现为一种低层次的自私,她只认得钱和钱所带来的物质利益,根本不知道人还有一些其他的要求(感情上或心智上)也需要照顾。因此她为五个女儿追捕女婿的壮举常常显得笨拙粗鄙。她对孩子的关心中很少真正的体贴和爱护,只是视她们为"我"的伸延,一旦觉得本人受损受挫,便一味叹惜自己的"神经",毫不理会他人(包括女儿们)的处境和心情。其次是因她愚笨无知。如上面的对话所明白展示的,她连挖苦的话也分辨不出,全无自知之明。而自知正是作者很看重的品质之一。倘若班太太有点分寸感和自觉性,倘若她能像作者的另一个女性人物玛丽·克劳福德那样聪明地自嘲一下(那位小姐只顾自己玩得开心,侵害了别人,事后轻轻巧巧地道歉说:"我没有理由为自己辩解……请你务必原谅我。你知道,自私永远应当得到原谅,因为自私是无法医治的。")或像我们的电视剧中的某作家先生那样能半是炫耀半是解嘲地说一声"当个小人真快活",她的自私说不定可以被不少人谅解甚至被欣赏。可是她全然缺少化丑陋为"奇妙"的机智。第三是她出尔反尔,喜怒无常。短短数天里,班先生的表亲科林斯先是被她骂得狗血喷头,继而又被她奉为最受欢迎的座上嘉宾,最后再次沦为可憎的人——这一切全凭她对利害关系的一时感受或猜度。班太太始终未有任何发展或改进,是个单向度的"扁平"人物,虽然这没有妨碍她成为好插科打诨的班先生和我们大家所宠爱的笑柄。

看来班太太的可笑是盖棺论定了的,讥诮她是我们每个聪明人的本分。不过,读奥斯丁的书我们不敢掉以轻心。她的小说有时看来是一泓浅浅的静水,实际上却不一定测得准。她常常在暗中做些手脚,我们一不留神就可能落进某个小小的陷阱。

嘲笑总是以一种等级划分、一种优越感为基础的。

在奥斯丁的时代,英语里的老妇几乎是个贬义词。奥斯丁的前驱范妮·伯尼笔下有个公子哥儿曾用一句话精彩地表达了他对不再年轻的女人的总体态度:"我真不知道女人过了三十岁还活个什么劲儿——她们光会碍事!"想必伯尼不是空穴来风。的确,想想莎士比亚的剧作,其中可爱的女性几乎无一例外都是纯情少女。麦克白夫人、克莉奥佩特拉或哈姆雷特的母亲等年纪大一些的人物就个个都相当的复杂,都有不少的反面色彩。

  18世纪男作家笔下的已婚妇女,特别是老女人,除了理查逊的个别人物以外,似乎多是漫画式的讥讽对象。蒲柏的组诗《道德论》中有一首专讲女人性格。他认为女人的最根本的特点就是"自相矛盾",没有固定性格,温柔倩女顷刻间就会变成凶狂悍妇。他勉为其难,为她们分了类:矫情的、柔顺的、狡猾的、任性的、淫荡的、机智的和愚笨的等等,并对之一概采用挑剔、嘲讽的笔调。他说,各种女人所一致追求的是权力和享乐。他用一些很简洁精辟的格言总结说"女人在心底里个个都是荡妇",或者,"女人和傻瓜二者最难把握/真正的胡言比妙语更令人困惑",等等。他所列举的蠢女人类型,特别是在世上混了六十年仍没修得一点智慧的老女人恐怕应算班太太们的来源之一。约翰逊博士的不少小品文也涉及女性形象,其中有腰粗两码面如满月说话高声大气态度专横跋扈的商人太太;有不问世事不摸书本只知果酱咸菜锅碗瓢盆的乡绅夫人等。约翰逊的文章不乏务实的智慧和善意,意在匡正世风,矫正某些具体的不良或不当的思想和言行。然而他所采用的语言和人物类型划分也流露了某种根深蒂固的成见和优越感,即有教养的机智通达的男性文化人对头发长见识短、举止粗陋、腹中无文的(尤其市民阶级)女性的蔑视。这恐怕也概括了社会上的流行看法。

约翰逊曾这样描述一个女人:"弗莉亚是个智力低下、感情偏激、嗓门洪大而教养极差的可怜虫,除了吃东西和数钱的快乐以外,她对幸福一无所知。"如果将这段文字和前面引述的对班太太的概括加以比较,不难看出,从立意、措词、笔法到语气,奥斯丁都在模仿并回应约翰逊。这模仿无疑体现了一种尊敬,一种师承——它继续着约翰逊对此类人物的合理的批评。但又正因为是明显的模仿,所以必然在原意上叠加了新意,使原有语气发生了微妙的改变,模拟不免变成为委婉的讽拟。如果说仅只就这段文字本身而论,我们尚不易判断奥斯丁的模仿文字是否包含了疏离的批判态度,是否变成了对讽刺的讽刺,那么仔细看一看作者对被嘲讽的班太太的通盘处置,就不难较全面地体察她的用意了。

奥斯丁很巧妙地运用了这种现成的滑稽女性类型和以社会差别(特别是等级差别)为基础的风俗喜

剧的传统。① 小说中讥笑挖苦班太太最起劲、最狠毒的彬格莱姐妹所大肆攻击的,就是班太太出身低微、无才无艺、说话举止不得体。小说叙述部分地认可了她们的批评,但在讥讽班太太的同时,却又悄悄"解构"(借个比较时髦的词说)了嘲笑者的优越感。它揭示出那些鄙视他人的上流人士在精神境界上和班太太属于同一档次。彬格莱小姐巴结人时嘴脸也相当不好看,贵妇凯瑟琳夫人的倨傲态度和班太太的"神经衰弱"同样滑稽。她们不像班太太那样要为自己和女儿未来的衣食担忧,却和后者一样的唯利是求。她们享受了当时的女子教育所能提供的一切,熟知种种规矩,却同样缺乏自知的能力。她们的自私甚至更为残酷,因为她们伤害别人的愿望比班太太强烈,她们的谋算和影响力也远远胜过后者。书中的上层人士中比较富于理性和正义感并有反省能力的唯有男主人公达西。然而一旦他具备了这些美德,也就懂得了宽容体贴和自我批评,再讲不出很多尖刻俏皮的话,倒有些像理查逊笔下的模范绅士一样方正得有点乏味了。

连班纳特先生也没能保住他书房的清静和居高

---

① 照迈·霍·亚伯拉姆斯在《文学术语词典》(1957年初版)的解释,风俗喜剧源于表现上流社会先生小姐生活情趣的英国复辟时代喜剧,而后者主要"通过反映违犯社会常规和礼仪的言行博人一笑"。

临下嘲笑别人的位置。他自以为在智力和见识上比太太高明许多。他的态度有点像个超脱而不逾矩的"玩主"。当初他以貌相人娶了班太太,后来意识到自己的婚姻是个错误,失望之余,"因陋就简",以公开取笑太太、逗引太太出丑自娱。在几十年夫妻生活中他不曾做出努力使妻子少许改进。纯粹旁观的讥讽态度像一剂麻醉药,使他无所作为地与那些令人不快不安的事物安然共存。因此,虽然他的爱女伊丽莎白很能分享他的机智的玩笑,最终也不得不正视他为夫为父的失当之处。因为被他观赏的那些可笑之人并非玻璃瓶中的展品,而恰恰与他共同生活在一个家庭或社会中。他的消极态度进一步产生了恶果:他们的小女儿原样复制了母亲的虚荣和浅薄,最终外逃私奔了。这时他便超脱不起来了。为了家庭的声誉和其他几个待嫁女儿的前途,他不得不出门奔走,忧心忡忡,暂时放弃了俏皮话,甚至还一度检讨了自己。如果说凯瑟琳夫人和彬格莱小姐的优越感建立在虚假的基础上,那么班纳特先生的例子似乎在说明讥讽(如果没有其他的举措对之加以调节)本身的潜在的道德缺陷。

奥斯丁在班太太身上用的最大的曲笔是将她安排为伊丽莎白的母亲,这也许是从范妮·伯尼(她以爱用约翰逊式长句著称)那里学来的。在伯尼的小说《伊芙琳娜》中女主人公兼主要叙述人的外祖母是个备受耍弄的市民阶级颟顸老妇。与此相似,班纳特太太这个漫画式丑角的处境和特征,包括其出身、其缺乏教养的行止以及她不断抱怨的不公世道(班先生的家产要由男性继承,太太和五个女儿不容染指)等等,都直接间接地成了女主人公的人生处境。而小说中大部分内容是从伊丽莎白的角度去讲述的。正因此,当班太太在宴席或舞会上大出其丑时,伊丽莎白丝毫不觉可笑,相反却如芒刺在背,感到自己随时可能陪绑成为被嘲笑的对象。从伊丽莎白的立场去感受去观察,对班太太的讥讽所包含的荒谬过时的阶级歧视以及某些人的自私动机(如彬格莱小姐是要破坏伊丽莎白在达西眼中的形象)便昭然若揭了。而且,实际上班太太的抱负和小说中代表正面价值的伊丽莎白们的人生轨迹大体平行,几乎重合。班太太一心一意要把五个女儿嫁给有钱的阔佬,为此她不惜驱使长女吉英冒雨访友。她的策略取得了关键性的成功。吉英病倒在彬格莱家,不但使她和彬格莱先生的关系初步定型,也使达西有机会近距离地观察伊丽莎白。没有班太太的粗俗意图奠基,就没有了整个故事。难怪有的评论家说班太太往往"透露真相,道出本阶级成员所追求的经济目标"。这部小说的开篇极为著名:"凡有产业的单身汉,总想娶位太太,这已经成了一条举世公认的真理。"它模拟当时说教文学的郑重夸张的口吻把班太太们唯一的关怀和信念上升为世界级真理,揶揄嘲弄之意溢于言表。然而更具讽刺意味的是,班太太们的"真理"在小说结束时被超额地证实了。情节的进展否定了原来的讽刺,也就是说,伊丽莎白们的追求虽然更精致、更复杂些,但归根到底与班太太并无原则的分歧。伊丽莎白的高明实践超出了她母亲最奢侈的企望。所以当班太太得知女儿竟然把顶阔气而又顶傲气的达西弄到了手,不由得惊喜交加。这一小小的格局逆转部分地为班太太翻了案,同时却多少也把正面女主人公的言行置入了被审视、被批评、被嘲笑的位置上,因为伊丽莎白们实在只是改进型的班太太。

无论如何,奥斯丁和被世人讥讽的那些愚女人、坏女人的关系总归比约翰逊博士们切近得多。所以她大概像伊丽莎白一样很能体会班太太们的缺陷常常并不可笑,相反,有时却可悲可怜,也有时甚至可为之一争一辩。值得一提的是,由罗·威·普查曼编辑的奥斯丁书信在 20 世纪前期发表时引起不少男作家的失望。他们说这些信"比琐碎乏味更糟",表现出的机智也是"老处女式的,令人不快的"。连爱·摩·福斯特这样的名作家兼批评家也对其"琐屑"和不时出现的"缺乏教养、多嘴饶舌的笔触"感到困惑,觉得有必要把作为书信作者的"奥斯丁小姐"和小说家"简·奥斯丁"区分开来。他们对作为书信作者的奥斯丁的批评竟和小说中对班太太的批评不无相似!也就是说,给最亲近、最知心的姐姐卡珊德拉等写信的"奥斯丁小姐"不仅像伊丽莎白一样在生活处境上和实际利益上与班太太们有瓜葛,而且在精神上也和她们有相通相同之处。而她的小说和私信的差别又突出地告诉了我们：她十分明白社会，特别是男性权威对自己所分享的这些女性特征的指责和非议。来自约翰逊博士或后世的男性知识分子们的批评有不容辩驳的道理。奥斯丁小姐真心诚意地力求升华为值得称道的"简·奥斯丁"，她意识到必须和种种班太太特征保持距离。于是她在面对公众的小说中便当地把这些特征赋予传统的漫画式人物，并创造出融会了男性智慧的叙述者和乖巧的伊丽莎白。但是，她又毕竟不能或不愿完完全全地变成某些人心目中的"简·奥斯丁"。她的书信以及她对班纳特太太和叙述者的讽刺笔法所做的多面的和矛盾的处理，都证明了这一点。这个"但是"是意味深长的。为什么会有"但是"？它究竟表达了怎样的社会文化处境和态度？应该怎样评价它？如果深一步想下去，由此引发的问题就有点一时难以招架了。

正是这种复杂的态度使得奥斯丁笔下的"老厌物"们有时会突然褪去其滑稽的脸谱。班太太被伊丽莎白和达西的婚事"镇"得清醒起来，不再敢冒傻气。这一情况在小说中只是一笔带过，但回味起来却有几分不属于那个喜剧人物的苦涩。《曼斯菲尔德庄园》(1814)结尾时，谄上欺下、虚伪好事的诺利斯太太不去转而讨好后来得势的范妮，却甘愿和一个丢尽了脸面而又毫无所得的侄女"流放"在外。也许，小说让两个自私的女人在一起度余生是想设计一种真正的惩罚，让她们互为对方的地狱。但是这不符合诺利斯太太巴结权势的一贯做法,出人意料地为她平添了几分悲剧色彩,使她不再那么"扁平",不再是彻底类型化的被讥讽对象了。与此相关,那些聪明人,不仅班纳特老先生,也包括作者偏爱的好开玩笑的活泼姑娘,都免不了有时要尴尬地面对自己的错误。伶俐的伊丽莎白屡屡发现自己判断失误;《爱玛》(1816)中那个家境优裕、无忧无虑的女主人公因舍不得浪费一个卖弄聪明的好话茬儿,取笑了贫寒可怜的贝茨老小姐,从而遭到了严厉的斥责。自以为是的讥诮者终归得反躬自省。

总之,在奥斯丁的世界里当聪明人和嘲讽者,是要加些小心的。

奥斯丁与着装的焦虑

> 舞会上她该穿什么裙子、梳什么发式,成了她最大的心事。
>
> ——《诺桑觉寺》第10章

读简·奥斯丁的小说,最初的印象是书中太太小姐们唯一的正当"工作"是做针线,而她们的最爱则是逛绸布、帽子店。两者都和衣饰相关。出人意料,仔细查看起来,奥斯丁竟很少直接描写服装——比如说,我们不知道伊丽莎白·班纳特喜欢什么颜色搭配,也不知道爱玛·伍德豪斯常穿的衣服的款式。不过,她倒是曾经用了些笔墨讲述着装的焦虑。其中引人注目的一段说的是年轻姑娘凯瑟琳·莫兰(《诺桑觉寺》的女主人公)第二天要参加舞会,头天晚上便为服装问题而大伤脑筋:"舞会上她该穿什么裙子、梳什么发式,成了她最大的心事。"

因服饰而生焦虑不是个别的现象,也决不限于奥斯丁的那个时代。因为人们都生活在一定的社会群体中,几乎无不对"穿"作为社会符号所传达的信息有所体会。许多当代女性都有过面对满橱服装却挑不出"可穿"之衣的体验。四十岁以上的中国人大多见证过"文化大革命"初期象征特权地位的绿军装的风光;如今又目睹着各种不同档次的品牌招摇地宣告"穿主"的身份和消费能力。

不过,在欧洲,直到奥斯丁的时代(也就是说,在工业革命使许多消费品价格发生重大改变之前)优质纺织品一直相当昂贵,衣服是一项重要的财产,象征家境的作用远比现在要大。18世纪中期理查逊的小说名著《克拉丽莎》(1758)里有一个相关的细节。书中哈娄家老爸逼女儿嫁给一个不讨人喜欢的有钱人。女儿克拉丽莎表示宁死不从。父亲怒不可遏,打算强制执行。不可思议的是,面对这生死攸关的婚姻大事,老哈娄在给女儿下最后通牒的过程却中途话题一转,谈起"裙子"来。他说:他打算给女儿六条绸缎长裙作陪嫁,可是她原本有条几乎全新的绸裙;如果她愿意拿现有那条顶作六件之一,他可以另贴她一百畿尼(畿尼为旧时英国金币,价值略高于1英镑)。我们由此可知,当时一条考究的丝绸裙衣价格超过百镑,而那笔钱足够让一名单身男士过两三年体面而舒心的日子！难怪老哈娄虽然很有钱,却不敢忽视裙子。他认定女儿绝对没有胆量和能力当真违抗父命,因此不等她表态应允婚事,便迫不及待地就嫁妆讨起价来——因为,给女儿的陪嫁事关家庭体面,决不可以省略,但是血管里淌着商人血液的老哈娄又不能不精打细算。《诺桑觉寺》里两个女孩子议论一位太太时说,她出身阔人家,"财产非常丰裕;而且,她结婚的时候,父亲给了她两万镑,而且,还有五百镑买结婚礼服。那些衣裳从货栈运来以后休斯太太全瞧见了"。两个插曲彼此对照,我们就能领会到价值五百英镑的结婚礼服怎样在街谈巷议中成为家庭财富和个人身价的标志,老哈娄又为什么把"裙子"摆在那么显要的位置上。在钱成为人的"价值"的主要(甚至是唯一)尺度而裙子又很"值钱"的社会里,"穿"的问题和体面、"名誉"、甚至人的起码的尊严密切相关。因此,数十年之后,我们看到另一个女作家笔下的另一位女主人公①赴晚会之前同样因着装问题而思虑再三,而她的穷朋友最担心的就是她会因为衣服不够档次而被人"看不起"。

当然,服装所标示的不仅是财产,还有"情趣"和鉴赏力。作为一种符号,服式的选择包含着美学的和道德的判断。奥斯丁在写给亲友的信里谈论衣物时

---

① 盖斯凯尔夫人(1810—1865)的小说《北与南》中的玛格丽特·黑尔小姐。

常用"优雅"(Elegant)一词,所指涉的就是包含美学—道德判断的"情趣"和风度。美学趣味多数时候要以金钱为后盾,然而两者毕竟不完全同一。因此,衣服寒酸固然可能被人"看不起",但是趣味不入流,得不到认可,也会招来鄙视。在《曼斯菲尔德庄园》中穷姑娘范妮·普莱斯所体验到的焦虑就是双重的,而且更侧重于担心自己在"趣味"上不及格。她自小寄人篱下,住在有钱有势的姨夫家。一天,姨夫大发善心,要为刚刚成年的范妮举办舞会正式介绍她进入社交界也即婚姻市场。在当时的社会情境里,对于只有"出嫁"一条"求职"出路的女孩子来说,舞会既是具有狂欢色彩的群体娱乐活动,也是最重要的人生战场。面临这桩大事,范妮兴奋不已,但也大大地犯了愁——因为,"对于又年轻又缺乏经验、阮囊羞涩而且对自己的趣味没有信心的姑娘,'该如何穿着'是私下里极伤脑筋的难题"。最要命的是,她连条项链都不趁,拿什么挂哥哥送给她的十字形琥珀链坠呢?小小乡村社会中谁不知道谁的家境和身世?范妮并没有"炫富"的幻想和野心。但是她和所有地位低下的人一样,很怕遭人鄙视。何况她私心里最"敬重"自己的二表哥,实在巴望自己打扮起来能像别的姑娘一样优雅——如果不可能超过她们的话——从而得他的认可和赞赏。趣味的焦虑同样意味着折磨和痛苦。

　　18世纪里英国不仅率先开启了日后改变了全球面貌的工业革命,而且也经历了同样影响深远的商业化过程。消费的流行时尚已逐步形成。在世纪中期，厚重而华美的绸缎服装一度是高贵身份的体现；而到了18、19世纪之交，轻而薄的白色或浅色的棉布（或绸、麻）衣裙成了流行式样。浅色调对应"纯洁"，似乎含有某种道德意味；而且浅色衣服不适于劳动者，所以正好成为"财产和闲暇"的象征以及"文雅的标志"。这时，衬裙（petticoat）、裙衣（gown）和长外衣（pelisse）、短外衣（spencer）各司其"职"，步行装、骑装和晚礼服分工明晰。时尚的更替已经深入人心。莫兰小姐和邻居阿伦夫妇从乡下来到巴思城。阿伦太太在生活中的主要抱负之一是借助服装在城里体面出场而且回到乡下后一领风骚。因此，在她的指导和监护下，莫兰在正式出门会客之前必须首先花"三四天时间了解人们近期最常穿着的式样，并且等待她的女伴（指阿伦太太）给自己装备一条符合最新时髦的裙衣"。天真未凿的莫兰姑娘后来懂得为舞会着装发愁，显然是关注时髦、"热衷衣饰"的阿伦太太的教育成果。

在某个意义上，"时尚"是商业化社会持续制造焦虑的"阴谋"。焦虑是购买欲的根源。前面提到的莫兰和范妮·普莱斯，一个没有时间，一个缺少钱钞，否则她们都很可能会以"购买"来纾解焦虑。时尚运作的奥妙就在于人为地、系统地使消费者现有的物品"过时"。服装"过时"意味着"穿主"在身价和趣味上的双重贬值，几乎万无一失会引发新的焦虑和新的购买活动。

奥斯丁对阿伦太太们的着装热忱取挖苦态度，也不赞成莫兰之流为此过于忧心忡忡。小说的叙述者告诉我们莫兰小姐的苦恼以后,补充说其实她本不必如此:"衣着向来只是小小不言的讲究(Dress is at all times a trivial distinction),过于煞费苦心只会适得其反";还说,男人对新衣服并不敏感,女人则只想自己出风头,"对前者来说,你衣着干净而又合时尚就足够了,而对后者来说,你穿得有点寒碜有点不得体才让她们欢喜呢"。看来,奥斯丁回避过多描写衣饰是有原因的。她时刻意识到那些"有见识"的男人的看法,不想让自己被划入阿伦太太的行列。

不过,在现实中,要做到确信自己的衣装"干净而又合时尚"、让男人觉得不错女人看着顺眼,实在并非易事。因为,为衣裳而忐忑不安的小女子几乎无例外是被人看的弱者,不都能像小说家奥斯丁那样入木三分地冷眼旁观(顺便说,生活中"奥斯丁小姐"的态度似乎也有点不同,她常常会议论有关衣物的细节,还会品评它们是否"优雅")。她们在社会中的位置和境遇在很大程度上取决于别人对她们的看法。莫兰和普莱斯虽然家境略有不同,却都是婚姻市场上的被选择者。她们没有或只可能有很少的陪嫁财产,要想缔结比较美满的婚事就得依靠男性选择者对她们的良好的个人印象。因此她们都无法逃脱焦虑的侵袭,无法像富裕人家的爱玛那样从容自信、居高临下地环顾四周的男女老少。

在奥斯丁的喜剧故事里女性的着装热忱和着装

焦虑大抵只是被轻描淡写地展示或揶揄嘲讽地评说。然而,实际上服装的悲剧可以是惨烈的。在弗·伍尔夫的短篇小说《新装》中,一位经济上比较拮据的已婚女子被邀请参加上层社会的晚宴。她自知没有充裕的钱追时髦:"她当然赶不上时髦,连装装时髦也显得滑稽可笑——时装就得剪裁好,样式新,至少得化三十个畿尼。"但是她也不想穿过时的旧衣服。最终她选择了别出心裁,请裁缝仿照旧日的巴黎时尚缝了一条黄色的新绸裙。结果事实证明这是一场代价极大的精神冒险。在赴会的过程中,她从一开始就惴惴不安。聚会中没有人夸赞她的衣着。她深感自己的服装很扎眼。她觉得别的人在非议她。她羞愧难当。她在镜子里看到自己的影像,焦虑到达歇斯底里的程度,几乎无以自持。尽管这位女士相当有文化修养,她选定的服饰在审美上未必不如阿伦太太们为自己装备的最新时髦,但是相对困窘的处境早已彻底摧垮了她的自信。她本想借新装挣一点认可和尊敬,结果却彻底陷入了灭顶的自卑感受。不论人们如何评判她的追求和心态,这个人物的处境和痛苦是触目惊心的,也是有代表性的。我们看到,对于弱势者来说,通过别人的眼睛和镜子来看自己所引发的焦虑具有多么大的杀伤力。

由于涉及钱,涉及趣味、修养也即某种"文化资本",所以服装背后有复杂的权势关系。因此,说到底衣着问题毕竟不仅仅是"小小不言的讲究"。不过,在奥斯丁的世界里,也并非所有的人在所有的时候都被服装(或其他物品)所象征的那些权力牵着鼻子走。

《傲慢与偏见》的女主人公伊丽莎白·班纳特听说姐姐出门做客时生了病。她们姐妹情深,彼此惦念。伊丽莎白知道姐姐病倒在外,处境有点尴尬,心情也可能不好。因此她根本没有考虑自己要去的是上流绅士人家,那里有好几位时尚的青年男女,人家的印象可能会影响自己的前程。她匆匆赶去看望姐姐,徒步走了三英里泥泞的土路。

她的举动和形象果然引起了旁人的"看法":

> "她姐姐着了点凉,她干吗就要在野地里胡乱跑?头发弄得那么乱,那么脏!"
>
> "是呀,还有她那条衬裙,……肯定有六英寸都沾上了泥;她还把长袍拉下来遮盖,也没遮住。"

伊丽莎白的母亲警告过她,如此跑去是"没法儿见人"的。以她的聪明伶俐,这类恶评猜也猜得出七八分。不过她不想理会。她对可能说闲话的那些人本来没有什么好印象。她不把她们和她们的议论放在心上。她还年轻,心气儿还有点盛,敢把真性情摆在务实的得失考量之上。她是去看姐姐的。要紧的是生病的姐姐感觉如何。

超越"被看"是自由的片刻。

初刊于《万象》2003 年第 1 期

笨嘴拙舌的范妮

许多人认为《曼斯菲尔德庄园》是奥斯丁最有抱负、最富于思想性的一部作品。不过,其中的女主人公范妮·普莱斯却是个别别扭扭的一本正经的小姑娘,不少读者都觉得她不讨人喜欢。大名鼎鼎的美国文化人特里林推她为"基督教女英雄",但又断定没有人会喜爱她;英国作家金·艾米斯干脆说她"道德上可憎"。那些女权主义者们,如吉尔伯特和古芭等人,又嫌她是个低眉顺眼的奴才型妇女。

奥斯丁一向善于写伶牙利齿、健康活泼的女性。为什么这里却挑选了范妮这样的人物呢?多少年来,这个在该小说中无所不在,但又不那么让人舒服的姑娘一直或多或少地打扰着读者。在某个意义上,范妮是奥斯丁给我们出的一个谜。

道不出的"言外之意"

英国女学者玛丽琳·巴特勒把《曼斯菲尔德庄园》称为"简·奥斯丁小说中意识形态性最显著的一部",其中的对话是"不同的价值体系发生冲突的场合"。而这场发生在"现代个性精神和老式正统观念"之间的"思想之战"主要由贝特伦家的"旧式"人物(主要是爱德蒙和他父亲老托马斯爵士)与克劳福德兄妹(特别是妹妹玛丽)两方来进行。

在这场舌战中,范妮处在一种特别的位置上。与无拘无束、妙语连珠的阔小姐玛丽相比,范妮显得很不爽快,几乎有些虚伪。她有两种不同的说话风格,其表现之一是拿腔拿调,咬文嚼字。她绝非曼斯菲尔德庄园的饱学之士,却是其中最爱寻章摘句的人。她一会儿引用库伯"你倒落的荫路大树啊";一会儿搬来司各特:"我想像中的礼拜堂不是这样的。这里没有什么让人望而生畏的东西,也没有什么非常庄严的东西。没有走道,没有拱形结构,没有碑文……没有旗帜待'天国的夜风吹动'……"逢得其他几位姑娘要表演合唱,她就守在窗口歌颂起自然来:

> 如此和谐!如此恬静!美于画图,胜过音乐,诗歌也难尽其妙。
>
> 它使人忘却一切忧虑,升入极乐世界。每当我眺望这样的夜景,便觉世间不会有邪恶或悲

哀。如果人们更多瞩目于大自然的崇高,多看看这样的景色而忘却自身,世界上的邪恶和不幸的确会少许多。

这段"自然颂"颇不自然。用词很文,调子很高,话却又很空泛。没有什么入微的观察,也没多少真情实感。而说故事的人一点儿也不肯出来帮忙,未提供任何景物描写来支持范妮,使她这番感慨更显得虚假空洞,听来不像是真在欣赏自然(说到这儿,人们少不得会联想起她在花园里干几个小时的活儿就头痛不已),而是在故作姿态,附庸风雅。特别是范妮在旁人正要演唱的当儿去贬低画图和音乐,拉爱德蒙与她一道去"看星星",其醉翁之意不在酒的一番苦心也就不难看明了。

当玛丽举出她的姐夫为例,攻击爱德蒙所选择的教士职业时,讷讷少言的范妮便再度发表了长篇演说:

> 格兰特博士不论干哪一行,他的脾气都仍旧是——并非无疵,他若是在海军或陆军供职,手下必定指挥更多的人,我想,与做牧师相比,他当海军或陆军军官不免会使更多的人不幸。此外,我不能不认为,不管格兰特博士有哪些不尽如人意之处,在其他更活跃更世俗的行业中,它们更可能会进一步恶化……一个人——一个像格兰特博士那样的明白人,不可能每星期都在教别人

怎样做人，每个星期天去教堂两次，那样和蔼庄重头头是道地讲道，而自己不从中受益……

这段话一经译出，已经大大地走了味。原文句子冗长，结构繁复，非常书卷气。全段采用了文绉绉的虚拟语气（would have 等），还用了一连串的委婉曲折的否定或双重否定句式。如，范妮不说格兰特脾气坏，而说 not a good temper（脾气不算好）。这些修辞方式无法充分迻译，但是很重要，它们充分地活脱脱地表达了范妮迟疑胆怯的心态。

当范妮无法学舌，无法引用权威，而必须用自己的话表达意愿时，她的文雅的讲话风格一下子就崩解了。她语不成句，嗫嚅不能言。这便是她的第二种说话风格。在小说的后半部里，玛丽的哥哥、调情老手亨利突然迷上了这个胆小安静的姑娘，出人意外地向她求婚。范妮被迫表态，结结巴巴地向她姨父托马斯爵士解释她从未鼓励过亨利求爱，也不想做他的妻子：

亨利先生怎么能那么说呢？我昨天根本没鼓励他——恰恰相反，我对他说——我记不得我的原话——不过我敢肯定我告诉了他我不想听他那套，他让我实在很不愉快，我求他别再跟我谈这些。——我担保我说了这些，还有好些别的；要是我拿得准他是当真的话，我愿意说得更明白点儿——可我不愿意说过了头——万一他没那意思呢——那我可受不了。我以为他不过逢场作戏，一转眼就没事了呢。

如果说在前几段引语中，范妮显得过分严谨、过分书卷气，这段话的典型特征就是含糊不清，语不成句。一席话里有一串破折号，车轱辘话"翻来覆去地讲，思绪时断时续，或根本未说出，或刚说一半就加以修正"。

我不惜篇幅引用范妮的话，不是因她讲得精彩高妙，而是因为她嘴拙。有时候，"怎样说"比"说什么"更当紧，包含着更多的意味。譬如说，前一阵"文化热"时，很兴一种浮躁张扬的文风，似乎落笔必是纵横八万里，上下五千年，动辄摧毁（或创立）"体系"，语不惊人死不休。其中自然涉及许多重大的、值得深思的问题，这里且不论。只说这文风. 难道不是当今中国属于某一年龄层次和知识层次的人的心态的某种折射或浮现吗？不是影响了人们的感受、表达和思想方式，生成了相当的社会后果吗？

这当然扯远了，还是说小范妮。

范妮的不善说本身即是大有文章的一笔。有意无意，奥斯丁在这里触及了一个意味深长的社会、文化问题，即语言和权力（金钱）的关系。若是说占有生产资料和政治权力者也占有语言，恐怕讲得太概括、太绝对，也不免是把后人的理解强加给了奥斯丁。不过，这部小说也确实表现了范妮的"语言的贫困"。作为一个寄人篱下的弱女子,一个半主半仆的穷亲戚,范妮生存于不同社会语言区划间的某种"无人地带"。她仰慕姨父一家的贵族生活,在精神上尤其与代表英国乡绅基督教价值观的表哥爱德蒙及象征庄园秩序的姨父托马斯认同。实际上,在曼斯菲尔德庄园,诚恳善良的爱德蒙是范妮唯一的朋友和保护人,也是她的思想导师。她搬弄库伯或司各特,大半就因为这些都是爱德蒙开的书单上的紧要人物。爱德蒙夸了她两句,范妮本人就赶快归功于他:"是你教我学会如何思想与感受。"故事叙述人也不止一次地肯定了这点,说爱德蒙塑造了范妮的头脑。不过,每天看人脸色生存的范妮又怎能如众望所归的男诗人那样洒脱自如,或具有托马斯爵士的权威、爱德蒙的自信呢!她明知爱德蒙选择教士职业得到他父亲的支持,出面为之辩护本应理直气壮。不过她是个学舌者,而且十分自觉自己是个学舌者,故每逢开口,都惶惶然如上考场。何况在具体的打嘴架的环境里,范妮不能只复述大道理,而必须用自己的话为具体的人(格兰特博士)辩解。难怪她那么小心翼翼,字斟句酌。

在另外一种场合下范妮支支吾吾。表现很不相同,根子却是一个。亨利求婚名正言顺,应允他则利己利家。照贝特伦合家上下一致的结论,这是飞来的福气,范妮有一百个理由欢喜,断没有拒绝的道理,连爱德蒙也说范妮推脱的态度不合常情。其实这次范妮倒是十足的心中有数。她深知自己的"底牌"是爱情,是自己爱上了表哥爱德蒙,然而她又深知这个"底"不能漏。要回绝亨利,唯一有力的辩词是玛丽式的个人主义话语,是强调并伸张个人的感情和意愿。然而,没有玛丽的两万镑资产,范妮拿什么支持自己的语言呢?在那个争当淑女的年月,小姑娘家不等男人求爱先有了"情",是很失体统的事,自然是死也不能承认的。何况爱德蒙是少爷(虽说是没有继承权的老二),又正迷恋着风度翩翩的玛丽。范妮自知是不起眼的穷亲戚,对高攀连想都不敢想明白。此外,若是让托马斯爵士知道了她的心意,她一准会被赶出曼斯菲尔德庄园。不管她是否想得这样直白,这本账范妮心里是一清二楚的。她本能地也极明智地采取了吞吞吐吐含糊其辞顾左右而言他的语言方式。

总的来说,范妮的两种说话风格都体现了一种表里矛盾。她的文绉绉的套话表面热切凝重,四平八稳,但其下却是惶恐惕怵,忐忑不安。而她那些支支吾吾的言谈,听来六神无主,不知所云,骨子里却很硬,在毫不让步地说一个 no 字。要不连老托马斯听她前言不搭后语地说了一阵以后都品出了味道,骂她表面老实,其实也像玛丽之类的"新潮"女子一样"任性,乖张"。

在这里,由说话方式所传递的言外之意比字面表达的"言内之意"重要得多。范妮的"不善说"不仅生动表现了一种很有特色也相当矛盾的人物性格,更揭示了一名处于无钱无权依附地位的女子与社会上两种流行的主导话语——一是托马斯爵士和爱德蒙所代表的"正统"乡绅的语言,一是玛丽的赤裸裸的都市个人主义——的复杂关系。她和这些代表权势和教养的语言既有联系,又有距离;既有羡慕认同,又有未尝说明、想透的批评或抵制。正是她讲话时的"不自在"说明她对自己的地位、对社会权力秩序有某种认识乃至某种不满,否则她无从意识到自己所不得不使用的种种语言的异己性质。

真假灰姑娘

小说中两个主要女性人物反差很大,不少评论文字都围绕这种对比展开。

玛丽·克劳福德乍看是个生机勃勃的"个性解放"的女性,善骑马弹琴,能嬉笑调侃。她讥笑各种有头有脸、令人起敬的社会机构或人物:教会啦,海军啦,贵族家长啦。她毫不扭捏地承认自己很有几分喜欢爱德蒙,却又尖刻地拿他的次子地位当众开玩笑。她公开地、自信地宣布自己的个人主义原则,说"尽可能地为自己谋利益,这是每个人的责任",言语中倒也不无几分自我讽刺。与那些处处循规蹈矩,但又很装腔作势的淑女相比,这位坦直泼辣、快乐活泼的小姐似很有些清新之处,也每每得到读者的喜爱。不少人欣赏她机智、嘲讽的语调和言辞,指出它们与伊丽莎白·班纳特、爱玛·伍德豪斯乃至奥斯丁本人的语言风格相似。他们觉得,玛丽虽然没像另外两位伶俐姑娘那样嫁给如意郎君,得到皆大欢喜的结局,实际上还是被作者偏爱的。也有些女权主义者进一步认为她是反抗父权礼教的斗士,有时甚至拿她与有革命色彩的玛丽·沃斯通克莱夫特做对比。

范妮呢,在不少人看来,则有是唯唯诺诺、怯懦虚伪的孝女良民及"家庭天使"之嫌。其语言宣扬尊卑秩序,压制个性,与玛丽大相径庭。这种对比无疑存在,不过也不那么绝对。在《曼斯菲尔德庄园》里,各种分界都是相对的,很有点"你中有我,我中有你"的味道。克劳福德兄妹来自伦敦,平时举止言谈尽为满不在乎的都市做派。但是亨利毕竟又是个地主。"正统"家长托马斯爵士似乎是个旧式贵族地主,却也在海外有一份不可忽视的家当,使得他不得不扔下妻儿,出国整顿经营不善的殖民地产业。他们两方的见解和人生态度自然也不那么截然对立。多少出乎我们意料,亨利对他的地主身份其实颇为认真,回到自家领地上并不"玩忽职守"。玛丽虽说目光犀利,很能看出自己和别人的虚伪和自私,看出在婚姻中人们"只思一味索取,顶不诚实",然而这丝毫不妨碍她像贝特伦一家多数人一样,认定嫁给金钱是姑娘们的"本分","一笔可观的收入是幸福的最佳配方"。从这一原则出发,她支持贝特伦家长女玛丽亚的纯商品交换式婚姻,并把自己貌似坦率的言谈纳入"调兵遣将"猎取丈夫的调情活动中去。以嘲讽的态度所造成的距离为屏护,玛丽接受了她所讥刺的事物,就如她时时半开玩笑半认真地攻击格兰特博士,却心安理得地住在他家里。

另一方面,范妮与似乎是无法无天的克劳福德兄妹也不无相同之处。她从理智上接受老托马斯(爱德蒙)所代表的社会秩序及其道德理想,但又明白自己的身份与他们的权威性话语不相称。如果说范妮的"不善说"已经露了"天机",表现了她独立的意识,那么她的沉默就更能体现其思想方式的特征。

生活在一帮喧哗欢闹的年轻人中,范妮却十分的寡言。小说中的场景事件大抵是透过范妮的眼光摄取的,同时还长篇大段地记述了她的无声的意识活动。比如当爱德蒙再三地与范妮谈心,说自己如何爱玛丽,要写信向她表白心迹,范妮便恨恨地想:

> 他瞎了眼,事情明明白白摆在眼前,他全视而不见。再没什么东西能使他睁开眼睛了!他会娶她,而后一辈子倒霉不幸……写信吧,写吧。了结算啦。别再这样不上不下地拖了。定下来,陷进去,让你自己遭罪去吧!

一节内心独白清晰流畅,不打半个磕巴,字句有力,怨恨之情跃然纸上,全不似范妮平时的讲话风格。类似的内容在小说中比比皆是。大半是凡贝特伦一家兴高采烈,范妮就闷闷不乐。见爱德蒙陪玛丽骑马,把她忘诸脑后,她一时心酸不已;看众人有滋有味地演戏、调情,她冷眼旁观,心中愤愤:"唯独我什么都没份儿。"相反,若贝特伦一家遇了麻烦,她便不由自主地高兴起来,意识到时来运转了。这些都相当充分地表明了范妮对自己的意愿和利益的自觉,突显了她与玛丽们相近、相通的一面。而她企图通过嫁一位有身份的正人君子以求得"终生依靠"的人生设计,其实乃是每一位出场的年轻小姐的梦想。就连现任的贝特伦夫人也是个完成时态的灰姑娘——当初她凭着相貌过人,攀了一门好亲,由小家碧玉一跃而为上层夫人。在这个意义上,范妮与那些已经实现或正在图谋借婚姻向上爬的形形色色"反面"或"半反面"角色,有着本质的相似之处。

不过,范妮若是只知道为自己盘算,只为自己的利益或感情需要而喜怒,那么她便与克劳福德们全无区别了。同样不可忽略的是,她每每都压制了自发的情感和喜怒,维持了一种沉静寡言的态度。她常常怀疑、悔恨,以至否定自己对贝特伦们的本能的敌视,因为他们是她的"恩人"。姨父离家出国,她心中暗喜,却又"因自己对此毫不难过而感到难过"。后来,她在另一处又批评自己不该在"爱德蒙痛苦不堪时欢天喜地"。如此这般,范妮常常把"恨"转化为某种"更柔和、更悲哀"的情绪,也得以适时地控制了那些不合时宜的喜悦。

范妮的两重心理活动过程在很大程度上是将克劳福德与贝特伦的对话在内心演了一番。她认定对姨父应感恩，对别人也要慈善为怀。这些观念无疑都是"正统"贝特伦们教育的结果。它们在范妮的思想过程中作为理性的"再思"出现，是对最初的自发反应的一种审查和监控。然而，如若把这类态度调整通通看作纯粹的自我压制，看作范妮受压抑地位的消极反映，不免是太简单化了。在奥斯丁笔下的世界里，事情往往具有不止一个方面、一种色彩。在范妮那里，"德行"是社会对她的一种约制，但也是她自觉或不自觉地运用的武器。像每个无依无恃的灰姑娘，范妮有意识地从"善"，从而取得某种精神上的优势和力量，产生某种自信和自尊；另一方面，传统基督教道德帮助范妮拓宽了理解力和同情心。在家庭演出一节里，范妮是旁观者和提词人。她"在一旁看着，听着。她看到他们人人自私而又都在或多或少地掩饰自己的自私，不免感到有几分好玩"。她发现玛丽亚·贝特伦虽然另外订了婚，却肆无忌惮地与亨利调情，让她的妹妹朱丽叶很不开心。"范妮看到这些，对朱丽叶很同情，不过她们两人表面上也没什么交情。朱丽叶闭口不谈，范妮也决不冒昧。她们各人独自咀嚼自己的辛酸，或者至多只是范妮心里把两人联系到一起。"

这里所点出的范妮与朱丽叶的区别绝不是可有可无的附笔。范妮是小说中唯一真能看清事态的"明眼人"，她比较宽和，比较富有同情心，因此，不论她对某人某事持何种评价，通常能为别人设身处地地想一想。由于这个人物被置于一种特殊的位置，由于她在庄园里半主半仆的尴尬处境,由于她常常是他人寻欢作乐、追求私利的牺牲品,她比小说中别的人物都更深切地体会到人类的不可避免的互相依存关系,不论其好的方面还是坏的方面。也正因此,她对玛丽·克劳福德式的兴高采烈的自我中心主义深感怀疑。

正是对个人主义的这点抵触和批评,使范妮在曼斯菲尔德庄园的小天地中"鹤立鸡群"。作者让她的言行和命运与其他几位富贵家庭的小姐、太太形成对照,似乎是意在为理查逊开创的帕梅拉传统正本清源,还资产阶级理想主义灰姑娘其"高尚"的本来面目。那些物欲熏心、一意攀高枝的假灰姑娘使得人们互相倾轧、漠不关心,造成礼崩乐坏的无政府状况。唯有谦和知礼、自尊自爱的范妮才配称心如意地嫁给自己心上的"王子"。她的自我实现,从属于一个正在"发家"的社会阶层,带有较强烈的理想色彩和社会责任感。

德行就是范妮的水晶鞋。

"传统"与"反传统"

巴特勒说这部小说思想性强,这点她看得很准。不过,照她的"思想之战"的营垒划分,视玛丽为"现代个性"的代表,而把另一方,即爱德蒙以至范妮们,归结为"传统"旧观念的代言人,并进一步断定范妮(乃至背后的奥斯丁)是站在"保守派"一边,就未免有失当之处了。

当代的人们,包括外国的和中国的,常常以为循规蹈矩者就是"传统"派,而亵渎神明、放浪形骸则是"反传统"。照这个标准,玛丽们岂止是"反传统",简直有几分"革命"了。然而实际上却未必如此。首先,如我们上面提到,在这部小说中克劳福德们与"正统"贝特伦们其实是多有相通之处的,并不那么对立。而且,作为思想交锋的双方,他们都不是各自价值观的"理想"的代表人物。玛丽调笑嬉戏,自我陶醉,展示了一种低层次的个人主义。如果把她的言谈与她的同名人、写《为女权一辩》的玛丽·沃斯通克莱夫特的言论比较一下,就会明白地看出理想主义的女性个性解放的话语是何等的真挚、何等的严肃、何等的"道德化",与克劳福德们的轻浮佻达、自我放纵相去多么的远!另一方面,曼斯菲尔德庄园旧秩序气数将尽,老托马斯爵士的权威名存实亡。他的儿女行多不轨,唯有爱德蒙一人仍笃信宗教,恪守绅士们的为人之道,但又软弱动摇,经不住玛丽"糖衣炮弹"的进攻。因为对话双方(克劳福德及"正统"贝特伦)的不理想性,方生出范妮在小说中的"使命"。作为两方面的批评者兼继承者,范妮试图将他们的思想兼收融会,并从中提炼出一种改良牌的道德规范和社会蓝图。由此看,即使在爱德蒙与玛丽们之间,互相吸引、互相依存的"共谋"关系也不亚于他们的差别和对峙,范妮与玛丽的关系就更不能用"传统"与"反传统"的对立界说了。

何况,"反传统"这块牌子本身还值得推敲。王蒙在一篇文章里提过,当大家热衷地议论文化传统的是非时,很多人忘记了,我们其实不但有文化传统,也有"无文化"和"反文化"的传统。"反传统"的行为方式和语言方式不过是传统之一罢了。这种传统在一定条件下浮现之时,可表现为裹挟力颇大的时尚,其强制性并不亚于"正人君子"的道德规范。就像克劳福德们卷着一阵玩世不恭的伦敦旋风而来,一时所向披靡,爱德蒙都抵挡不住。而范妮若不是因阶级地位低下,天然地被那种享乐哲学排斥在外,只怕也招架不了呢。

事实上,克劳福德们确实并无多少"新"处,背后有一种相当悠久也相当有影响的文化传统。这篇短文没有余地追述福斯塔夫式的人物,或者细论王政复辟时代的文体、戏路乃至社会风尚。单说在奥斯丁十分敬仰的理查逊的笔下,类似的思想与言论之争已经是基本主题。帕梅拉有一次与企图诱奸她的少东家B先生对话,劝他敬畏上帝、改邪归正,B马上喝彩说,一俟他领地上的牧师过世,马上就委派帕梅拉继任。话锋一转,他又劝她去伦敦开店,租房间给"我们这帮议员们",说是凭她秀色可餐,定会生意兴隆。一席话兴之所至,无所不嘲弄——宗教、政治、家庭、友谊、妇女的贞洁、爱人的尊严,一切都不在话下。比起我们的某些当代"顽主",恐怕也不逊色。然而B并非开先河的角色,相反却是王政复辟时代喜剧中用滥了的类型人物,是一支文学长脉在特定时期里的余音。B道出了一个不再相信任何有关自身的美好神话的阶级的心态。这类亵渎神明的话语在历史上大约有"清洁车"的功用,可以定期地清除积累下来的失效了的语言垃圾。因而也可以理解,正处上升时期、尚需建设的资产阶级将这种破坏性话语视为大敌,道貌岸然的帕梅拉必得战胜 B 先生。这不仅是理查逊一人在小说中得出的结论。

说帕梅拉与 B 先生、范妮与玛丽,谁为"传统",谁为"反传统",实在并无多少意义。(而当代的西方文人大多欣赏"反传统",恐怕更多地表达了现今西方文化的某些特征。)比较肯定的只是范妮是奥斯丁某种理想的体现,她不仅要从玛丽等人那里拯救被"玷污"了的灰姑娘梦,也要更新托马斯爵士手中的行将没落的英国庄园。

谁说奥斯丁不关心天下大事呢?当范妮被揪扯进两种很有势力的思想和话语的对话时,这个人物就被赋予某种意识形态的重任。作为一个典范形象,难道她不是很有点匡正时弊、廓清思想的作用吗?说来奥斯丁为英国式资产阶级秩序的思想建设,还是出了大力气的。

当然,不论奥斯丁自觉的目标是什么,作为产品,《曼斯菲尔德庄园》是一部极为自相矛盾的叙述。范妮是因美德而得报的模范女性,却不像帕梅拉那样头脑简单,自以为是,对从爱德蒙那里贩来的那套正统语言感觉很不自在。她最终如愿以偿,却从来不敢信任自己的感情和本能,每每要站在他人的角度上对自己做一番校正。她力图批评玛丽等人自私自利,追求财势,但她的人生道路与玛丽们主张的有利可图的婚事又相去无多。她仿佛是要为"正宗"灰姑娘重整门风,却又在该叙述模式上刻下了不可磨灭的疑问。尤其耐人寻味的是,小说收场时一场私奔搞得贝特伦一家狼狈不堪,小范妮气定神闲前来收拾残局,可是她没有改变对语言的警戒和怀疑。即使与爱德蒙结婚之后,范妮仍不肯把自己爱慕爱德蒙已久的真相告诉他。

小说的结尾全然没有民间故事那种轻松欢快的情调。

初刊于《读书》1990年第5期

"阁楼上的疯女人"

我早些年读小说,很爱对号入座,与主人公们哀乐与共。一本书读下来,"涕泪沾衣巾"的时候也是有的。及到后来念了几本文学批评,方知这并非"高层次"的阅读,不大为学者们看得上。然而终有些本性难移,至今仍旧比较地偏爱那些能让自己"入境"的作品。

有很多小说人物的特征在我是可望而不可即的,也就是说,不大"对"得上"号"。比如说《傲慢与偏见》中伊丽莎白小姐的俏皮伶俐。或者那位"乱世佳人"(《飘》的女主人公)的某种天真自私而又专横泼辣的"强人"精神。那时在西方小说中最觉相通的,似乎要数《简·爱》了。也许因为我刚刚步入青年时代就赶上了"文化大革命",很遇了些坎坷,只身飘零,于是对简·爱这样独自在充满敌意的大世界里挣扎奋斗的孤儿有些同病相怜之感吧。因此在我"设计"人生时,这位相貌平平、无依无恃的小家庭教师便常常闯进心扉,分我一些她的忧郁的沉思,她的压抑着的渴望和她的半消极的坚韧的抗争。至于她患难中终逢知己的灰姑娘结局,明知是俗而又俗的老套,也照样为之怦然心动。

对罗切斯特的疯太太伯莎,我当初却连一个念头也没转过。她似乎并非有血肉的活人,而只是简·爱追求幸福的"天路历程"中的一个障碍物,就如童话故事中必不可少的一个作梗的坏蛋、野兽或妖魔。直至很久以后,读了福克纳,方闷闷地想到:不知从伯莎的眼看去,世界当是怎样的。忽视了伯莎的,然也不只是孤陋寡闻的我。《简·爱》问世之初,引起了热烈的反响,褒贬都有,但伯莎的名字鲜有提及。后来情况有了变化,"疯老婆"的身价渐渐有提高。至数年前两位美国女学者桑·吉尔伯特和苏·古芭合写了一本旁征博引包罗万象的大部头,名为《阁楼上的疯女人》(1979),把那位被幽禁的疯子干脆请进了大标题。这部书的影响已远远地逾出了女权主义的圈子,成了当前英美文学批评中不可漏读的重要著作之一。

白雪公主的后妈及其他

读过几本狄更斯小说的人,到后来难免对他的"善有善报"的结局有点不耐烦。英国古典小说似乎特别偏爱童话故事皆大欢喜的收场。这大约也从某个角度折射着其时英国资本主义社会的相对稳定发展所带来的乐观主义情绪吧。著名的文学批评家诺·弗莱在《世俗圣经》(1979)中说,这类的民间故事或罗曼司都具有某种天然的"革命性":主人公们往往是孤单弱小的少男少女,而他们的对头不是有权有势的国王王后,就是力大无穷的巨兽妖魔;最后,善良的弱者必定战胜、取代邪恶的强者。

这当然是言之有理的,然而仅只是一种理解方式。吉尔伯特和古芭就不认为神话故事中的"坏蛋"理所当然是"邪恶"与"权势"的化身。她们选择了白雪公主作解剖的例子,从另一个角度来挖掘童话故事的道德意义及其与社会主导意识形态的关系。

她们认为,"邪恶"的王后至少是和白雪公主同等重要的主人公。故事的中心冲突发生在这两个女人之间,其中王后是主动的行动者与挑衅者,她的活动推动着故事的发展。引起这场冲突的,则是那面神秘的魔镜。镜子代表着某种权威。它的评论举足轻重,而它所衡量的绝不只是容貌的高下。如故事所逐步展示的,这两个女人的差别,首先在于她们迥然不同的思想风貌和行为方式。镜子肯定天真、无知,顺从的白雪公主,贬低野心勃勃、计谋多端的王后。白雪公主流落在大森林里,被七个矮子收留,她无私,忍让,兢兢业业地为他们料理家务,充分显示了"女性的美德",深得众矮子爱戴,与不择手段、一心谋求出人头地的王后恰成对比。

如吉尔伯特和古芭所说,镜子对白雪公主和王后一褒一贬,代表着资产阶级父权社会对妇女的评价(值得顺便说明的是,我们所熟知的脍炙人口的西方民间故事都是17世纪末以来陆续由文化人收集、整理、改编的,因而并不纯粹来自"民间",传达的思想也不尽然"古老",却相当有效地为建立资产阶级秩序尽了一臂之力)。这两个截然对立的形象便成了西方文学中俯拾皆是的人物原型。女性形象往往都被归入了这两种极端的类型:不是贤媛,便是荡妇;不是天使,就是恶魔。在英国,从18世纪喋喋不休议论的"高尚淑女"到19世纪有口皆碑的"家庭天使",都是资产阶级对妇女的直言不讳的要求。想想理查逊的女英雄们。想想菲尔丁的索菲亚和爱米丽亚。想想司各特、狄更斯或特罗洛普的正面女主角们。还有弥尔顿笔下的女性老祖宗夏娃。可以说,对于妇女来说,迄今为止的父权社会所创造的文化就如那面法力无边的魔镜。

吉尔伯特和古芭们的立意自然是向"镜子"挑战,向那"神圣不可侵犯"的伟大的文学传统挑战。

分裂的人与分裂的文

妇女历来大抵通过男人的眼来看自己。因为她们没有别的价值标准,没有别一套语言工具来思索人生。因而旧日的中国颇不乏一些为一对三寸金莲而自豪的女人。在一些西方国家，妇女对自己的理解则往往脱不出"天使/恶魔"的框框。她们唯恐自己不是人人称颂的纯洁无瑕的天使。只是天使的高度实在难以维持。它不仅排斥凡人的七情六欲，也远离女人们在等级社会中生活的现实。于是她们不能不疑惑自己心中也有个作乱的恶魔。换句话说，所有的女人都患"精神分裂症"。她们既是白雪公主，也是"邪恶"的王后，既想遵从父权社会提出的理想和标准，又试图忠实于自己的真实感情和经验。

对现代精神分析学略知一二的人不难认出，这个说法有点弗洛伊德味儿。这里，妇女人格中的"白雪公主"大约相当"自觉的意识"，而"邪恶王后"似是被压抑的欲念和情绪。不过，需要说明的是，吉尔伯特和古芭强调这种人格分裂是特定历史和特定文化的产物，并不一味奢谈个人欲望与社会制约的"永恒"的冲突。

把这个人格分裂的模式安到《白雪公主》中的王后身上是否得当，我是很怀疑的。故事中没有什么内容揭示了她的内心矛盾，倒是白雪公主并非十全十美的模范女。她很容易受骗。照格林童话所述，王后曾三次乔装前往，用梳子、花边、苹果等小物品来引诱她；而她虽明知矮子们有警告在先，却依然每每上当。一位研究童话与儿童心理的弗洛伊德派心理学家说：这表明后妈的诱惑何等地接近白雪公主的内心欲望。不过，无论白雪公主们当如何定论，说简·爱这样的人物具有深刻的两重性，却是无可辩驳的。

不知是谁最早指明了简·爱的"二重性格"。总之这不算什么标新立异之说。1940年代里已有位叫理·蔡斯的学者在一篇颇有影响的短文中指出简·爱的灵魂是两种对立势力的争夺地：一是以疯女人伯莎为化身的个人欲望和激情；一是以简·爱的表哥圣约翰·里弗斯为代表的理想主义追求。小说家兼批评家戴维·洛奇深入分析了《简·爱》一书象征体系中诸自然元素（比如火与冰、水、土等）的对立及其与女主人公的内心矛盾的对应关系。伊·肖瓦尔特在《她们自己的文学》(1977)中又再次论述了简·爱的内心分裂，伯莎仍无可争议地代表着矛盾的一方，体现着"女人的'动物性'的方面"。简·爱少年时被关在红屋子里，曾像疯子似的歇斯底里大发作，与后来伯莎的处境和行为不无相似。另一面则以简·爱在劳渥德学校的女友海伦为代表。海伦善良、谦卑、坚忍，逆来顺受，否定肉体与现世，一心追求来世与神恩。肖瓦尔特认为，简·爱逐步超越、克服这两种对立的极端——即社会划定的天使/恶魔的角色——便是她成熟的标志。她抵制住了罗切斯特的感情强攻，不肯做他的附庸兼情人；也不允许里弗斯借用上帝的名义把没有爱情的婚姻强加给她。在这双重拒绝中，简·爱发现了自己的意志、尊严和价值。吉尔伯特和古芭进而把女主人公的人格分裂视为妇女文学的一个基本特征。在她们看来，《简·爱》的中心故事不是关于简

·爱与罗切斯特的爱情,而是她与伯莎相逢、相认知并相冲突的过程。她们指出,伯莎每次显现都与简·爱心中骚动的不满相关。她来到罗切斯特的家宅桑菲尔德庄园,生活如一潭死水,不禁感到窒息,渴望着更充实、更丰富的人生。她不时独自到三楼踱步,于是听到了伯莎令人耸然的神秘笑声。她与罗切斯特订婚之后,罗切斯特对她虽然百般宠爱,却不自觉摆出了主子的姿态,一会儿赠首饰,一会儿赐衣衫。简·爱敏感地嗅出了日后婚姻中的不平等,很有点惴惴不安。在婚礼前夕,幽灵般的疯伯莎便出现在她的卧室。简·爱甚至梦到过桑菲尔德的毁灭。照吉尔伯特和古芭的说法,"桑菲尔德是罗切斯特权力的象征,是简·爱被奴役的地位的象征。简·爱摧毁这大宅的潜在愿望,后来由伯莎付诸实施了"。

把伯莎每次出场都与简的情绪联系起来,有时不免牵强附会。但正像蔡斯和肖瓦尔特们的评论表明的,这两个人物的内在联系不容忽视。"你以为,倘若你疯了,我会恨你吗?"当伯莎事发、罗切斯特与简·爱结婚的打算受挫后,他恳求简·爱与他私奔,为了剖白心迹,他这样问道。但简·爱并没被爱情灌醉。于是她答道:"是的,先生,我认为你会。"简·爱虽只听了罗切斯特一面之词,但是她本能地模糊意识到了另一个故事的存在,在那个故事中,伯莎是金钱交易和资产阶级婚姻契约的牺牲品。她在伯莎的不幸中认出了自己。简深知倘若此时她听任自己屈从于罗切斯特的意志，那么她迟早会落到伯莎或罗切斯特众多的旧日情人的可悲境地。

小说接近收尾时，发生了一连串意外事变：简·爱从海外继承到一份不期而来的遗产，伯莎烧毁了桑菲尔德并葬身于大火，罗切斯特在这场灾祸中受伤身残、双目失明。按照写实主义的叙事原则，这些偶合都是违背"可能性"（probability）的事件。不过，如此随心所欲的奇想也未必都应鄙弃。考究起来，世人公认的所谓"可能性"，其实是受社会常规和统治阶级意识形态支配的。有悖于"可能性"的文学想像常常表达了某种变革的意愿。在《简·爱》中伯莎最后发动的一场家庭"革命"，使力量对比发生了根本的逆转："主人"罗切斯特变成了需要扶助的弱者，而"佣人"简·爱却成了强者。这种变化保障了简在日后的婚姻生活中不但可以和罗切斯特平起平坐，而且在很大程度上能够"当家做主"。说这些符合简·爱的内心愿望，实在毫不为过。虽然"烧房子"之类的极端"革命"行径是唯有那无法无天的疯子才干得出的。

每个善良温顺的女主人公都直接间接地拖着一条癫狂的影子。吉尔伯特和古芭们把囚禁在阁楼上的伯莎拖到前台，置于聚光灯下，意在抨击传统的父权文化对妇女的精神束缚和毒害，并揭示妇女身上被压制、被掩饰的一面：即她们的痛苦和她们的愤怒。

主人公的两面性涉及一个更深层次的问题。吉尔伯特和古芭认为，妇女的文学作品在本质上就是矛盾的,歧义的。自"解构主义"(deconstruction)批评行世以来,寻找作品中的"裂痕"和自相矛盾之处已是颇为时髦的事。不过,对一些古道热肠的女权主义批评家来说,这不是卖弄机智或学问的文字游戏,而是在力图诊治一种根植于具体的压迫和具体的痛苦的病态文化现象。男作家们所创造出来的文化传统,是知识妇女在精神上的"父亲"。她们不能不受其影响,并向之表示依恋和忠诚。然而另一方面,她们又不能不感受这种传统的异己性。女作家,尤其是早期女作家,痛切地意识到在社会地位、教育水准及谋生机会等等各方面自己与男作家都有悬殊的差距。她们也很难全盘接受男作家笔下的妇女形象。因此,女作家们大抵是有意的或无意的"两面派"。她们一面在模仿,一面在"篡改",从遣词用字、人物塑造、情节安排以及象征的运用等各个方面来修正那个喂育了她们的文学传统。以疯女人来补充父权社会所首肯的虔诚顺从的"白雪公主",只是这种修正的触目表现之一。因而,摆在我们面前的,不仅有人格分裂的女主角们,还有一部部"文格"分裂的作品。

如同许多鼓吹新观点的人,吉尔伯特和古芭好作惊人之语。听者的第一个冲动也许就是想跟她们争辩一番。比如说,经她们一诠释,女作家们笔下的邪恶王后式的反面女性似乎个个成了反抗的英雄,让人觉得也未免太武断、太片面。然而听她们从奥斯丁讲到伍尔夫,从伊丽莎白·勃朗宁讲到艾米莉·狄金生,如数家珍,娓娓道来,也不禁会被吸引,仿佛是被带到了另一架魔镜里,全然换了一个视角,于是熟悉的人物和场景都陌生了,都变得可惊可诧、耐人寻味了。

一百多年来,简·爱和她的影子伯莎一次又一次地在人们的心头和笔端复活着。吉恩·瑞斯的《茫茫藻海》(1966,中译本之一名为《苍海茫茫》)就以伯莎为主人公。伯莎饱经磨难,孤苦伶仃,竟活脱脱又是个简·爱!只是简·爱生活在扩张时期的英帝国的老本营,尚能最终赢得尊敬和爱情,并从海外殖民地(!)得一份遗产;而伯莎生长于阶级矛盾、种族矛盾高度激化的殖民地,只演得一场从不幸到不幸的悲剧。几年之后,英国女作家多丽丝·莱辛在小说《四门之城》(1969)中再度描写了出身英国世家的男主人、他的疯太太及青年女管家玛莎之间的"三角关系"。旧的情节框架还被使用(我常常揣想,写出新颖独到的人物或对话等等大约出于个人的天才,但新的情节模式的产生,却有赖于社会的演化和变迁。未知可有几分道理?),却被修改得面目全非。在这里,疯狂已不只是对妇女地位的抗议,小说的重心也不再是爱情。如果说《茫茫藻海》把视野扩展到西方世界的边极,对简·爱式的奋斗提出了疑问,那么《四门之城》则通过某种先知式神秘主义的经验将妇女个人命运与世界的命运联系了起来。

初刊于《读书》1987年第10期

"声东击西"的叙述及其他

《维莱特》(1853)是《简·爱》的作者夏洛特·勃朗特的最后一部力作。小说在思想深度和艺术探索上都有所突破,不过却有许多不衔接及自相矛盾之处,似乎很"不平衡"。比如说,作为"引子"的前三章就与后边的正文严重脱节。不少读者对此颇有微词。

小说开场,一位名叫露西·斯诺的叙述人绘声绘色地讲述了六岁小姑娘波莉到远亲布赖顿家暂住的一段经历。小波莉天真任性,一举一动却又像个有十足教养的淑女,有板有眼的。她先是因不得不离开父亲(她母亲一向不看顾她,此时又已故去)而伤心垂泪,闷闷不乐;后来却一心一意地依恋上了布赖顿家的大男孩格雷厄姆,处处尽心竭力地"照料"他。十五六岁的半大小伙子格雷厄姆常常逗这个一本正经的小姑娘开心,但一忙上自己的事,便把她忘诸脑后了。有一次他过生日,和一帮朋友在饭厅里欢叫吵闹,兴高采烈。小波莉孤零零地坐在外边过道的楼梯上,眼巴巴地盯着餐厅的门,许久许久。最后,在露西的怂恿下,她终于鼓起勇气去敲门。不想格雷厄姆却劈头对她说:"你有什么事,你这小猴子?……快到妈和斯诺小姐那儿去,告诉她们让你上床睡觉。"说罢那金棕的头发和红润的脸庞便消失了,门被砰的一声关上。小波莉被这种"忘恩负义"、翻脸不认人的行径惊得目瞪口呆。

一连串这类栩栩如生的细节勾勒出了个性鲜明的人物:单纯、快乐而又自我中心的格雷厄姆,痴情、执拗的微型淑女小波莉,等等。对此读者感到既新鲜,又熟悉,不免暗自料定小小年纪便主演了这出伤感戏的波莉,日后必还经种种周折,最后大约总会与某位有情人成眷属,说不定就是那个格雷厄姆。叙述人在第三章的收尾似乎也这样暗示:

> "一个非常独特的孩子,"我想道,借着忽明忽暗的月光端详着她的睡相,一边小心翼翼地用手帕轻轻擦拭她的泪光闪闪的眼睑和湿湿的脸蛋。"她将怎样度过此世,怎样与人生搏斗呢?书籍和理智告诉我,打击、挫折,屈辱和孤独是人人在劫难逃的,而她将怎样承受这一切呢?"

不想第四章叙述者却笔锋一转,大谈起她本人来。第五章第六章都过了,小波莉仍消失得无影无踪。我们终于明白了主人公原来并不是波莉,而是那个似乎无形无体,只有一个影子和一个声音的叙述人露西·斯诺,不免有点上当受骗之感。

既然如此,为什么要安排那些关于波莉的喧宾夺主的细节描绘呢?是作者对剪裁细节失去了把握能力?或者她有意与读者开个玩笑?

恐怕都不尽然。

倘若我们换一种眼光重读小说的开头,就会发现许多过去被忽略的内容。我们会注意到,波莉到来之际,作为布赖顿夫人教女的露西也只不过是个十四岁的孩子,却有一种与年龄不相称的冷眼察人处世的态度。一天她外出散步回来,见自己屋里摆了几件新家什,便不由得思忖:"这些东西是什么兆头和象征?"她似乎是个谙于破译生活迹象的老手,当时立刻分析出:有新客人要来。小波莉来了,一副痛不欲生的悲态。布赖顿夫人叫露西不必理会。"可是我却对她很留心。"露西说,"我注意到她把小胳膊支在小小的膝盖上,手掌托着腮帮;我看见她从她的洋娃娃裙的娃娃口袋中掏出一块一两英寸见方的小手帕,接着我听到她哭了起来。"一连串的表示观察的动词("注意"、"看到"、"听到"等等)强调了露西的一种既消极、又积极的身份——"旁观者"。类似的语句在这几章里俯拾皆是,如"观察她梳洗打扮是很有趣的,那么小,那么忙,那么轻悄悄的",或"她不动了。我抬起身子,探头看她在做什么"。露西对"观看"简直有一种冷静的职业兴趣,仿佛一位化学家注视他的试管和烧瓶。她很快认定波莉只有与格雷厄姆在一起时才表现得有趣,方值得一"看"。大约过了两个月,波莉的父亲来接她。因为好奇,露西自告奋勇去通告消息。她果然发现这一次波莉又因告别格雷厄姆而大伤其心,而那个男孩子却全不介意。她把这些统统称之为"研究人物性格的乐趣"。

露西是个谜。小孩子们大抵是自我中心的。波莉没来时,她在布赖顿夫人那里也颇受关注。她为什么能这样无声无息地让出中心位置,"自我放逐"到一个不起眼的旁观者的地位上?莫非她已惯于在生活中充当"边缘人物"?关于她的身世和父母,小说中不曾透露一点内情。第一章开始曾说及那年秋天她的教母布赖顿夫人亲自去让她"永久寄住的亲戚家"把她接了来:"我相信她那时已清楚地预见到将有变故,对此我却丝毫没想到。但是,仅只一星半点的疑惑也就足以让人意乱神伤,足以使我乐于换换环境了。"这样看来,不论在这次去布赖顿家之前还是之后,她都有比波莉的经历更惊心动魄的故事。也许正是这些经历使得这个十四岁的小姑娘时时提防着生活中的种种兆头和象征。但作为叙述者的成年露西对她本人的"故事"缄口不提。只有她关于波莉的一些冷言冷语的议论揭示出她作为主体人物的心理上的平衡与不平衡——她的不满,她的嫉妒,她对爱、对丰富的生活的渴望,以及她作为独立思考的"过来人"对波莉式的多情善感的轻蔑。她这样针砭波莉对男性保护人的依恋:"她不可思议地迅速适应了他的兴趣爱好。人们简直会以为那孩子全无自己的头脑和生命,必须依附于另一个人方能生存与行动;如今她父亲离开了,她就靠上了格雷厄姆。"还有一次,她这样议论波莉与父亲暂别后的一次相见:"这不是个大哭小叫、絮语绵绵的场面:对此我不胜感激;但这一幕充溢着太多的感情……每逢人们这般无节制地放任激情,倦怠的旁观者便在轻蔑和嘲弄中得到某些宽慰。"在英文原文中,这段一气呵成的议论包含着动词时态的转换。前边的一长句用的是过去时态,但说到"倦怠的旁观者"时便突然转入了现在时。显然,在叙述者心目中,这个"旁观者"是很多义的:既指当初目睹那场重逢的小露西,也指后来有了更多经验的叙述者,还可指任何取相同旁观立场的人。说话的腔调口气虽无疑出自历尽沧桑的叙述者,但表达的意思却混同于小露西当时的感受和经验。换句话说,在这一段叙述中漫不经心、"自然而然"地发生的时态变化揭示了作为叙述者的露西和作为小说人物的露西之间的某种重合或者混淆。

每一种叙述方式上的选择都表达着一定的意向。露西暗示自己有一段多灾多难的童年却对此秘而不宣,反而津津乐道地讲述波莉,无疑是在强调一个对比，在宣布她的女主人公是另外一种人，不同于旧式悲欢离合浪漫故事中的女主角。同样，在头三章中叙述人和女主角的混淆也是意味深长的。在其后的章节里，叙述人常常很触目、很生硬地插进来，骤然拉开叙述者（以及读者）与主人公之间的距离。特别是当主人公露西陷进爱情纠葛，在很大程度上又落入了恋爱故事的老套时，讲述者与主人公之间的疏离便愈来愈明显。叙述变得冷淡粗疏，兴味索然。如结尾处讲露西远行的恋人写信来时，书中这样写道："每次有船他都寄信来。他写信如他给予，如他恋爱，全心全意，慷慨倾囊。他写信，因为他爱写信，他不省略，因为他不愿省略。他坐下，拿起纸笔，因为他爱露西，有很多话要对她讲……"这种单调重复、敷衍了事、言之无物的语言不能不算是一种古怪的表达方式。很显然，叙述者以及她背后的作者，都对主人公的恋爱全然失去了兴趣。以此为对照，反过来看前三章中叙述人和主人公的关系，不难看出两者之间的"混淆"绝非偶然，而是表达了叙述者对于小露西的"旁观者"身份的一种肯定和认同。

总之，《维莱特》看似"走题"的开头是一种独特的点题，是向传统的主题、情节定式及人物类型的一种挑战和质问。为什么小露西就不"像"主人公呢？主人公或女主人公"应该"是什么样？读者对于故事的判断和期待依据什么？这在多大程度上是"合理"的？一系列的问题在要求人们思索。如果我们把小说开头所形成的叙事上的"断裂"和"转向"放到更大的文化背景中去,联系产生一种文学人物类型和情节定式的历史条件和意识形态来考查,这种不和谐的叙述所包含的思想意义就更引人深思了。

夏洛特·勃朗特恐怕至多只是半自觉地意识到了自己的"革命性"的目标。因此,她的挑战不是通过明确的宣言或对传统方式的彻底摈弃或前后一致的新人物类型来表达,而是借助对旧的故事程式的抵触和破坏,以及由此留下的不和谐、不衔接的"漏洞"得以体现。就如我们在《维莱特》一书的开头所见。

聚焦于小说开头的一个特征,有许多问题自然讲不透,甚至来不及提出。就是最相关的,如全书对"旁观"究竟持何种态度、作为旁观者的女主人公究竟有什么社会含义等等,都来不及展开讨论。不过,可以说,每个小小的章节或段落,都可能给读者许多值得细细品味的提示。

"细读"(close reading)曾给我不少读书的乐趣,间或也有新鲜的体会。比如说,我读张炜的《古船》,以为其中最值得注意的,不是那些显得苍白的理性化的历史沉思,或其中某些个颇有声色的人物,却是小说中"病"的意象所占据的主导地位以及由此产生的某种异样的氛围。有时,我也想和爱读书的朋友们分享、交流一点"细读"的收获。只是待到提起笔,却又每每踌躇起来。

倒不尽然是因为在那些潇洒地谈"大势"论"走

向"新名词很多的理论家们面前自惭形秽。也不是因为当初鼓吹"细读"的所谓"新批评"在它的老家——美国大学校园——早已是明日黄花。说来"细读"本身在洋人那里倒还不算过时。后来兴起的好几拨"新潮"们,什么结构主义,解构主义,新历史主义等等,虽然批判扬弃了"新批评"的理论基础,却大抵以不同的方式继承了"细"读文本的方法和精神。兼有结构主义者和后结构主义者之称的罗朗·巴尔特曾写过一本名为 *S/Z* 的书,以洋洋二百余页的篇幅逐行分析巴尔扎克的仅仅二三十页的短篇《赛拉辛》,细得实在有些辛苦。

我惶惑主要是因为"细读"学院气太重,与我们的现实生活相距太远。何况近一两百年来,中国若非国难当头,也必是数亿人衣食住行问题压顶,总难得放下一只安静的书桌。当我们的书生们不得不操心白菜、猪肉的价格,不能不思虑创收的谋略或跳槽的利弊时,偏要大谈一个标点或一个动词的妙用,不是有点太"那个"了吗?

但是话又得说回来。自从人类成了"文明"社会,书桌和生活也很有关系。孔夫子一类的往事就不提了。众所周知,马克思在大英博物馆的书桌前度过的寂寞岁月后来极大地改变了历史的进程和世界的面貌。对于我们这些寻常的读书人来说,读书至少是与"读世界"相关的,从而也就影响了我们对外部世界的反应方式。人们常说文学是生活的镜子。也有的聪明人说,文学是读者的镜子,每个人从中看到的其实是自己的影像。说法各有玄妙,有一点意思是相近的:即读书过程是主、客观世界沟通的一种途径。认真的读书是一种认识活动,训练着我们识别、判断来自大千世界的各种信息符号的能力。那么,在当今的时刻,又怎么见得细读与矫治流行于世的形形色色的浮躁,与塑造民族的未来无关呢?

幸亏困惑总是自相矛盾的。所以我虽惶然,却仍在读书,也依然在希望自己和别人读书能得更大的收益。

初刊于《读书》1988年第8期

家的梦魇

有时候"被迫"读书能有意外的收获。

因为领了个任务,我只好硬着头皮读艾维·康普顿-伯内特(Ivy Compton-Burnett, 1884—1969)。据说弗吉尼亚·伍尔夫感到康-伯女士的小说有点难以消受。大概不少人有同感。我起先觉得不大读得下去——她的小说很少交代情节或描写人物和场景,只有没头没尾的关于家庭琐事的对话。渐渐地,我发现了琐事闲言背后的利益角逐、道德危机,甚至是很有戏剧性的冲突,却又深感她所展示的世界暗淡、狭小、窒塞,薄薄的机智和幽默下埋着不可解脱的幻灭感,实在让人读罢为之心冷。

康-伯在英国小说史中是个相当特别的人物。

她共写了二十来部小说,作品从未畅销,读者群相对狭小。即使是主修英国文学的英美大学生或研究生,没读过她的书的也大有人在。但批评界一直对她有好评,文学史也总要提她一笔。1979年《20世纪文学》杂志特为她出了一期专号。人们公认她的作品风格独特,自成一家,却拿不准她到底够不够格跻身"大"作家之列。连她的热忱爱好者也说:"她似乎根本不知道马克思、弗洛伊德或凯恩斯的存在;可能从未读过乔伊斯、伍尔夫或海明威;只是一遍又一遍、一本书又一本书地写生活在同一未明确指定的时期,住在同一种乡村大宅中的同一类人。一位小说家的眼界如此有限……怎么好被冠以'伟大'呢?"然而,反过来说,一个视野"如此有限"的作家为什么一直未被忘却,并赢得了一批忠诚不渝的读者呢?

康-伯的小说首先引人注意的是它的形式:它们几乎都完全以对话构成,常规的叙述被压缩到了最低限度。因此有人说它们是"戏剧式"的。这些作品有一个相对固定的模式,讲述的总是生活在某个未点明的时期(熟悉英国的人能认出是维多利亚时代晚期至爱德华时代)的一个大家庭:包括父母和一大群儿女,有时还有祖父祖母。他们住在旧式大宅里,其中的父亲或其他掌事儿的家长多半是"暴君",孩子们和一些无权无势的依附者(如穷亲戚或家庭教师)则往往是"受害者",此外还有一些起"合唱队"作用的陪衬的"相关人"或"旁观者"。日常事务常常孕育或导向危机,于是在一个关键时刻揭露出家庭中的种种不和、不幸和罪辈:冷漠,仇视,欺骗,抢夺,通奸,乱伦,陷害以至谋杀。

例如,在她的代表作之一《家庭与财产》(1939)中,危机是圈绕财产展开的。小说以典型的康-伯方式在最寻常的家庭场景中开始:加维斯顿一家人在用早餐,议论煎蛋卷、火腿、天气以及晚上睡眠的情况,似乎平淡到无可叙述的地步。这时主妇布兰奇宣布,她的父亲来信说他需要减缩开支,打算卖掉房子,租赁女婿家地界里的一幢小屋居住。这消息在加维斯顿们中间搅起不大不小的风波。布兰奇想免费接待她的"老父亲和病姐姐",说他们眼下不宽裕,本地房租又低廉,还强调:"他们来了会有多少好处呀,我们得考虑这点。"二儿子克莱门特立即尖刻地回嘴说:"他们显然考虑到了这点,并打算让我们为此付钱。我倒想知道他们给自己开什么价。"长子马克也应声道:"他们也应为我们在场做伴付账,我想我们的存在和他们的存在具有同等价值。""我想——我在考虑,"家长埃德加说,"我想我们可以先提出一个价格,就是我会向生人要求的租金,然后再看由于他们不是生人,我们得损失多少。"

人人说话各有风格:布兰奇口气热切夸张,毫无城府,多少有点像奥斯丁的班纳特太太;克莱门特的机智幽默掩盖不了字句下的冷酷态度;埃德加口气模糊,话语间有许多表示犹豫的停顿("我想","我在考虑",等),但是他钱财第一(人情只能适当折价)的原则是很明白的。其他在场的人,如快嘴快舌、自我感觉良好的女儿佳思汀以及埃德加的弟弟达德利等,也都纷纷"亮相"。

在这个地主绅士家庭里,一件意外的事发生了。寄居在埃德加家,以陪伴长兄为"业"的达德利忽然从他的教父那里继承了一笔约五万镑的遗产。这成了家里家外的头条新闻。邻居们或是公然探听,或是背后传话,众口一词咬定达德利得了二十五万镑。家里则人人不安,各有希冀。不久加维斯顿们就把钱派定了用场:达德利每年进项的大头用来维修破旧的家宅并补贴家用,其余给几个侄儿每人一笔津贴。布兰奇的姐姐玛蒂这时已随老父搬来做邻居,她为人处处抢先占强,自然不放过机会,也从中分得一份年金。不过,钱也使一向寄人篱下、自甘寂寞的达德利心眼儿有几分活动。这年约半百的男人第一次有了结婚的可能,于是坠入情网,爱上了玛蒂的朋友玛丽亚·斯露恩。两人很快订了婚。他本人要买房成家,原来的分钱计划便岌岌乎殆哉了。这当儿布兰奇又突然病逝。一家人心乱如麻,终日惶惶。没过多久,达德利因事出门,埃德加和玛丽亚来往日渐频繁。待达德利回来时,等待他的消息却是玛丽亚决定和他解约,与埃德加结婚。一向温和宽厚的达德利不失风度地应付了这一事变,通知侄儿女们过去议定的分钱方案如今又有效了。但实际上他伤心至极,终于在一个风雪之夜出走。正赶上那晚马蒂大发淫威,把她的伴娘兼护士格里芬赶出家门。达德利救了走投无路的格里芬,自己却一连数日盲目地游走,衣衫湿透,饥寒交迫,最后病倒在附近一户农家,生命垂危。

在这场遗产带来的悲喜剧中,主角是老加维斯顿兄弟俩。他们年龄相近,形影不离:散步时手挽手,处理信件一人口述一人执笔,出入餐厅同来同去。两人中埃德加是继承了家业的长兄,是一家之主,也是事态发展中的掠夺者和渔利者。这个人物的很多重要方面是虚写的,特别是他和达德利的关系这一微妙的问题。康-伯从不描写人的内心活动,连外在的活动也尽量地少写。也许她认为文字所能表达的,只是纯粹由语言构成的表象(在这点上她似乎与新近的后结构主义相通),即使记事,也经过人的眼"摄像"、人的思维"转译"。

她刻画埃德加的笔墨尤其少且虚,大都是别人关于他的谈话。在第一章里佳思汀曾一惊一叹地提醒人们注意父亲和叔叔并肩散步的情景,后来又再三赞扬他们的手足情谊,而她的兄弟们对此则似乎不那么敬仰。埃德加本人没说过几句要紧的话。他偶尔开口时字斟句酌,尽量表现理性和善意,与仆人讲无关紧要的话也要"似乎"、"也许"一番。小说虽然长篇大段地记述了其他人如何热切关注达德利处置财产的方案并公开地期待分享利益,对埃德加的态度却几乎未置一词。我们只知道按最初的安排,他是最大的受益者。达德利订婚,小加维斯顿们议论纷纷,他也只讲了几句话。他呼吁孩子们协力共渡难关,说:"失去任何一个部分,整体常常也就随之丧失了。"听来像是讲他妻子布兰奇的亡故。但马克随后却应答说:"我希望叔叔能住在我们家附近。"这显示出大家心中所关切的其实是达德利的动向。的确,达德利若是结婚,带走的不仅是一份可观的钱,而且是埃德加所熟悉、所依恋的全部生活方式。他夺达德利所爱,破坏弟弟的婚事,这是小说中的关键行动。但不论是事情经过,还是当事人的动机,都全部虚写,成为留给我们去解读的谜语。我们只能猜想,对于埃德加来说,不论出于利害算计,还是出于兄弟之情,恐怕保住达德利的欲望都远远超过对玛丽亚的喜爱。(顺便说,在康-伯的小说里有婚姻却没有爱情,年轻人或无权者的爱人常常被男性家长夺去,而作者从不解释女方的感情。)

埃德加如此珍视的旧家庭格局和旧生活方式,给达德利带来的却是屈辱和痛苦。布兰奇的父亲和姐姐玛蒂搬来以后,他们前去拜访,玛蒂当着众人对精疲力竭的格里芬小姐说了些很不客气的话。达德利对那位又受累又受气的伴从女十分同情。格里芬退席时,达德利替她打开门,陪她走出客厅,并和她随便地谈天。"你我一定很相像。"他说,"我们都住在别人的家里,我们都很善良;我很善于当配角,我想你也是这样。"他的话里虽有调侃,但他对自己与格里芬的地位的相似之处是看得很清楚的,当他外出归来,得知未婚妻已经被哥哥埃德加夺去,便讥讽地说:"这么说我得当英雄了……再重操旧业,为他人作嫁衣裳。我看大家也实在不想让我改弦更张。"埃德加和玛丽亚结婚后,他们兄弟口角,达德利一时冲动,曾脱口说出埃德加从来都只会索取,从来都是他的"敌人"等等激愤的话。

为了财产,亲人反目,互相争夺甚至互相残害,本都是小说中屡见不鲜的题材。《家庭与财产》的独到之处不在于它揭示了家庭关系背后的权力关系和利益关系,而在于它对于这一问题的独特的陈述方式。小说中对老加维斯顿兄弟的记述一虚一实。达德利作为受害者,他的一些半调侃的大实话,或偶露真情的愤慨相当直接地表明了他所痛切感受到的压制和剥夺。对埃德加读者只能雾里看花,总的印象是他既不像横行霸道的暴君,也不似奸诈狠毒的恶棍。他对一切似乎只是漠然处之,未尝像玛蒂那样虐待弱者,也不曾像克莱门特那样公然地、斤斤计较地谋算个人的经济利益。连他抢夺达德利未婚妻的举动好像也并非出于成熟的打算——不过是跟着直觉走罢了。也就是说,他大概不好不坏,代表人性善恶的平均值(马克也许很近似于他)。不过,人性中积极的善是那么少,权力又使得他丧失了对别人的痛苦的感受能力。在这个意义上,这个虚写的人物获得了一种普遍的象征性,代表着某类境遇下的常人。因而加维斯顿家存在的等级秩序和利益冲突,以及由此引起的痛苦和怨恨,也似乎获得了某种形而上的意义,代表了人类的无可逃脱的一般处境。当这一启示逐渐浮现时,任何喜剧性的成分,无论玛蒂夸张的自我表现,还是多事的邻人探听达德利所得遗产数目时的滑稽情态,抑或家中各位精辟幽默的谈吐,都不能稍许减轻读者心中的阴郁。更令人不堪的是,这个暗淡的世界是全封闭的。全书的内容完全局限于加维斯顿一家。无例外的总是他们自己在轮番地说话,谈论他们自家的事。被引进的新人,如玛丽亚,在思想和气质上并不怎么异样,而且很快就被纳入原有的家庭秩序。偶尔露面的邻居也既不带来新鲜的个性,又不带来新鲜的语言或话题。达德利和埃德加争吵后愤然离家出走,结果只是盲目地围绕着他家的祖屋兜圈子。因为,在康-伯笔下,另外一种世界,另外一样人生是根本不存在的。达德利无处可去,欲死不得,因而他只能接受现实,与埃德加妥协。大家对他的病况十分关切,使他悟到自己在哥哥及其一家人心目中的地位。这给了他一点点对生的依恋。他说他"知足"了,"不再指望更多的什么"。他说:"了解一切就意味着原谅一切。"由此他死心塌地地和守财奴般的克莱门特,和虐待女伴的玛蒂,和冷漠自私的埃德加们安然共处了。康-伯的无辜者和善心人大都得作如此的妥协。

哀莫大于心死。达德利在病中早已说过:"我没什么值得可活的。"小说也确实一清二楚地表明,加维斯顿们天天的日程,不论对谁(甚至是埃德加),也都没多少值得可"活"的。如《男仆与女仆》(1947)中的另外一位被欺侮的"好人"摩提默所说:"我不认为我的生活有任何意义。我也不想要什么意义。我是毫无意义地挨日子的人之一。这样的人并不像人们想的那么可怜。"这类话包含着直面现实的勇气,体现着顽强自持的坚忍态度,但更充满了欲说还休的绝望。每每在结尾出现的这种妥协,给康-伯的无出路的乡绅大宅世界涂上了最阴暗的一笔。

"家"是维多利亚小说中的归宿和"天堂"。简·爱或大卫·考柏菲尔们的故事都是从"无家"(孤儿)始,以"有家"(结婚)终。小说结尾的婚姻和家庭象征着一种理想境界,代表着主人公们的世俗幸福——包括物质利益上的和感情上的双重满足,以及他们在精神(道德的或宗教的)上的成熟和完善。经过数十年的演变,在康-伯的小说里,憧憬变成了噩梦,天堂化作了地狱。奥斯丁的小说号称是在象牙上作画,格局小,天地小。然而比起康-伯,奥斯丁的小世界实在是很多彩、很富于变化的。且不说《傲慢与偏见》中的凯瑟琳夫人和加丁纳舅舅等人代表着很不相同的社会空间,光是结婚一件事,就包含了多少希望,象征着多少可能性。我忽然悟到,写"出嫁"意味着设计摆脱或打破旧格局,因而需要颗年轻的乐观的心。康-伯的小说里至多有"娶亲",却从无"出嫁"。而且新来者总是在没过门时就已加盟原有的秩序。即使是塞缪尔·巴特勒笔下虚伪专制的维多利亚家庭也没有这般令人窒息。康-伯带给人的感觉似乎只有卡夫卡的城堡可比。

康-伯的笔端渗出一股袭人的凉气。唤起并支持了这般阴冷的想像的,该是怎样的人生呢?虽说近年来文学批评不大从作者的经历和观点出发来诠释作品,我忍不住想追查作家本人的人生踪迹。

据斯珀灵写的传记(H. Spurling: *Ivy: The Life of Compton-Burnett*, 1984),艾维·康普顿-伯内特1884年出生在典型的英国富裕中产家庭。父亲詹姆斯是出色的医生,精力旺盛,工作努力。因观点与当时的主流派有不同,詹姆斯一生被卷入激烈的学术和学派争论。但是他对社会、对科学、对自己的事业和原则似乎都充满信心。"我们不是权威的信仰者。"他说,"……我们生为自由人,也将作为自由人而活着,而死去。自由将是我们留给后代的遗产。"他不仅在学术上有建树,开业行医也很成功,收入可观,不断地添置房地产。艾维的母亲凯瑟琳是续弦,与詹姆斯伉俪情深。这个似乎很美满的维多利亚家庭是靠家长特别是父亲的经济能力和道义权威维持的。詹姆斯前妻留下了六个孩子,凯瑟琳又生了七个儿女,孩子们中形成了若干不平等的小集团。前妻的孩子较受冷落,与继母也感情疏远,早早就陆续地离开了家。艾维是凯瑟琳的长女,她与年龄相近的两个弟弟关系特别密切。詹姆斯1901年突发心脏病死去,几年后,艾维的弟弟盖伊病故,此后家庭生活便为阴云笼罩。笃信宗教的母亲疏远冷峻,严厉专断。她害怕坐吃山空,便节衣缩食,回避社交,给孩子们(包括艾维)留下了深刻的心理创伤。凯瑟琳1911年去世以后,几个孩子都分得了一笔遗产,艾维受到委托做几个妹妹的监护人。出人意料的是,她一承母制,把妹妹们拘在阴森的老房子里,严加管束。直到那几个喜爱音乐的姑娘渐渐长大,合谋反抗,艾维的"暴君"统治才告解体。她们分别移居到伦敦,艾维和妹妹们不相往来(顺便说,她们姊妹七人——包括隔山姐妹——中无一结婚)。随后发生了一桩悲剧:两个最小的妹妹在她们的公寓中双双死去,从一切迹象看是自杀,死因引起人们的纷纷猜想。当时正值第一次世界大战。艾维的二弟不久在战争中丧生,照她的话说,这把她的生活彻底"摧垮了"。她大病一场,几乎死去。后来同一位颇有名气的研究室内装饰的职业妇女结为朋友,住在一起,渐渐开始尝试写作。写作使康-伯多少超越了她家"大房子"的阴影——她表达了自己以及不少同代人对那种生活秩序的痛切的反思,使绝望获得了某种积极的意义。

康-伯的家史似乎比她虚构的故事更凄冷。这个维多利亚大家庭的没落是与英帝国的没落同步的。如果没有第一次世界大战和二弟的死,她或许不至绝望到那么彻底的地步。但是两个小妹的死与战争无直接关系,她们也并非一贫如洗,走投无路。自杀(倘若是自杀)的原因是什么?康-伯为什么在可能得到"自由"之际(母亲去世、分到遗产)反去充当"看守"和"暴君",继续把妹妹们关在她家的大房子里?她们的父辈——相信奋斗、相信进步的维多利亚中产阶级——辛勤地积累并严苛地维护了一份家产,自以为留下的遗产是"自由",却在自己的营地里(且不说下层人民如何)酿出了那样多的不幸。那代人的理想和实践,哪里出了毛病?如果没有"大房子"留给康-伯的遗产,如果她不得不投身到外边的风风雨雨中去,也许她能"活"得更有声色些,更痛快淋漓些?

许多的连贯的和不连贯的,相关的和不相关的问题在我的脑海里闪过。我合上斯珀灵的《康-伯传》。封面上一个严肃的老女人面无表情地望着我,嘴唇压得紧紧的,一只眼睛蒙着模糊的略显温和的阴翳,另外一只眼大睁着,露出很触目的眼白,泛着冷静的光。

初刊于《读书》1991年第11期

伍尔夫的三重言说

七十多年以前,英国女作家弗吉尼亚·伍尔夫出了一本书,叫《自己的一间屋》(1929)。这是一本讨论女性写作的小册子,薄薄的一本。然而它却感动并震撼了一代又一代的妇女读者,产生了极为深远的影响。大约十年以后伍尔夫又写了一本专论妇女问题的《三枚金币》(1938),与《一间屋》构成姐妹篇。它们成了西方20世纪60年代以来声势浩大的女性主义思想运动中几乎人人必读的经典之作。对于每个关心妇女的现状和未来、关心女性的精神生活和精神产品的人来说,伍尔夫都是一个宝贵的思想资源。

弗吉尼亚·伍尔夫生于1882年,死于1941年。她在小说和散文写作中都自成一家,成就斐然。这么说吧,如果我们要列举一二十位20世纪最重要的英语作家,伍尔夫几乎肯定会名列其中。

伍尔夫的父亲莱斯利·斯蒂芬爵士(1832—1904)是19世纪末著名的传记作家、学者和编辑。用中国人的老话说,她生长在"书香门第"。她的哥哥和弟弟也都是剑桥大学出身的极有造诣的学人。此外,当时在英国的一些大名鼎鼎的作家和文化人,比如哈代、罗斯金、梅瑞狄斯和亨利·詹姆斯等等,都是她家的座上客。不过,虽然弗吉尼亚在文化精英圈子里长大,虽然她家有很丰富的藏书,虽然她曾得到父母和家庭教师指教,她和姐姐范妮莎却和正规学校无缘,主要依靠自学成才。和兄弟们的情况相对比,这种教育上的不平等在伍尔夫的心里留下了深刻的烙印。

20世纪初,西方的文化和艺术发生了一些引人注目的重大变化,标志之一就是现代派艺术(比如后印象派或抽象派绘画)的兴起。当时伍尔夫的父母已双双过世,她随家人迁居伦敦布卢姆斯伯里地区。她和姐姐通过兄弟的关系结识了一批出类拔萃的青年知识分子,形成一个当时在英国影响很大的松散知识分子和文艺家团体,后来的文学史称之为"布卢姆斯伯里文人圈"。弗吉尼亚·伍尔夫是其中的核心人物之一,生活在文化思潮旋涡的中心,著名诗人托·斯·艾略特甚至说她本人就"是伦敦文学生活的中心"。

弗吉尼亚从1904年开始为报刊写散文和书评,与伦纳德·伍尔夫结婚后又创办了一家小印刷所,直接介入图书出版,对文化思潮和争论非常敏感。读过几本西方小说名著的人,都知道它们大抵讲述主人公的人生故事,其中有许多细节描写,比如人物长什么样子,穿什么衣服,住怎样的房子,等等。这种写法被称作"写实主义"或"现实主义"。但是在 20 世纪前二三十年里写实小说遇到了很大的挑战。伍尔夫参与论战,写了《班奈特先生和布朗太太》和《现代小说》等文章向这种传统"发难"。她认为传统小说太"偏重物质",只触及了生活的表象;她主张文学应"不顾一切地去揭示人内心最深处火焰的闪光",表现人的头脑在日常生活中每时每刻接受的"千千万万的印象"。她的小说《达洛维太太》(1925)和《到灯塔去》(1928)等都体现了这样的艺术追求,都是从人物内心感受出发、由内及外地描写生活的作品。这两本书几乎和乔伊斯的名著《尤利西斯》(1922)齐名,是现代派"意识流"小说的代表作。伍尔夫的写作手法和创作理念被世界各地的作家广泛模仿,1980 年代以来对中国作家也有深刻影响。可以说,在小说艺术中的创新是伍尔夫的不朽艺术功绩之一。

伍尔夫的另一个重大思想和文化功绩就是她对女性主义思想发展的贡献。

1928 年秋,伍尔夫应邀去剑桥大学的两个女子学院做有关"妇女和小说"的专题报告。如果放到历史发展的进程里,这样的事可以说具有划时代的意义。过去也有知书达礼的才女。早在 18 世纪就出现过讨论"妇女小说"的文章。但是那些是凤毛麟角,未成气候。可以说,在伍尔夫之前尚不曾有人系统地关注女性写作的历史。19世纪中期以后,由于女权运动的推动,在英国歧视妇女的现象逐步有所遏制:先是有了初级女子学校,随后剑桥大学又首开先例创办了女子学院。1880年后已婚妇女开始享有财产支配权,1919年她们获得了选举权。同时,妇女渐渐有了就业可能和较大的择业余地。在争取并实现这一系列变化的过程中,广大英国妇女的性别意识大大加强了。没有这一切铺垫,从未进过大学校门的伍尔夫就不会被请到学院的讲台上,女性写作也不会成为一个引来无数回应的重要的历史话题和社会政治话题。

当然,这个任务之所以落到伍尔夫而不是别的什么人身上,是因为当时她已经是位有名气的女作家。除了小说创作得到重视和好评以外,伍尔夫还撰写了一系列书评和随笔,文集《普通读者》(1925)也已经出版。她对那些不见诸经传的女性作家的亲切描述和中肯议论,常常是其散文中最优秀最有趣的篇章。她的议论和介绍往往独具只眼,亦庄亦谐,精彩纷呈;特别是谈起女性写作者时油然生出一种如数家珍的亲切感,笔落处一个个文坛人物跃然纸上,一桩桩旧事逸闻历历在目。至今,许多没有机会亲览旧书的普通读者仍是通过伍尔夫才第一次结识了那些被长久地埋没了的女性作家,才开始窥到历史的被遮盖的另一面。

伍尔夫接了去剑桥讲学的任务后,左思右想,考虑了很久，最后给她的报告定下了《自己的一间屋》这样一个题目。

女人要写书，首先得有点钱糊口维生，还得有间屋子在里边"码字"。也就是说，思考妇女写作，归根结底还得落实到妇女的经济地位和社会地位上来。至于伍尔夫为什么如此突出这间"屋子"，她想就此发挥哪些观点，我们还得耐心地听她细细道来。

伍尔夫本可以驾轻就熟地挑三五个自己熟悉的作家作品和听众随便聊一聊。但是她没有那样做。因有一些更沉重的问题压在她心头。她说："妇女和小说"这个题目其实很含糊，涉及很广：可以指妇女的处境包括她们和小说这一文类的关系，可以指妇女和她们写的小说，也可以指妇女和写她们的小说。可是关于这一切特别是妇女的生活实况，人们又知道多少呢？

在那时，可以说很少很少。

于是伍尔夫虚构了一个"我"，一个女人，不妨叫她玛丽吧，当然可以叫别的。"我"想探究一下女性写作的问题。该怎么办呢？自然，首先会到学问重镇到名牌大学去。校园风景优美，恬静迷人，很适合思考问题。不过，若是"我"一时忘情，走到草地上漫步沉思，或是想进图书馆查看资料，那可就对不起了。没有本校学者带领引见，女士不得进入这些神圣的场地。"我"碰了一鼻子灰，无功而返。排斥女性的陈规延续了几百年了,很多人都已司空见惯、习而不察。然而伍尔夫对那些当初的听众也就是那些有幸进了女子学院的姑娘们说:尽管大学之门已经向妇女开了一道小缝,但是在多数时候多数场合她们仍然被关在高等学府之外,关在学术的门外。总之,走向"妇女和小说"话题的第一步,我们就和伍尔夫笔下的"我"一起遭到传统陈规和成见的迎头"阻击"。

不过,即使"玛丽"进了大英图书馆,有幸触摸架上的书,她能得到的东西也不多。写女人的书比比皆是,她们自古以来就是被写的主题。但是女人开始写东西似乎比男人迟得多。所以,18世纪以前,妇女写作几乎是一片空白。英国人引以为骄傲的伊丽莎白时代产生了莎士比亚和其他许许多多著名的诗人和剧作家。可是他们中间没有女人。于是伍尔夫又问:为什么呢?

"我"查阅了有关的历史书。书上说,那时的女孩子们根本没有上学的权利,到了十五六岁,就得依照惯例被许配人家,成为一个陌生男人的私人财产,给他持家生养孩子,善待虐待、要打要骂都由那位"主子"。在这种条件下,如果伟大的莎士比亚有个天分和他不相上下的妹妹,她的命运会是怎样的呢?她自然没资格像哥哥那样进语法学校,只能自己东捡西拾识几个字、私下偷偷读几页书。很可能,这个有非凡才具和过人勇气的姑娘不甘接受小小年纪就出嫁、一辈子烧饭洗尿布的命运。她星夜出逃,决心像哥哥一样到伦敦戏院去闯天下。但是,那时候戏里的女角儿是由男孩子来扮的。即使看门扫地的营生也轮不到女人。一个一无所有、无依无靠的外地姑娘怎么能在伦敦活下去呢?最后免不了是沦落风尘,贫病交加,化为荒郊野地里的一冢荒坟。

这就是伊丽莎白时代那没有诞生的女诗人的结局。

沿着这条思路,伍尔夫突破了"妇女和小说"这一话题的局限,不但将英国女性的全部写作历史纳入视野,更深入到这一话题的"背后",追究"我们这一性别的贫困",追问历代妇女在政治、经济和教育诸方面受到的歧视、排斥和压抑。她的讨论指向一个重大的问题,那就是,迄今为止,人类文明史中除了存在阶级秩序等等以外,还存在一个不公平的性别秩序。而女性写作的发端,是这个秩序变革的开始,"是比十字军东征比玫瑰战争更重要的事";女性写作的前途,则与一种新的较完美的性别秩序的建立密切相关。

伍尔夫是善于在历史的沉默和空白中看出问题的明眼人。

伍尔夫在《一间屋》中着重探讨另一个问题,是女性写作所体现的女性价值观。

女人的文字和言说常常有一种特别的"味道"。

一两个星期以前,正是绝好的十月天气。

> 我……坐在一条河岸边沉思。……我的左边和右边都长满灌木,金黄的和大红的秋叶,如火如荼,甚至像是被火的热度所焦灼。稍远处,岸边的垂柳因永恒的悲哀而垂首暗泣,长丝披在肩上。河水里,和着如火的灌木,映现出一段桥影,一片天空。有个大学生划着船冲破那倒影,随后它们又立即不留痕迹地合拢来,就像不曾有人经过一样。……(4—5)

这段文字里有虚构成分,也有抒情成分,似小说的片段,又如抒情散文。然而,这就是伍尔夫的"学术报告"《自己的一间屋》中的一段,讲述的是被拦在大学图书馆和学校草坪之外的虚构的"我"的经历:"我"在景色美好的校园里,刚刚把冥思的钓钩垂到水里企图钓出一条思想的大鱼,就被人粗暴地打断了。人们会问,这也叫"学术"吗?没有拉丁希腊文,没有引经据典,没有专门术语,甚至没有可以辨认的论述腔。伍尔夫随便把写小说的特权用到学术里,是不是有点把事情搞乱了?

没有受过正规教育的女人,对标志特权的"文化资本"自然掌握不多,受常规的约束也比较少。伍尔夫意识到,由于所受教育的不同、活动范围的差异和价值观念的区别,女作家选用的的词语、句型,她们习惯的文体和表现手法都和男人有所不同。这使她们的精神产品常常遭到贬低,被说成"没有学问"、"不合规范"或是"艺术水准低下"。18世纪以后英国女性写作蔚然成风,作品层出不穷,然而,除了少数几个名字,比如大家熟知的奥斯丁、勃朗特姐妹和乔治·艾略特等人以外,传统文学史对其他女作家很少提及。英国文学史中有一些大作家,比如华兹华斯、雪莱或卡莱尔,在英语国家里就像我们的李白杜甫,几乎是家喻户晓,妇孺皆知。可是,人们却很少听说华兹华斯的妹妹、雪莱的妻子和丈母娘,或者卡莱尔的妻子。对于她们的人生、写作和贡献,以往的由男性书写的历史要么是三言两语一笔带过,要么是毫不留情地完全抹杀。男性权威人士判定她们的文学活动和作品没有"价值"。不妨再举个例子。17世纪后期出了个名叫阿芙拉·贝恩(1640—1688)的女作家。为了生存她试笔写作。写过诗歌,剧本,也写虚构故事,比号称开英国现代小说之先河的《鲁滨孙漂流记》还早二三十年。当时英国的商业化出版机制已初步形成,于是她成了英国历史甚至可能是世界历史中第一位靠写作为生的职业女作家。但是,贝恩和她的几位女性追随者不仅活着的时候备受男作家嘲讽指责,被视为不道德的涂鸦者,死后特别是到19世纪以后更被彻底打入冷宫。

女性作品遭到冷遇不仅因为女性在写作方式、风格或遣词造句上不尽符合男性传统,更因为她们所反映所谈及的生活、她们对事对人对思想言行等等的判断都常常与男性有所不同。也就是说,对社会中和生活中的许多事情,女人的看法和男人不一样。比如,男人认为打仗事大而下厨事小,描写前者的是史诗,反映后者的却上不得台盘。于是多数女作家的书被裁定为题材"渺小",遭到蔑视。

面对这种现状,伍尔夫说,这种不同可能源自女性的弱点,但很多时候却恰恰反映了她们的长处。所以,在前边那段引文里,她坚持甚至有意张扬自己的说话方式。她不仅通过剥茧抽丝的说理、更通过她本人的风格向我们示意:女性不应该简单地接受男性权威的判断,而应该有所辨析,有所取舍,最终提炼出我们认为正确的思想,锻造出适合自己的语言方式,从而改造并丰富人类的思想和文学。

由此我们可以领会到,伍尔夫所说的我们所应有的那间"屋"既是实在的物质条件,也是象征性的精神空间。有了温饱以后,妇女需要一方属于自己的实在的物质空间,能够在其中不受干扰地从事自己真心喜爱的活动,其中包括思考阅读写作。不仅如此,她们还得为自己的性别争取到文化上和精神上的独立空间,使她们的有别于男性的那些方式和价值有立足、生根、成长的园地。

需要强调的是,在伍尔夫看来,我们不但应看到两性价值观的差别,保障女性价值的生存空间,更重要的是要坚持某些女性价值判断并进一步使之与社会上主导的男性思想对话甚至对阵,因为中产阶级(或曰资产阶级)男性的很多追求其实未必值得人们

羡慕、追随或者肯定。她说:女人受的教育固然有缺陷,但是,也许男人的教养毛病更大:

> 不错,他们有钱有势。可是他们付出的代价是在自己的胸膛里养了一只猛禽,一只秃鹫。那秃鹫没日没夜地撕肝裂胆、叼心啄肺。那秃鹫就是占有的本能,攫取的狂热。这使得他们永远想获取别人的土地财物;永远在划定边界、制造旗帜;制造战舰毒气,牺牲他们自己乃至他们儿女的性命。

也就是说,伍尔夫认为,在资本主义社会中被鼓励张扬的"占有"欲望和竞争心理是很值得怀疑的——它们不仅是现代社会中的剥削、掠夺、侵略和战乱的祸根;也是千万普通人误入人生歧路的原因。她的小说《到灯塔去》中的拉姆齐先生是位学者,并不直接从事攫取财产或权力的活动,然而他患得患失,汲汲于个人名利,对他人甚至子女都缺乏爱心,本质上仍是被那种贪婪"占有"欲迷了心窍的追求者。而家庭妇女拉姆齐太太操持平凡的家务劳动,照料孩子、帮助朋友、鼓励丈夫,成为书中秩序与和谐的化身,是一种精神上的灯塔。

有人认为颂扬拉姆齐太太是鼓吹女性固守传统贤妻良母的性别角色。我不赞成。有些彻底否定传统女性的现代女性主义者看似很"激进",其实却全盘接受了伍尔夫所质疑的近代以来的男性资产阶级价值观。应该看到,在《到灯塔去》中女性不是陪衬,而是主导,她们所代表的价值观,是对社会中流行的男性"成功"观和"价值"观念的挑战,是对他们的世界观和人生观的批评,是和《一间屋》中的思想彼此呼应的。伍尔夫在《一间屋》中曾尖锐地追问:"对于世界来说,一个抚养八个孩子成人的打杂的女仆(或称保姆),她的价值是否真的就比年收入八万镑的律师要小?"不论在西方社会,在伍尔夫的祖国还是在我们中国,这个问题都至今没有得到一个合理的并且有力的回答。有许多女性甚至不再向自己和社会提出这个问题。这正是我们需要重温伍尔夫的原因之一。

最后我们来谈一谈《一间屋》中第三个思想要点,即女性写作与对女性意识的超越。

伍尔夫有很强烈的在当时也是很超前的性别意识。她以自觉的女性眼光审视、批判男权社会中的许多现象和见解。不过,我们必须同时看到,她并不一味强调或扩张所谓的"女性自我"。她认为,在每个人头脑里都既有男性的成分,也有女性的成分,可以说是"雌雄同体"。

当时的科学研究新进展表明,从生理上说,男人和女人的性差异是相对的,比如男人分泌少量雌性荷尔蒙、女性反之亦然。伍尔夫受此启发,加上自己的体会和观察,推断人的心理、情感甚至思想方法中都存在某种分裂,存在雌雄两性因素共处并存而又分庭抗礼的状况。所以,她认为断然割裂两性或排斥另一性是不可取的,"两性之间最自然的关系是合作"。在准备《自己的一间屋》的同时,她还出版一部独特的小说《奥兰多》(1928)。其主人公奥兰多一活就是几百年,从伊丽莎白女王统治的时代一直到20世纪,他/她时而是男人、时而变成女人,以不同性别身份历尽近现代英国社会文化生活的种种变迁,最终才成为一名女作家。这部小说看似游戏之作,笔调轻快灵动,背景绚丽多彩,不过它也有严肃的主题,即体现了作者的一种理想,那就是在审视中全面继承文明遗产、在批判中谋求两性携手。

伍尔夫在讨论女性作家的小说时更明确地强调了超越女性自我的重要性。她认为,夏洛特·勃朗特和乔治·艾略特写小说时,脑子里装了太多的个人体验,太多的愤怒、抗议和申诉。比如从夏洛特·勃朗特的《简·爱》我们可以看出作者很有激情,很真挚,也很有讲故事的天分,读者不由自主被她吸引,向她敞开心扉。然而她的小说也有个大缺陷,就是从头到尾充满着一个膨胀的大"我":全部内容归结起来就是"我爱","我恨","我痛苦"。相比而言,简·奥斯丁和艾米莉·勃朗特则是更纯粹"更伟大"的诗人和艺术家。艾米莉的《呼啸山庄》就不仅是关于"我",更是关于"我们,整个人类"和"你们,永恒的力量"。伍尔夫甚至认为,如果一个人写作时老是想着自己的性别,作品将"无可救药"地受到损害。

这似乎让人感到某种自相矛盾的东西。前边,伍尔夫一直在流露愤怒,在阐述妇女受到的不公平待遇,谈妇女需要有自己的收入和房间,说妇女须成为她"自己",坚持自己的声音和思想。然而到最后,她却提醒女性注意自己思想中的"雄"性成分,要求她们超越女人身份、关怀整个世界并追求艺术完美。

矛盾性确实存在。但它不是伍尔夫的失误,而是她最了不起的地方,是她有远见的表现。"雌雄同体"(androgynic)这个词未必是最贴切的表述,伍尔夫对勃朗特姐妹和奥斯丁等人的上述评价也不是没有可商榷之处。不过,她的这一观点有一个宝贵的思想内核值得充分重视、充分肯定。那就是:仅仅强调女性自我和女性意识是不够的,还须强调对女性自我和女性意识的超越。她说:"我们要应对的是这个现实世界,而不只是男人和女人的世界。"她特别指出"现实世界"和"男人女人的世界"的区别。她的论说提示人们,在"现实世界"里,除了性别关系外,还有其他许多关系,比如,不同阶级之间的关系,不同种族、信仰和国家之间的关系,生活与艺术的关系,人与自然的关系,以及自然物体与其他自然物体的关系,等等。

在伍尔夫离去多年后的今天,我们看到女性和女性意识本身的现实处境也发生了很多变化。在世界上许多地方,女性已经争得了相当大的发言权,女性话语虽然仍受种种挤压,但也分享到一些权力或影响力。于是,有时"女性"二字本身也成了招牌和卖点。某些看似突出、追捧女性的广告,某些"包装"女演员、女作家的做法甚至某些女性公众人物浓彩重墨的自我展示和表演,体现的与其说是女性意识,不如说是卖点意识。这或许是商业主义对女性主义的收编。我们不敢断言这是百分百的坏消息,但是这样的"重视"肯定不完全是女性的福音。

因此,现在对形形色色打"女性"招牌的思想和言论我们需要辨析,对女性自我的生成、历史、弱点和局限我们需要有所自觉,有所反思,有所超越。仅仅让女性吸引人们的眼球或耳朵是不够的,仅仅为女性争取和男人同样的权益仍是不够的。如果我们的世界多几位撒切尔夫人或增加数千数万像男人一样被占有欲和成功欲驱使的有钱有势的女律师女商人女官员,未必就意味着妇女的解放或世界的新生。在这个意义上,伍尔夫对整个"现实世界"的关注表达的是一种健全的意识。她既看到有必要从被压迫群体的意识(这里具体而言是女性意识)出发重新审视历史和现实的必要,也认识到女性,特别是一些自称代表女人发言的女性个人,如果一味地自我关注和自我扩张,本身又会造成某种局限,甚至是某种新的精神陷阱。

原为讲稿,曾于2003年在《百家讲坛》播出,有删改。

叩问时下

不肯进取

读吉恩·瑞斯(Jean Rhys,1890—1979)的小说,忽然想到了"上进"的问题。

也许因为瑞斯一生太坎坷,所以她专门写些倒霉的女人。她是威尔士人后裔,出生在西印度群岛,十七岁到英国读书,后来一直在欧洲艰难地谋生。在20世纪二三十年代里,她以自己的经历为素材,呕心沥血,写了几部篇幅不大但颇得好评的作品,后来便销声匿迹了。人们以为她已死去,其实她却历经战时艰辛,家庭变故,疾病折磨,挣扎在贫困线上。她常常衣食无着,绝望酗酒,也曾几度精神崩溃,甚至被短期拘留。1957年后几位偏爱她的文化人把她重新挖掘出来,大力相助,她才得以聚起力量继续写完《茫茫藻海》(1966)。可能由于瑞斯的戏剧性复出恰逢其时,她的简洁生动、具有鲜明女性特色的作品得到了评论界,特别是女权主义批评家们的高度重视,声誉蒸蒸日上。此后她的旧作纷纷再版,短篇作品、自传和书信集都陆续问世,传记、研究文章和专著连篇累牍,势头至今不衰。她的短篇《让他们叫它爵士乐吧》1991年还在伦敦被搬上了舞台。

瑞斯的主人公大都身无分文,彻底的无产而且无靠。她们不断地求职,不断地失业。运气好时也只能在巡回歌舞团跑跑龙套,或有一搭没一搭地打打零工教教家馆,工作艰辛而又不稳定,毫无安全感,不时要靠直接地或变相地出卖肉体维持生计。难怪《夜航》(1934)中来自西印度群岛的年轻歌唱演员安娜和情人约会时,脑子里联想到的却是黑人奴隶的命运。这些类似奴隶的女人体验了一次又一次失败的求职或供职,经由一个又一个她们多少喜欢或根本不喜欢的男人转手,不断地贬值。生活似乎只是时饥时饱地在一个个寒酸的、脏兮兮的旅馆或出租房之间打圈子,没有出路,也没有尽头。

不过,对于安娜们来说,不幸不仅是一种命运,也是一种选择。这使得她们与英国文学中原有的简·爱型个人奋斗者大不相同。她们总算是出身在中产阶级的边边上,有相当的教养,并非不可能谋一种职业,或通过婚姻向上爬,求得男人的庇护和社会的承认。女友早就传授经验说:"跟男人打交道,就得趁着你能捞的时候尽量多捞。"可是安娜们执拗地拒绝了这一金玉良言。她们时常靠男人的同情怜爱或一时的情欲而苟且生存,却不肯以色相为资本,有计划地挣钱。在《离开麦肯齐先生之后》(1930)中,麦肯齐给朱莉亚一张1500法郎的支票,企图就此摆脱她。她一时恼怒,轻蔑地扔回支票,并将手套摔到他脸上。后来她偶然得机会回伦敦,看到母亲故世,妹妹疏离,又与一个男人往来并分手。待她再度流落巴黎街头,重又在一家小咖啡馆遇见麦肯齐时,她啜着酒乞求说:"借我一百法郎吧,求求啦。"在人生路上兜了个圈子,她连早先那点愤怒和尊严都维持不起了。但她宁受此时的屈辱,不悔当初的冲动。这些女人率真任性,有时自暴自弃,有时狂躁失度,有时依傍乞怜,却决不有计划地累积钱财,不追求可靠的丈夫,或讨好可能带来长久收入的情人。

《夜航》一书或多或少地展示了女主人公不肯进取的心理根源。"人们都说,'要上进。'不错,有些人的确进身有方。可有多少人呢?那个女孩叫什么名字来着?她算挺能进取的,不是吗?'卖唱姑娘嫁了大家子弟。'可那又怎么样呢?要么上进,要么退出,他们说,要么玩儿转,要么玩儿完。"[①]安娜的这段内心独白

---

① 这里"上进""进取"等词的原文均为"get on",还包含(与人或事)"相处","成功"等意。最后两句为"Get on or get out, they say. Get on or get out."勉为译之,难以传达原意和原风格。

清楚地表明,"上进"有具体的社会内容和阶级内容,来自于"人人都说"以及种种关于"成功"的故事。而她对此提出了质疑:有几个穷姑娘能实现嫁阔佬的进取的人生计划呢?而即使如愿以偿又怎样呢?又有什么意义和价值呢?安娜不幸生于西印度群岛,在大英帝国的边缘。那里一切剥削和压迫都是以赤裸的残忍的原始形式进行。康拉德的《黑暗的中心》揭示出,一旦到了白人殖民者大肆进行掠夺、欺骗和屠杀的现场——非洲腹地,欧洲人打算从道义和经济上拯救世界的神话就土崩瓦解了。

的确,殖民地的生存方式剥光了绅士淑女的道德外衣。安娜的舅舅是老殖民者的后裔,生养了成群的混血儿女,粗鲁直率,厚颜寡耻。她的后妈海斯特到美洲不久,自以为公正、文雅、要强,实际上更是一脑子的偏见和虚伪信条。安娜用方言和黑人说话她都不许可。安娜深知白人的家业是靠罪恶积累起来的。童年时看到过的一张奴隶名单像难以摆脱的梦魇纠缠着她。由此她看透了很多不同形式的剥削,对敛聚财富、增殖资本的"伟业"怀有本能的憎恶和恐惧。有她舅舅这样的绅士和海斯特这样的淑女为例证,资产阶级上升时期所编织出来的个人奋斗的神话对她全然失去了说服力。"淑女,"安娜憎恶地想,"有些词儿长着那般又细又长的脖子,你真恨不得把它拧断。"

这不肯进取的女人是"没有钱,没有德"的另一类人。因此她同情所有的畸零者,同情罪犯、妓女以及

"所有不丰腴饱满光洁滑润心满意足笑容满面目光炯炯的人……所有从不举办或参加茶会的人","所有的傻瓜和失败者"。体面的有产人士也总能在这绝望女性身上认出异己分子。其中一个女主人公在故事中被称作是"蛮子","布尔什维克",说她"有一天会到苏俄去";另一个则被人看作"代表着被侮辱与被损害的人们"。她知道自己的对头是谁,苦难的根子何在。《午夜,早安!》(1939)中的萨莎曾在一家服装店工作。老板来视察,她心惊胆战,老是出差错,心里明白好不容易谋来的饭碗保不住了。她大哭一场,最后挟绝望之勇冲进老板的办公室:

> 好,让我们争论个水落石出吧,布兰克先生。你代表**社会**,有权每月付我四百法郎,那是我的市场价格。因为我是**社会**中低效率的一员……所以你有权利每月只付我四百法郎,让我住一小间黑屋子,让我穿寒碜的衣裳,让我饱受折磨,生活单调,忧虑重重,心愿落空。到头来人家瞧我一眼我就脸红,说我一句我就哭泣。我们总不能都快乐,我们总不能都有钱,我们总不能都幸运……你需要蔑视你所剥削的人。不过,布兰克先生,我巴不得你遭千刀万剐……

可以说,在只有"get on"和"get out"两种存在方式的世道里,安娜们拒绝进取,拒绝了由体面的和有钱的"他们"所代表的成功,自觉地选择了退出和毁灭。

与之打交道的男人大都注意到了她们的不管不顾、肆无忌惮的绝望。他们说这是些"没有自我保存本能的女人"。她们常常贪杯,在酩酊大醉中打发时日,"醉生梦死"是确切的描述。她们几乎个个都希望长睡不醒。死亡的母题表现为对夜、对醉、对睡眠的渴望,在每一部小说中反复地出现。《午夜,早安!》一书连标题都是对黑夜的招呼和问候。在某个意义上,安娜们的自暴自弃是一种有意识的象征性行动,是一种消极的自我毁灭式的抗议。然而,这种消极中含有某种自觉的价值判断,某种不肯妥协的追求。如果没有这点积极的成分,恐怕瑞斯也就无从把失望和绝望酝酿成一种艺术了。

说来我们中国的知识分子是顶讲究上进的,不知是不是源自过去的士大夫追求"仕进",追求光宗耀祖、名垂青史的传统。尽管我们小说中的头牌(?)男主人公贾宝玉先生是个突出的厌恶"仕途经济"的不进取派,但是他的态度对世人(即使是《红楼梦》的崇拜者)的上进心和成功欲似乎没有太大影响。应该说,贾宝玉的不上进包含了对贾政式的进取和忠孝的认真的反思和摈弃,并不完全是花花公子的浪荡,也不是玩虚静恬淡的隐逸。其实,当真落到了"半生潦倒"的地步,也就无从隐逸了(因为士大夫的"隐"乃是"出"的另一面,是有面子的事)。我们谈起贾宝玉的"没出息",大抵就事论事,或是认为这是因为他置身于腐朽没落的封建家庭(或社会),理当"叛逆";或是认为这是养尊处优中的颓废,是他享受先人进取的成果太多,把"锦衣纨绔"、"饫甘餍肥"的日子过腻了。这些固然都不错,但忽略了一个基本点,即作为一种原则,贾宝玉对特定时刻里社会上流行的或公认的"上进"所持有的审视和辨思的态度是否有某种普遍价值。我们判明了自己既不属于"腐朽没落",又还没有享受多少锦衣玉食,不言而喻,似乎自然是应当循祖训"拼搏""奋进"。二十多年前最大的进取是"革命",于是曾有千军万马(首先是青年知识分子)造反。而今最大的进取大约是赚钱,于是便有纷纷"下海"之潮,经理总经理之多,数量恐怕已经超过了当年的战斗队司令总司令。两种社会行为的内容和意义当然大不相同,但是从赶潮人的个人选择来看,却又似乎有某种相似之处。它似乎包含两点选择的标准:一是道义上值得嘉许,一是个人利益(地位或钱财)得到增进。当年对许多人来说,显意识中是追求"革命",也即道义上的正确,在潜意识中才感觉这一取向对提高自己地位(关系职位、工作、户口等等)的作用;而今他们明白地被发财的欲望所驱动,但不免有时也感到需要道义上的支持(比如"符合改革开放潮流"、"有利生产力发展"或"促进社会进步"等等)。至于真正的个人利益、个人幸福何在(是否就是成大款,作买办或当老板,穿高级时装或出入豪华饭店),作为一种社会行动自己所赶的"潮"的实质内容是什么,有哪些正面的和负面的效应,自然是顾不上思量的。有如抢上拥挤的汽车或火车,稍一迟疑,就赶不上趟了。沦为"玩儿完"之辈,岂不遗恨千古。

这种心态和瑞斯的女主人公格格不入。所以我曾以为她的作品不大合当前中国人的口味。然而实际情况却出我所料。瑞斯在中国挺红,近年来她的小说已有不止一种被引进翻译出版。也许是因为我们对一切在西方最终能"玩儿得转"的东西都有敬意?因为女作家生命最后一程里以及她去世后在英美生成一股逐渐高涨的"瑞斯热",于是就不能不也波及到我们?她自己竟也能成为一种正统,一种经典,一种时髦,恐怕是瑞斯所始料不及的吧。不过,话又说回来,如果以一种赶潮的态度来介绍或阅读瑞斯,能够读出她的消极颓唐中的那点认真,那点执著,那点宁死不悔的浪漫的理想主义吗?

不过中国人很多。其中想必也一定会有瑞斯的知音吧。

初刊于《读书》1994年第6期

人生的一些关键时刻

不久前,时年八十七岁的英国女作家多丽丝·莱辛(Doris Lessing)荣膺 2007 年诺贝尔文学奖,成了历年来最老的获奖人。

莱辛 1919 年出生在伊朗,幼年时随家迁到南部非洲,父母是英国人。她十四五岁时因眼疾辍学后便开始打工谋生,同时坚持读书自学,青年时代还积极参与了反对殖民主义和法西斯战争的左翼政治运动。两次结婚并离婚后,莱辛于 1949 年携幼子移居英国,当时两手空空,全部家当是提包中的一部小说草稿。该书描写非洲农庄中黑人男仆和白人女主人间的纠葛与冲突,出版(《野草在歌唱》,1950)后颇得好评;随之陆续面世的五部曲《暴力的儿女们》有自传色彩,讲述一位在非洲长大的白人青年妇女的人生求索。代表作《金色笔记》(1962)探讨了女主人公在人生不同领域遭遇的种种困惑与危机，引起了读者特别是女性读者的强烈共鸣和关注。莱辛追求不断在思想上艺术上有所创新，曾以虚构故事表达自己对心理学问题及伊斯兰苏菲神秘主义思想等等的推敲和体悟，还借披着科幻外衣的"太空小说"写出对人类历史和命运的忧思。她晚近的一些作品，如《简·萨默斯日记》(1984)和《又来了，爱情》(1995)等，就题材和风格而言，似乎是对早年写实主义的一种回归。

莱辛不仅写长篇，还著有诗歌、散文、剧本和短篇小说，曾经获得1954年毛姆短篇小说奖。这里讨论的两个短篇分别撷取不同类型人物生活中的某些关键时刻，以入木三分的笔触重彩描画并深入探究。两篇作品的叙述方式都比较"传统"，不能反映莱辛漫长写作生涯中那些花样翻新的实验，却像明澈的小窗口，可以让我们比较轻松地领略作者力图揭示的精神风景。

《海底隧洞》发表于1955年，是莱辛的早期作品，常被选入教材，是英语国家许多青少年必读的故事。小说以第三人称记述了十一岁英国少年杰里与母亲到海滨度假的经历。叙述相当节制，对微妙的母子关系只做了蜻蜓点水的暗示。反复出现的有关母亲胳膊的那些文字追随的是男孩的视线，表达了他对妈妈既依恋又心烦的准青春期少年心态。而"非常荒凉"之类的判断则暗含那位寡居妇女的视角和她进退两难的担心。母子间对话,明说的少保留的多,一来一往张力十足。头一天杰里勉强跟随母亲去了浴场,第二天便下定决心要独立活动。他认为人头攒动的安全海滩只适合小孩子玩玩,而近旁巉岩兀立水波汹涌的海湾才是他应涉足的地方。

在那片乱石嶙峋的海域,杰里加入一群当地黑肤色孩子中,到崖边跳水嬉戏。本地孩子的肤色不同,他们讲的话杰里也听不懂,这些都更强化了杰里的陌生感和孤独感。此后事态的发展扣人心弦。能否像稍许年长的本地孩子那样穿越水下隧洞,成了横在杰里面前的人生挑战。他一次次眺望母亲的举动是否传达出某种恐慌和不安?这未脱稚气的男孩何以能那么有条不紊地准备冒险?种种细节在引领读者去体会孩子的决心所蕴藏的并不简单的心理感受和动机。杰里瞒着母亲一次次探查岩壁上的洞穴。他一点点训练提高自己憋气潜水的能力,好几次流鼻血仍锲而不舍。最后在水下穿越岩洞的"壮举"更是惊心动魄。孩子脑海里闪过的一个又一个恐怖的"万一"。那一瞬,读者也和杰里一样几乎要透不过气来了。

当小杰里再次浮上光明的水面,当他回到住所从容地和母亲谈话,我们意识到,此刻他已不再是几天前的杰里。他通过了重要的人生考验。他几乎已经长大成人。而且,耐人寻味的是,那群有细小黑眼睛的本地黑肤色孩子在杰里自我挑战自我超越的历程中发挥了关键作用,这使故事在族裔问题上显现出某种超越1950年代西方主流思想的不俗眼光。

《海底隧洞》没有涉及莱辛最关切的一些话题——比如两性关系,社会理想,政治参与或写作实践等,在某个意义上多少有点"非典(型)"。然而从另一方面看,该小说又那么探幽烛微地挖掘了子与母的关系,那么坦率热诚地聚焦于人的成长和内心生活,因而又可说是很充分地代表着莱辛写作的本质和特点。

《喷泉池中的宝物》成文稍迟。其中的"核心故事"因南非约翰内斯堡中年钻石工匠伊浦瑞姆应邀到亚历山大港为埃及富商做活儿而引发。他在餐桌上邂逅富商家已经订婚的十八岁女儿米润。一时间他如醉如痴,目不转睛,同时又因姑娘裙上缀着几颗假珍珠而如坐针毡。事后他没有马上打道回家,却倾多年积蓄,在亚历山大千挑万拣选得一颗完美的珍珠,把它送给米润。再次见面,他对米润说:她是不该戴假珠的。后来,米润拒绝了家资万贯的南美洲未婚夫,却在出远门做客期间决定嫁给一名出身寒门的欧洲理想主义左翼青年。养尊处优的千金小姐米润突然坠入险象环生的历史激流。她被二战期间的混乱和贫穷淹没,成了经历过死亡忍受着饥寒的贫民孕妇。最后,还有伊浦瑞姆和米润的另一次偶然但并非意外的相遇。

浓郁的东方色彩,匪夷所思的事件,这似乎应属于"天方夜谭"的经历被轻车熟路地徐徐讲来,性格鲜明的人物跃然纸上，情节发展起伏跌宕。但是被包藏在故事中心的却是一个或者若干个"谜"：伊浦瑞姆究竟在米润身上看到了什么？接受了珍珠的米润又发生了什么变化？对于这些，故事没有或许也不可能用明晰的语言予以解释。有人指出，这篇小说传达了苏菲神秘主义观念。不过，我们并不一定需要借道于某些"主义"才能体味小说的意蕴。很显然，令伊浦瑞姆有如醍醐灌顶的，绝非男女间被荷尔蒙驱动的一见钟情。也许我们可以从描述米润绣衣的"白色"一词以及他后来渴望制作的那件艺术品（水晶盘托起的由品种和色泽各不相同的白宝石雕制的朵朵玫瑰）的特征可窥出一二。他的感受有关洁白，有关纯真精粹的美。似乎是，木讷的中年工匠突然在美丽少女身上发现了自己的梦想。而米润呢，好像也通过那颗无价珍珠及伊浦瑞姆的态度感知到自己预定的当阔太太的未来只有虚假的光鲜，实质上却消极空洞，毫无意义。

　　也许有许多读者会像米润的家人一样，认为那姑娘的一生被"毁"了。果真如此吗？故事的讲述者显然在力图传达其他一些解读的可能性。也许，人生的质量其实恰恰是以那顿悟的瞬间为标志的？很多人终其一生从没有看到自己心中的"珍宝"，丝毫不曾为它努力或牺牲。而伊浦瑞姆和米润却在彼此相认中得到了某种不可思议的升华——即使他们后来突然从传奇世界坠入具体的历史情境，身陷战乱和困苦，即使那些本应成为绝世宝石花的晶莹石料最终被从喷泉池中捞出却又抛撒在广场。

　　值得注意的是,小说颇费口舌地特意设置了一个"外框架":大雾天,机场滞留,萍水相逢的旅客在议论财富、闲谈趣事,而小说叙述者"我"则是其中一名听众。之所以说"特意",是因"我"曾两次强调该故事完全可能以另外的方式开头。如此故事套故事,被强化的是民间传说色彩和叙述中暗含的"谜"。难以透视的谜。仿佛那弥天浓雾,又似陌生讲述人的暧昧身份。

　　是的,作者似乎在强调小说的谜语性质,同时又否决了确切谜底的存在。在这个层面上,伊浦瑞姆和米润戏剧性的人生奇遇是莱辛给出的一个启示或一则禅语,留待有心人去慢慢参悟。

初刊于《小说选刊》2008年第1期

莱辛写猫

猫作为人类亲近伴侣的历史究竟始自何时,进入文学艺术的最早例证出现在哪一国家,还有待方家教我。

我只一鳞半爪地知道,在近现代英语文学中猫猫狗狗都出过大风头。《艾丽丝漫游奇遇记》中的柴郡猫老幼皆知。时下里演遍五洲四海长盛不衰的音乐剧《猫》是根据名诗人托·斯·艾略特的组诗改编的。那些民谣儿歌般的小诗朗朗上口轻快诙谐,真难想像,它们竟与《荒原》和《四个四重奏》等晦涩沉郁的现代派作品同出一人之手。

2007 年诺贝尔文学奖得主多丽丝·莱辛的"猫故事"与她的代表作《金色笔记》或《四门之城》的反差同样显豁。在后一类作品中个人的心路历程与 20 世纪全球社会政治历史深刻地纠结在一起,作者早年的激愤与热情,后来的立场转移和心灵探求都通过虚构人物触目地映现了出来。因此,阅读莱辛常常并非轻松的观光游,却如背包客的辛苦跋涉。领会欣赏她的长篇小说需要对历史情境和社会思潮有所了解认识。对于她在不同时期发布的各种讲述和言说,则既不能盲目地一概信从,也不能粗率地贴个标签了事,得下一番审慎分析裁断的功夫。

不过,莱辛写猫的文字另是一类。《特别的猫》一书由三个中短篇合成,以先后在"我"家生活的几只猫为主角。这些不涉宏大主题的故事很难归类,叙述或许不无虚构,但更大程度上应是纪实,有不少读者把文中的"我"视为作者本人。全书文笔畅如行云流水,幽默而亲切,见猫性,也见人心。难怪付梓后一直很畅销,得到铁杆爱猫人和许多其他类型读者的衷心夸赞。

宠猫世界里的爱恨情仇

猫们各具性格和风度。

那只有暹罗血统的灰猫是风华绝代的美女。"从上方或是背面看过去,她是一只灰色和奶油色相间的漂亮虎斑小猫。但她的胸口和肚子,却是一种雾雾的暗金色",还有耀眼的黑眼圈和黑颈环。她仪态万方,是个卖弄风情的人来疯。她会到门前撒欢迎客,左趋右奉。她会在众人的欣赏目光中翻身打滚,亮出漂亮的肚皮。她还会选择精彩背景摆出种种造型姿态作秀。好一个万千宠爱在一身的高贵公主!

不过,自从一只小黑猫也进入"我"家,公寓就成了战场。一山不容二虎,争地盘当然是源于猫族本性。灰公主"猫"视眈眈,不允许小黑上主人床或上桌分享她的专有食品。对峙了足足两周她们才建立起某种平衡和秩序。朴实的小黑自知世间当有先后之序、长幼之别,接受了次等公民待遇。不过,她后来大病一场几乎送命,一时间成了"我"的第一关怀对象,又把一切都搅乱了。危机过后,灰公主不得不打起精神从头收拾旧山河。

生育产子也带来复杂后果。黑猫产崽后便擅自提高身价,导致战端重开。最后的结果是,黑猫升级睡床尾,灰猫退据床头,但保全了早上叫醒主人的权利。不时的,黑妈妈还会率领众小崽儿炫耀般走来走去。面对母以子贵的黑猫,美人迟暮且已被"做"了(绝育)的灰猫时而隐忍时而奋争,还发挥善于捕猎的特长,不断地把自己根本不要吃的鸟儿和老鼠抓回家献给主人。在乡村小住时,有一次主人出门时间久了,她甚至把绿色枝叶覆盖在捕来的老鼠上,然后和黑猫各据一处,耐心地看守并等待。

如此猫争煞是有趣,但似乎已逾出本真猫性,几乎有了点"后宫"气味。

和人一样,猫界的爱恨伴随着生老病死。

对于生命的第一要素食物,宠猫们的表现是有恃无恐。剩菜剩饭和罐头食品？她们看都不要看。最早先的一只黑白花只吃煮得"嫩嫩的"小牛肝和鳕鱼，否则誓死绝食。灰公主退让再三，勉强接受了绞牛肉馅。只有半路加盟的黑猫和曾经无家可归的"老"鲁夫斯没有资格过于挑三拣四。

求偶期的来临真真猝不及防。几乎还少不更事的猫少女会突然开始不知羞耻地坐卧不安地躁不可遏地嚎叫奔走翻腾打滚。让旁观的人又惊又叹："我们这些人类满怀敬畏亲眼见证到，这股不屈不挠、专注无比的强大自然力量。"发情之后便有生育。被苦痛折磨的黑白花每每咬死头一只娩出的小猫。灰公主极不情愿给幼崽哺乳，却急于恢复她在人群中的宠儿地位。惟有小黑爱心十足，是一丝不苟且教子有方的模范母亲。

生病很可能是灭顶之灾。猫们原有不失尊严地等候死亡的本能。可是"家长"岂能见死不救？于是就有了上诊疗所打针吃药甚至手术截肢等等惨痛经验。结果猫咪们对宠物医院生出不可名状的恐惧。是的，有了宠物，生与死、痛与乐便在人家里加速了循环的周期。

自然还有春夏秋冬。

灰公主"驾到"是在仲冬。饱经风霜的鲁夫斯则是在夏雨中来"我"家求助的："在连绵不断的大雨中，阳台上清楚地浮现出橘猫的身影，淌流的雨水在他身上染出一道道黑色的条纹……"。而灰猫黑猫两宿敌

冷战了几个夏冬之后,也曾迎来温情的复苏与和解:

> 春天来临。大门再度敞开。大地散发出泥土的芬芳。灰咪咪和黑猫在院子里四处嬉戏,蹦蹦跳跳地互相追逐,再一溜烟地窜到墙上。她们懒洋洋地躺在地上,享受微弱的阳光——但还是刻意与对方保持距离。她们打了个滚,翻身爬起,小心翼翼地走到对方面前,互相闻闻鼻子,先闻这边,再换另一边。

也许,它们能直觉地感知春阳中的诗意。

背景里的人

活跃在叙事前景中的是猫,人只是背后的陪衬。但猫事却也在折射人生。"我"提到童年时在南部非洲和猫的一次亲密接触:

> 天空艳阳高照;田里撒满了阳光。但天气却很冷,冷得要命。这只蓝灰色的波斯猫,呼噜呼噜地爬上我的床,留下来与我共同分享我的病痛,我的食物,我的枕头与我的睡眠。每当我在清晨醒来时,面颊贴着冻得像冰似的亚麻布,毛毯朝外那一面总是冰冷无比,从隔壁飘过来墙上新刷石灰浆味,寒气扑鼻,而且还带着一股消毒水的气味,在屋外吹动尘土的风冰寒刺骨——但

>在我的臂弯中,却总是有着一个轻轻打着呼噜的温暖毛团,我的猫咪,我的朋友。

简洁朴实的文字,没有繁复的形容词,没有多音节的抽象字眼,完全是小孩子的视角和语气。读者从中能辨出什么弦外音呢?严酷的自然环境?干净体面的中产生活所暗含的某种凉意?病孩子的彻入骨髓的孤单(漫漫寒夜里,何处有母亲的体温)?人们不必从作者的自传中寻佐证,就可以由此深切感知人类关系的某种缺失。

是的,对猫伴狗伴的眷恋常常与孤独有关。在莱辛的一个短篇里,伦敦穷苦老妇和猫相依为命,演绎了一场触目惊心的悲剧。这里,"我"家猫事大抵是温馨而诙谐的,但背景中仍不时飘过阴影。读者隐约地领略着伦敦穷人区的"猫国"景象。有时流浪"猫口"大增几乎成灾;也不时有攫取猫皮的生意人出没,于是很多眼熟的猫转瞬就无影无踪了。养猫的人家也很多。猫不仅是主人的伴,也是街坊邻居沟通的纽带。也许现代都市社会的宠物都如此。猫家长们会在街头停步,讨论彼此的爱物。饲养宠物似乎成了指示人具有爱心乐于开口的一种标识。有个巴黎女人因为收留了飞进房间的小鸟,便感到了标签的压力:"这就表示……我变成了一名人道主义信徒——我的天哪!我走楼梯的时候会被老太太们拦住寒暄。年轻女孩儿会跟我谈她们的爱情问题。"

人与人交流何以要"取道"猫狗？一位知识女性又为什么那么拒斥其他妇女的偶然叨扰？街区冬天水管冻坏无人修理的景况和"猫国"的生成与兴衰有没有关系？这些不免会浮上脑际的问题并非全然无关紧要。

在"大帅猫的晚年"一章中"我"在阳台上看到了自家的巴奇奇试图结交朋友的伤心一幕。此时,那当年帅"哥"已是被截去一条前肢的残疾老者：

> 隔壁家的猫穿越篱笆走过来,但却连看都没看他一眼……他发出他在跟我们打招呼时那种友善的细微叫声……他不敢太过放肆,刻意坐在离她好几步远的地方……然后……小心翼翼地走近了几步。她连忙又挪远了些。他靠一条前腿和臀部坐下来,稳住身躯。她舔了一下毛。这只直性子的年轻母猫,完全不懂得如何卖弄风情……巴奇奇仍然痴痴地望着她……他并没有直接走向她,而是换个方向绕过去,然后再坐下来,但其实又跟她靠近了一些。她毫无反应。他们就这样坐着……大约过了十五分钟以后,她站起身来,从他身边擦过去,然后坐在他附近,但却背对着他,望着花园杂草丛生的荒芜角落。他又用迷人且充满诱惑力的语调喵喵叫了几声。她故意慢慢踱向荒芜的角落,窜进杂草堆中失去了踪影,只能从那波动起伏的草浪,推断出她的行踪。

> 接着她又跳上篱笆,过去巴奇奇常坐在那儿看松鼠、看小鸟,但他现在已经跳不上去了……

和书中许多细致入微的描述一样,这里,猫咪们的一个个动作、一个个眼色、一个个声音都很传神。然而读者感受的不仅有猫的悲喜剧表演,还有那凝听的人耳和注视的人眼。"我"目不转睛地看了不止十五分钟,也许有半个小时。目光里有怜爱,有同情,有静思,还有难以言传的落寞与悲凉……某种显然并非仅仅源自猫世界的苍凉。

有时候,连讲述的用语似乎也反过来在展露说话人。

"我"说:灰公主做了绝育后"身材就完全变形。她像吹气球似地迅速膨胀,失去了她原有的纤细优雅……她的眼睛松弛,布满皱纹",成了一只"老处女猫"。于是有女性主义者对"老处女"一词发难。此类批评虽然太夸张太教条,但也提醒着我们,人一旦开口,即使不过谈猫咪,就难免被种种习而不察的话语成见所纠缠。

总之,猫身的背后有人影。在莱辛的猫故事里,我们见证着人的心怀,人的慈爱,人与人的疏离,还有人生的百般无奈。

五六十年前莱辛离开非洲转战英国文坛,把第一次婚姻带来的一双儿女留在了身后。《特别的猫》初次发表时,她题词将它献给留在非洲的女儿。

莫不是因为其中的那个"我"从某个角度说更显本心或本相,更渴望给予抚慰或达致沟通?

并非"只不过是只猫"

本书标题《特别的猫》原文(*Particularly Cats*)中"特别"一词是副词,不是形容某些猫与众不同,而是针对人们常说的"只不过是只猫啦(only a cat)"那句话里的轻描淡写的"只不过"。对这个词还真不容易想出个好中文对应,硬译的话,多少有"特别/单单/尤其"的意思,说的是区区诸猫亦有资格当关注重点 particularly 地存在。

这不是因为有的猫如今跻身"宠"物,而是因为那句"只不过"充斥了太多的以人类私利为尺度的粗暴价值判断。说到底,猫难道不是和我们一样的生灵?也许因为这个缘故,穿插于故事中的那些非洲猫令人难忘。

在"我"童年生活过的非洲农庄,每天出没的猫们,不论家养还是野生,都受到严峻自然法则的支配,时时可能被盘旋在天空的鹰隼叼走,幼弱者还会被蛇吞吃。家猫也不喂,全靠自个儿外出打食,所以有的渐渐就混入在附近游荡的野猫行列。

一次,"我"们的一只灰猫被送到二十多英里外的伐木营地后很快失踪了。过了大约两周,它半死不活地回到家里。它如何穿越了那没有道路的荒山野地?它如何渡过了水势暴涨的两条大河?没有人知道它是怎样完成这回归壮举的。还曾有一只变"野"的母猫，她隐约认得旧主人，在干旱的饥荒日子里有时满怀警惕地到"我"家讨要一点吃食维持性命。而后雨季来临，在第一个暴风雨之夜她不停地嚎叫，直到把人引到废弃的矿坑边——它的孩子们被水困在半坍塌的洞里。最终它们第二天被人救出。在这些堪称"英雄"的半野猫身上，没有宠物的矫情，却有自然赋予生命的坚毅、机敏和尊严。

其实，不论对人还是对动物来说，那时的非洲农场生活都是严酷的。人们须带枪防身。如果家猫的繁殖速率超过容忍限度，也无法行"仁慈"的割势手术之类，只能由母亲活活处死一部分新生猫崽。有一天，母亲拒绝再干这事。结果却更为恐怖。因为后来家里猫口剧增沸反盈天只得由手足无措的父亲来实施对成猫的大屠杀。

年幼的我还曾把猫尾误认成蛇：

> 我母亲听信我的话，朝一个移动的灰影开了一枪；猫立刻发出凄厉的惨叫，它的腹侧破了一个大洞，血肉模糊，惨不忍睹。它在木片堆中挣扎滚动，不停地喵喵哀号，而我们可以透过那脆弱碎裂的肋骨缝隙，看见它血流不止的小心脏。

让孩子心惊肉跳的血腥场面，却难言是非，呈现的是生存的艰难和残酷。若再换个思路，从可能被猎杀的蛇（它们应是那片土地的原始主人之一）的角度想一想，就更会叹息这小小枪击事件中的悲剧因素和悖论意味。血淋淋的死亡是自然法则的延续还是人无可挽回地侵犯自然秩序的后果？

莱辛无意在小故事中展开有关文明的理论探讨。她只引领自己和读者多少挪移立场，试着想像一下其他生物——尤其是猫（particularly cats）——的主体性生存。

不管是家猫，还是野猫，它们眼中何尝没有一个世界：

> 每当灰咪咪一连花上半个钟头，望着在阳光中飞舞的尘埃时，她究竟看到了什么？而当她望窗外迎风摇摆的树叶时，她又看到了怎样的景象？当她抬头凝视悬挂在烟囱上方的月亮时，她眼中所看到的又是何种风景？

初刊于多·莱辛：《特别的猫》（浙江文艺，2008）

女人的危机和小说的危机

这个题目大得吓人。我自然只是"拉大旗作虎皮"。要讲的其实不过是关于一本书的某一两点心得罢了。

说的是多丽丝·莱辛的《金色笔记》(1962)。

《金色笔记》并非轻松读物。如果说读书如行路,恐怕只有认真关注莱辛所提出的问题的人们才会耐心地一丝不苟地走完《金色笔记》的全程。这是一部从内容到形式都相当复杂的作品,具有多层结构和多重主题——从对现实主义文学的反省到1950年代西方左翼知识分子所经历的幻灭,从当今世界的纠纷冲突到所谓的"性战争";从挖掘集体潜意识的精神分析到关于人类未来的预言,可以说包罗万象。其中的"玄机",非但我不能一一讲清,就是作者也未必想明白了。

对于我,就如另一位著名英国作家安·伯吉斯所说:"莱辛小说的长处在于它所包容的愤怒和希望。"小说的复杂结构有如一个迷宫。然而,一旦我们深入其中,便发现这是一个相当熟识而亲切的世界。书页中的女主人公和书页外的作者似乎都是和我们一样的跌跌绊绊地摸索人生的热肠人,而不是在天边冷漠地修指甲的什么神明。在20世纪的西方小说里,难得读到一本书这样直接地撞击读者的心。

也许因为我是个女读者。

也许因为我们这一代人也在失望的泥沼里跋涉过。

"自由女性"的困境

"《金色笔记》是多丽丝·莱辛最重要的著作,它在整整一代妇女的思想和情感上打下了烙记"——该书平装版本封面上引用一位评论者的话这样宣扬道。出版商自然是意在推销,但是那番评议却并非虚言。

小说的中心人物安娜和她的女友莫莉都被置于"自由女性"的标题之下。她们是离了婚的单亲家长,独立支撑家庭,抚养儿女;各自都有工作(安娜是作家,莫莉为演员),在经济上不倚仗他人,在思想上、政治上也孜孜求索,不肯盲从。作为独立不羁的新型女性形象,她们在小说最初问世的1960年代激动了一代西方妇女。然而,二十几度春秋过后,如今的年轻的——以及不那么年轻的——激进女权主义者们回过头来看安娜,不禁对她的保守和软弱痛感不满:安娜们对男人仍有很深的依附眷恋之心;她们被世代相传的蔑视妇女的思想所毒害,不时流露某种自我厌恶;尤为重要的是,她们还代表着从政治斗争退却的消极倾向,等等。此类种种议论,不免有点像目前在中国被讥为"政治图解"、"上纲上线"的批评方法。不过,古往今来,这也总是人们对文学品头论足的一部分,而且常常与富于能动性、战斗性的年轻的社会思潮相联系。今后大约也依然会存在下去。只是这些热心的女权主义者们似乎漏读了小说的讽刺性。以至作者后来觉得有必要自己出面声明:"自由女性"实为"一个具有讽刺意味的标题"。

安娜曾向一位对她羡慕不已的已婚妇女说:"我并不自由"。"不自由"有多重的缘由和多重的含义。在安娜谈话的上下文中,最直接的意思就是她也像那位妻子一样依赖男人——至少心理上如此。她也渴望稳定专一的爱情,却又疑心重重,时时准备候补被欺骗、被遗弃的妻子的角色。当与她共同生活几年的男友麦克尔离她而去时,安娜勉强维持了"自由女性"的开明态度,但实质上却像老式"受害"的妻子那样一肚子的凄惶。后来她在半疯癫的失控状态下结识了索尔,举止便更似吃醋的女人。每逢索尔外出,她常常要歇斯底里地发作一番。

忌妒心和不安全感是依附心理的必然伴生物。

而潜伏在依恋之下的,则是一种深深的恐惧和危机感。把男女间的情爱与恐惧扯到一起似乎有点玄。其实多数爱情故事都拖有一条忧惧的阴影(想想林黛玉们!)。若不是怕女儿老大嫁不到如意郎君,日后衣食无靠,《傲慢与偏见》里的班纳特老太太何至于那般手忙脚乱地为自家丫头们张罗婚事呢?当然,经过许多代妇女的担忧、挣扎和奋斗,如今安娜已不需要一个男人来安排她明日的吃、穿、住。她所面临的问题,不是婚姻市场上找丈夫的艰难,也不是贤妻良母们娜拉式的觉醒,而是娜拉们出走之后的迷惘。

安娜的恐惧和忧虑无疑更博大,更深刻。这位在南部非洲长大、富于正义感的女作家出于对种族主义的愤慨和对1950年代初英美冷战政策的抗议,曾积极投身左翼政治活动并一度加入英国共产党。随之而来的是疑惑与失望——对苏联失望、对本国共产党不满,以及对个人与集体的关系等问题困惑不安。像许多在"红色"1930年代成年的西方左翼知识分子一样,安娜在创巨痛深的幻灭感中长久地踯躅彷徨着。双重的疏离感折磨着她。她一方面对现状下的英国共产党和社会主义实践感到失望;另一方面又不能心安理得地回到早已被她自己批判否决的旧资本主义体制中去吃一份中产阶级的黄油面包。她所眷恋的传统人道主义似乎于世道无补,她从事的具体文牍工作并不展示多少令人鼓舞的意义;甚至她对文学创作的热情和信心也几乎丧失殆尽。整个世界似乎被盲目的恶意和暴力所统治。她在笔记中记下了一起又一起的战事、屠杀和暴行。内在与外在的混乱使安娜终日惶惶。正是这种精神上的"破产"状况使得男人在她这般的"自由女性"的生活中显得举足轻重。

《金色笔记》涉及的几桩男女恋爱都有如是长时间的角斗——相形之下，安娜和莫莉间就有属于同一营垒的信任感，相处亲切自然。其中安娜和索尔的关系被明确地比拟成"狱吏"与"囚徒"。大约因为这个缘故，一些评论者认定小说表现了所谓"性战争"。莱辛本人对这种见解不以为然。事实上，不论两性间的对立关系是否有某种永恒的客观的生理基础（小说中一个人物断言说有），在莱辛笔下，两性冲突首先是社会文化的产物，而且与更广泛的时代矛盾交错关联。安娜虽已争得了某种经济独立和行事的自由，却仍然未能逃脱被视为有价商品的命运。一些妻儿俱全的体面男性把安娜一类单身妇女当做解闷的餐后点心，逢得太太出门便打电话来相邀。也有的男人把情人视为成功之三大要件（发达的事业、美满的家庭和漂亮的女友）之一。无怪安娜们深觉屈辱和愤怒。即使像索尔这样痛感现代西方社会弊端的反叛的游离者，也不能真正摆脱传统观念的影响。如果说对社会现状的不满和忧心在安娜们身上的表现形式之一是不时渴望退缩回旧式受保护的"弱女子"位置；那么在索尔们身上却表现为神经质地逃避传统"男子汉"的角色。他们之间相互需要而又相互敌视的关系既表现了父权制度留下的病态心理烙痕,也渗透着现代人的危机感。

甚至以"自由"一词来标榜妇女的追求也体现了现存的文化结构对于人的制约。像与之相关的"人权""平等"之类的概念,"自由"也是当初资产阶级借以谋求变革封建秩序的旗帜之一,不但有具体的历史内容和阶级内容,也有着心照不宣的性别歧视的含义。"人权"从字面上说是"男人的权利"。"自由"自然也是男性资产者们的自由。怪不得安娜说,"自由"就意味着"像男人那样地生活"。然而,那些追求发财、追求成功的男人又何尝"自由"!连如天马行空般独往独来的索尔都不免是社会的奴隶。索尔一开口,常常像放机关枪一样射出成串的"我"字来:"我是","我要","我不","我将","我想"……在他的自我中心主义大爆发的片刻中,安娜在他身上认出了自己以及四周的芸芸众生。她意识到这主宰一切的"我"字可以是怎样的精神牢笼。当安娜这样的勇敢的女性初步争取到像男人一样工作、参政、交友的权利,她们便看到了这"自由"的边界。

莱辛不把安娜们写成冲决罗网、一往无前的英雄,却写她们左右掣肘,往复逡巡。这并非她的怯懦,却是她的深刻。她试图指出"自由女性"这个目标的局限性。谋求妇女的真正的解放,不能只靠伸张曾遭受不合理压制的个人欲望或争取某些男人享有的权利,而需更新整个的世界和全部的社会关系。正是这后一任务的艰巨和渺茫,使得安娜们在追求希望的路途上遭遇绝望,试图开拓未来却又踌躇于"过去"的重负之下。

"故事"四分五裂

《金色笔记》一书的结构安排曾引起颇多注意。该小说不分章,以名为"自由女性"的传统第三人称中篇故事为支撑的框架,讲述安娜和莫莉的生活和事业。"自由女性"被分为五节,每两节之间夹着大量所谓的"笔记集",其内容分别从安娜的四个笔记本(黑色、红色、黄色、蓝色四本)中依次取来。在最后一节"自由女性"之前又插入独立的一节,即"金色笔记"。黑色笔记本中记述了安娜在非洲的某些经历,她的第一部小说《违禁的爱情》即为这段生活的产物。红色笔记本记录与政治活动相关的事。黄色笔记本中有一部未成形的小说的草稿,描写一名叫爱拉的女人的爱情纠葛。蓝色笔记本是安娜的日记。

这种结构安排与莱辛的早期小说形成触目的对照。她的多卷本长篇《暴力的儿女们》袭"成长小说"(Bildungsroman)的传统,以写实手法记叙了一名青年妇女的经历,流露着俄国小说的那种忧世热肠,也不免自然主义的冗长描写。因而《金色笔记》精心安排的万花筒式的"混乱"引起不少批评家的注目,他们认为该书是作者偏离现实主义的标志,是一部关于小说的小说。

这至少说中了一半。因为《金色笔记》的确是对文学和小说的一种再思索。它有意强调理性化语言与客观存在的差距和矛盾——一般说来,语言总是力求趋近一种秩序,一种解释,而实际存在的生活在本质上就是亦此亦彼、亦因亦果的说不清的混沌整体。安娜之所以同时用四个本子,是想将过去与现在、真实与虚构,私人生活与政治事务等区分开来,以便在思想混乱中维持某种秩序。然而,笔记的实际内容却成了对安娜的原始意图的嘲弄。有关政治的内容没能被关在红色笔记本内;而应为纯粹的私人日志的蓝本有时竟成了报刊新闻剪贴簿。

幻想与真实的界限和关系也变得难以确定。如果说传统写实小说力图使读者相信自己的叙述是"真"的,《金色笔记》则在不断提醒人们语言世界与实际存在之间错综复杂、令人眩惑的关系。黄色笔记本中的爱拉是虚构人物。但是当我们把许多支离破碎的片段凑在一起,便可看出虚构是何等地近似于纪实!怪不得安娜本人在另一处说:爱拉就是安娜。另一方面,力求写实的语言却又注定要背离真实。安娜总是为她那本畅销的处女作《违禁的爱》羞惭。因为它把有关种族隔阂与种族压迫的残酷而又平淡的生活现实转化成了一部老式的感伤浪漫小说。安娜力图对自己诚实。然而她惊恐地发现本应最"真实"的私人日志(蓝色笔记本)其实也一样虚假。在蓝色和金色笔记本中,安娜的新男友是个名叫索尔的美国人。可是在最后一节"自由女性"中我们发现他根本不叫索尔,也远不是那么疯癫。以第三人称叙述的

"自由女性"具有令人愿意听信的权威语调。不过,小说的其他部分又透露说"自由女性"是安娜另一部虚构作品的题目。《金色笔记》一书常常这样收容着许多有时互相印证、有时互相抵触的重叠交错的叙述,却几乎没有什么内容被绝对地肯定或否定。许多整段整段的记述事后又被安娜一笔划去。有时她在日记中详录着一天的活动和心理波动,包括来月经、上厕所之类的细节。然而她每每又为这样的文字深感不安。她质问自己,难道把吃喝拉撒睡一一记录在案就算是"真实"了吗?答案当然是否定的。不过,像她后来所做的,将这一切划去,换上"寻常一天",万事"如旧"之类,就更接近"真实"了么?究竟什么是她生命的真实?语言是否能够把握它?显然,安娜找到的不是一个答案,而是一个问题。

人们所熟悉的旧的情节定式和以时序为基础的叙事方法似乎不再能表达现代的人生。在《金色笔记》中,故事碎裂了,化作了许多的残片:有被"肢解"了的"自由女性"的故事,以及散落在四个笔记本中的许多片断的思绪,片断的幻境,片断的人生。主人公也分崩离析。安娜被众多的零星记述分割了。而每一个片断中出现的安娜面目不尽相同。作为主人公,她不再能把握自己的思想和命运。她的"天路历程"没有起点和终点。各种纷杂的细节都获得了平等地位,传统的轻重之分、因果之分仿佛已经消失。在这种情况下,对这个人物的任何一种概括和归纳都注定是

"歪曲"。比如,前文谈到安娜的爱情纠葛而未述及她和莫莉在教育子女时所遇的种种难题,侧重指出了她的政治危机和思想危机,却略过了她自觉精神失衡、向心理医生求治等内容。任何概括都包含一种价值判断一种取舍方式。而该小说的结构安排则暗示一种混乱的平等,不肯承认哪一方面是更主导、更本质的。四分五裂千头万绪的故事讲述着四分五裂千头万绪的生活。莱辛曾说过:自从在广岛扔下了原子弹,世界就四分五裂了;她以及别的人都被内部的原子弹炸碎了。

小说一向是关于主人公的故事。弗洛伊德说,小说总是围绕着一位中心人物,作者千方百计唤起我们对他的同情并把他置于特殊天意的庇护之下,而一切白日梦和小说的主人公,说到底都是"自我"(Ego)这位国王陛下。弗洛伊德这番话颇为触目地提醒着我们小说这种艺术形式与以自我为核心的个人主义意识形态的深刻内在关系。进入 20 世纪以来,从 1920 年代的"意识流"到后来的法国新小说,都使旧小说传统受到空前的挑战。艺术家在形式和手法上花样翻新的尝试无不与观察人和生活的某种新眼光相关。在这点上,《金色笔记》与《尤利西斯》并无差别。只是莱辛更自觉地强调在形式探索背后的思想危机。也就是说,她力图揭示,小说的危机,也如女人的危机,实质上还是"人"的危机。

关于"人"的理想的危机,恐怕是现代西方社会中最引人深思的文化现象。1960年代以来十分走红的一些法国后结构主义者发表了不少反人本主义的言论,说明这场危机仍在持续并深入,如安娜们的彷徨苦恼,尚望不见一个豁然明朗的终结。

"金色笔记"内外

然而《金色笔记》并不是一团不透光亮的绝望的阴云。小说最终的组合方式标志着一种尝试,一种对新的语言安排和生存方式的追求。何况它还包含一个炽热的"核心"——即"金色笔记"部分。在小"金色笔记"里,有如在大《金色笔记》中,一切被打成了碎片,经历了变形,然而又全都被收容。安娜发现自己堕入了索尔的疯狂。过去、现在与将来,社会责任与个人冲动,心理分析与女权思想,政治讨论与"性战争",语言的幻境与实际存在的世界,各式各样的经验和思想都坍缩到一起,大大小小的主题都重现并融合。

书中一位心理分析医师曾试图让安娜透视毁灭与创造的共生关系。安娜的精神崩溃就是一种毁灭并再生的经历。这段行文并非对神智失常者的真实描写,却是对于新生的一种构想,一次象征性的地狱之行,一次置之死地而后生的探险。

安娜和索尔在疯狂中无节制地爱着,恨着,吵着,闹着。当他们终于从精神失常的深渊中升浮上来,他们已多少地追回了对于理想——即对那"可望而不可即的美好蓝图"的信念。安娜又一次讲述了"推石人"

的寓言。这个小故事初次出现时几乎完全是加缪笔下西西弗神话的翻版:推石者们不停地推石上山。每当他们取得一点进展,石头就跌落下来,使他们的努力化作徒劳。不过,每经人复述一次,故事就发生某种变形。最后在安娜口中,它已转化为关于历史进步的寓言;"石头跌落下来。但是没有一直滚到山底。每次它都落在比起点高几寸的地方。于是这些推石人又用肩膀抵住石头、重新奋力向前了。"安娜和索尔分手时,像协力工作的挚友和同志一样道了别。他们分别从对方那里获得了写下一部作品的灵感。而且索尔终于将他谈吐中的成串的"我"字换成了"我们":"我们没有认输。我们将继续斗争下去。"

不过,小说并没以这番"金色笔记"狂想曲收场,相反却把我们带回了莫莉的厨房("自由女性"之五)。安娜和莫莉照例在那里会面,聊天。在现实而又现实的厨房世界中,事物的发展变化总是那么可怜巴巴、令人扫兴。莫莉要与一位"进步"的生意人成亲。她那一向愤世嫉俗的儿子汤米终于打定主意要继承资本家老爹的家业。安娜准备加入工党并每周两次去夜校为少年罪犯们授课。在"金色笔记"的雷电交加的思想风暴之后,安娜们与现存秩序的这番全面妥协无疑是个辛辣的讽刺。两位"自由女性"深知在现实可能性中选择的苦涩滋味。"这么说,"莫莉自嘲地讲,"你我都将从根本上与英国生活结合一体啦。"

自命负有"推石人"重任的安娜们。与老牌资本主义"英国生活"妥协共存的安娜们。金色笔记的梦想。冷峻辛酸的自嘲。怀着失望,也怀着希望。充满讥刺,也饱含同情。

《金色笔记》就在这些并不和谐的双重音符上结束。

初刊于《读书》1988 年第 1 期

婚恋"旧曲"翻新

传统英国小说常常采用灰姑娘或白雪公主的童话故事模式,以男女主人公结婚成大典作为全书具有多重象征意义的收局。19世纪后半期这个模式逐渐被打破,1950年代以来则已经很少在"严肃"小说中见到。在当代女作家笔下,婚姻不是女性人物的谋生必需,和叙事高潮脱钩,且与人生幸福、终极意义等等都不再有正相关性。

翻新的努力以突破乃至颠覆的方式接续着传统婚恋"旧曲"。

巴巴拉·皮姆(1913—1980)的《好女人》(1952)一书结尾即是这样一例。在那一章里,女主人公米尔德瑞·拉思伯里和一位结识不久的朋友——人类学家埃弗拉德·博恩——共进晚餐并答应为他的学术著作做校对编索引。

在很大程度上,这个新的义务工作意味着米尔德瑞原有生活的继续。她是教士的女儿,略有薄产,不愁生计。她很有文学修养,她的叙述中不时出现简·爱之类的名字,还有济慈、马修·阿诺德或克里斯蒂娜·罗塞蒂等人的诗行。她对世风和人情的观察剖析都绝非皮相。她深知自己貌不出众,思想和行为方式比较传统,可能扮演的,恐怕只是为他人作嫁衣裳的老处女。她不时对自己说:"恋爱实在是件烦人事儿,第二天早上我想起了昨晚上聚会中的暗波潜流,这样断定。也许根本不是适合我的菜。"邻居内皮尔夫妇漫不经心地谈论要给她找男人,她立刻体味到其中的轻侮意味(就像人人猜度她想嫁牧师),赶快申明"我谁也不想要",但是同时又深知自己的话显得多么孩子气,多么软弱无力。

米尔德瑞坦然而又不无自嘲地接受了这种处境。坦然的基础是相信自己"落伍"且"不合时宜"的方式及其背后的道德和信仰自有其内在的价值。而小说的幽默性质首先在于女主人公的自嘲态度,在于那种弥漫的奥斯丁腔调:"我思谋,刚过三十的未婚女士,单身过日子,又缺亲少友的,就该干预或关心别人的事儿……"

喜剧性调侃背后有隐匿的辛酸。小说通篇讲米尔德瑞为别人奔忙。开头是她赶上新邻居海伦娜·内皮尔搬家入住;后来忙乎教会活动和慈善工作,替人排忧解难、端茶倒水。在这个过程中,她尽力挽救了内皮尔夫妻的婚姻并眼看着堂区牧师和一位漂亮寡妇订了婚又解了约。她应承为博恩先生帮忙可以说是这种生活方式的继续。她周围的人接受甚至索取她的服务,却很少关心她的感受和需要;而她对这一切半是无奈半是大度地接受并认可,表现了某种真正高贵的情怀和看似"老派"但实际上更坚韧更自立的人生态度。

当然她和博恩的会见和谈判也暗示其他的可能性。此前,她曾向博恩提到书的前言或献辞中常有向读校样或做索引的妻子致谢的话。当时博恩半开玩笑地说:"老婆嘛就是派那个用场的呀。"还有一次,有人说米尔德瑞"通事理",他又前言不搭后语地说他要娶的女人就是"通事理"的一类。所以读校样之类任务几乎隐含了一点"浪漫"意味。

比较自我中心但性格也更为舒展的职业女性海伦娜·内皮尔作为对照,映现出米尔德瑞的价值,也映现出她的生活中的缺失。对缺失没有明写,只是通过对米尔德瑞有时难以压制的低落情绪来表达,是叙述中的空洞。她与博恩相处既自在又不自在的感觉,以及最后追问博恩是否请了另外的女客等等表现,都指向被压抑了的感情渴求和浸透着嘲笑的自怜,也许意味着潜伏的婚恋可能性,也许指向更深刻的现代孤独。

在皮姆笔下,结婚和不结婚两种前景都不绚丽。

但是整个叙述的基调,如米尔德瑞的个性,是暖热而善意的,对未来怀着有限度的期望。博恩乃至内皮尔夫妇具有基本的诚恳和体面(作"正派"解),似乎能保障人际关系的"温热"感。

《磨盘①》(1965)是玛格丽特·德拉布尔(1939—)最早三部小说之一。这些作品出版后都十分畅销,赢得了读者的喜爱。它们都采用第一人称叙述,探讨青年知识妇女刚刚进入社会时所经历的角色选择,具有一定的自传色彩。按照其中第一部即《夏日鸟笼》(1963)中主人公的说法,她面临的问题是"嫁个学究还是当个学究?"对《磨盘》里的女研究生罗莎蒙德·斯塔西来说,意外怀孕使她的处境变得更加艰难,可是基本问题仍然是同一个"家庭和事业"难以兼顾的矛盾。

罗莎蒙德更接近海伦娜·内皮尔,而非米尔德瑞。她断然地拒绝传统家庭妇女的角色。她对"自立"无比珍视,把正在写作的论文和将来的工作前途看得高于一切。这是在德·波伏瓦的《第二性》(1948)精神的哺育下长成的新一代女学生。她似乎早已立志,决不让自己再陷入德·波伏瓦所阐述的那种妇女经由婚姻成为男性附庸的状况,不让任何男人在她的感情

---

① 原书名"Millstone"亦有"重负/累赘"之意。程遒欣、吕文镜的中译本名为《磨砺》(中国文联,1997)。

或生活中占据主导位置。出现在我们面前的罗莎蒙德甚至逃避友情和交往,生怕会重蹈覆辙,对他人特别是某位异性产生深切依恋。这种高度警觉体现了一种不妥协的意志,也不免也有点少年人不分青红皂白的教条主义偏激姿态。

用以表达这种年轻心态的是一种年轻的叙事口吻。罗莎蒙德同时与两名男友保持交往,为的是避免和任何一人发生更深入的关系。她认为这是个锦囊妙计,自我评论说:"(这是)一个极妙的做法,对他人不失公平,自己则得益多多,我认为可以说两全其美。"她还曾这样总结自己的处世方式:

> 迄今为止我成功地避免了把人与人联系在一起的纽带……当然,我不是傻瓜,我知道不付出就无法获取;我知道一个人总得付代价,而且自认为我已经支付了我应付的那一份——通过我机智的谈吐,我那继承来的家庭声望,我那套能举办派对的舒适公寓,还有我那双漂亮的大腿……

把人与人的关系归结于某种买卖当然不是什么新鲜论点。罗莎蒙德如此坦白、如此招摇地强调这一点,与其说表明她比婚恋市场中的芸芸众生更商业化,不如说是反映了她力图以这一套商品交换语言来抵制甚至铲除浪漫的眼光或幻想。她大言不惭地号称自己的腿具有观赏价值,因而在交往中可以抵偿别人为她提供的某些好处,话虽然不一定全无一点认真,但更大程度上是轻松俏皮的揶揄和自我揶揄,表达着某种玩世不恭的精神姿态。我们不免会联想到,在小说问世的1960年代中期,西方大学校园里正在酝酿或展开轰轰烈烈的学生运动。罗莎蒙德没有更直接地表达其他文化上政治上的激进观念,然而她的语气既洋溢着那个反传统时代的生气,也浸染了那个岁月的轻狂。同时,我们也能透过字面捕捉到一些更复杂微妙的信息——像很多能传达多重的乃至互相抵牾的意义的话一样,她的语调或多或少是在故作潇洒自信,实际上透露出心底的某种惶然和不安。此外,那种极为自我中心的思想方法(如,两位男友对此"极妙的做法"感受如何,她基本不予以考虑),恐怕也是其时一批幼稚的女权(性)主义者的共有特征。

当然,罗莎蒙德的人生路并不像她的口气那么轻松顺畅。她不想陷入纠葛。为此她在唯一一次性经验中选择了关系疏淡的乔治·马修斯做伴侣。在她的印象中,这位乔治是同性恋者(小说叙述对此既未证实,也没否定),因而就更排除了日后需要维持关系的麻烦。然而,不无讽刺意味的是,她却因这一次偶然的遇合而怀了孕,由此招来了无数的人生纠结。小说的核心内容就是表现罗莎蒙德如何在此尴尬境地中独自生养孩子、完成学业并谋求职业。

小说最后一章里,罗莎蒙德在药店偶遇乔治,请他到家里小坐并看看自己的孩子。乔治说:我不知道你结了婚。她回答:我没有。他在谈话中透露,他读过她的文章,还询问了她父母情况和孩子的健康。看来他对罗莎蒙德并非那么漠不关心。她明白,他们两人不可能长久维持这样不即不离的关系:"如果我们中没有人接近对方,我们就只能各奔东西。"有那么一刻,她几乎要软化了:

> 我觉得自己眼看就要失声落泪了,我紧紧地抓着椅子扶手,让自己不至于跪倒在他面前,恳求他的关切,他的容忍,他的怜悯,以及任何能把他留下来的情感,好把我拯救出来,使我不再独自一人面对所得税报表。诸如"我爱你,乔治,别离开我,乔治"之类的词句在我的脑海里不断地组合。我想,如果其中某一句被释放出来不知会有什么后果。不知它会造成怎样的损害。

这段记述摈弃了小说开始时那种潇洒的腔调,其中关于独自面所得税表的话几乎是伤感的。然而总的来说作者采用了平实而又真切感人的低调语言。在那短短一瞬,一切都没有定论,若干不同的前途同时呈现在人物和读者面前。由于这片刻的动摇,重逢的时刻成为全书的危机和高潮。虽然罗莎蒙德和她的创造者拒绝旧式婚恋故事的决心坚不可摧、虽然自立自强的现代女性外表之下的那个渴望依傍的"传统妇女"只是浮现了一刹那就又被打入地下,但是这一刻留下的疑惑和它引发的对生活可能性的猜想却比罗莎蒙德简单化的自立决心要丰富得多,也深邃得多。

安妮塔·布鲁克纳(1928—)的《湖边旅社》(1984)记述的也是与婚姻擦肩而过的经历。

女主人公伊迪丝·霍普和邂逅相逢的尼维尔先生乘船到湖上游览。她是专写浪漫小说的作家,与某位有妇之夫产生了缠绵而又无望的感情纠葛,精神濒于崩溃。朋友连劝带唬,逼她在旅游淡季前往日内瓦湖边度假散心。尼维尔先生年届五十,是讲究仪容、修养有素的成功生意人,精明而自信,与寄居旅舍的诸位女性从容周旋。他一眼就看穿了伊迪丝的寂寞,入木三分地说:"让我看看我能不能想像你的生活。你住在伦敦。收入不错。你参加酒会、晚宴和出版商的聚会。你并不真的喜欢这些……你独自回家。你持家非常挑剔……不过你有秘密生活,伊迪丝。虽然你显然不会被腐蚀,却也并不像表面显示的那样。"像米尔德瑞,伊迪丝知道自己有几分老派,在这个高度竞争社会里是弱者。她说自己是"龟兔赛跑"中的龟,而且她的书是为"龟"型读者服务的——她们才需要浪漫爱情的安慰。因此,当那位先生随后说出"我想你该嫁给我",伊迪丝仅仅略微吃惊地睁大了眼睛。

尼维尔显然成竹在胸。他有考究的房子和家具。他有很多海外生意。他的前妻与人私奔让他蒙了羞。

他认为自己需要一个靠得住又拿得出手的妻子给他看家并且挽回脸面。伊迪丝是上佳选择。他毫不手软地向伊迪丝的薄弱点连连出拳:"我一直在观察你……你心寒意冷……当你自以为四旁无人时,就一脸悲伤。你面对的是这样或那样的流亡生活","你是个淑女,伊迪丝。可这种人如今已过时了。"他说他不过是在提醒伊迪丝注意自己的真正的利益所在,让她明白"谦虚和造诣是多糟的牌",还说如果她有个情人什么的他不会介意,他所建议的是"有共同利益的""开明伴侣关系"。

这番话中所包含的老到"读人"经验、不容回驳的气势以及彻底的利益主义,几乎有几分诱人——此前,这位仁兄还曾大张旗鼓地向伊迪丝布道宣讲"自我中心"主义的美妙。起码他是个明白人,偶尔有个动作近乎温存。他不乏文学修养,能半开玩笑地称伊迪丝"弗吉尼亚·伍尔夫夫人"。何况他还有别的好牌在手,比如他的房子、家具和钱。能和他的建议抗衡的有什么呢? 一套空空的公寓房和一桩不会有结果的恋情?

自幼渴望家庭温暖的伊迪丝徘徊于和尼维尔结婚的可能性——虽然她没有被后者的个人主义高论说服,替那位先生看家的前景也决不诱人。有那么一刹那,她几乎决心应诺了。但就在这时她偶然地发现,尼维尔虽然向她求了婚,却同时和一名年轻姑娘偷情。有他的坦率宣言在先,伊迪丝当然明白这类事日后少不得要发生，可是那位先生贯彻其自私哲学的高效率和彻底性仍然出乎她的意料。

于是伊迪丝拿定主意立刻独自回伦敦。小说以她发给伦敦男友的电报结束。起初她用了"回家"二字，但随即改作"返回"。

"无家可归"是伊迪丝们境遇的核心。

《湖边》的叙述是三部小说中最富于诗意的，不过基调非常阴冷。女主人公周围的气氛似乎已经失去了米尔德瑞环境中那份可感知的善意。小说的开头一句是"从窗口望去是一片无际无涯的灰色。"第11章里女主人公在湖上所见所感也颇有象征意味：

> 伊迪丝凝望着茫茫的灰色湖面。汽船不疾不徐，悄然无声；现在她的耳朵习惯了引擎的极其轻微的震动，也开始能辨认其他一些声响了：船舷下面深处，细浪拍打着船身，一只像海鸥的鸟儿扑簌着翅膀，低飞掠过甲板，她的裙子啪啪抖着贴裹到腿上。然而却没有风，也觉察不出任何确实的前进的迹象，只有一种稳定行进的驱力。远远地，在蒙蒙迷雾背后，可以看到暗淡的太阳，向水面撒下一片白光。

在伊迪丝这里，求婚——那"充满可能性的时刻"（moment of possibilities），突然凝固成了近乎无路的困境。

上述三作品中没有一部小说、没有一个女主人公选择婚姻结局,最多不过把它作为一个相当渺茫、也不太值得祈望的可能性陈示一下。在社会关系家庭关系快速改变的后工业时代,这一处理不让人意外。相反,值得注意的是,在情节发展的关键时刻,传统婚姻依然每每被触目地"显影"出来。

人们或许要追问,被摈弃的老情节模式为什么会不断地浮现?

是新选择里缺少了什么吗?或者说,被扬弃的"老"故事中到底含有那些合理的成分和人类智慧和经验的积淀?女主人公一时"软弱"而生出对婚姻的渴望是否能简单地被归结为残存的"旧女性"心理?罗莎蒙德们的选择在多大程度上是"新"的,是令人向往的,或可能创造出更健康的人际关系?罗莎蒙德爱女儿是把女儿看作了"我"的延伸;她打定主意不告诉乔治他是孩子的父亲,丝毫没有想到这一决定所涉及的另外两人——即乔治和孩子——有权利、也很可能有愿望了解真相并以另外的方式安排生活。对于罗莎蒙德及其生活态度的局限性,作者并非毫无意识,书中"姐姐"的来信和一位作家友人的手稿或多或少构成了对女主人公的批评和议论。但是小说对不同的角度和观点的展示太薄弱,未能形成有力量的思想对话,自然也无法改变罗莎蒙德一人"擅场"的局面。在叙述者同时又是主人公的第一人称故事中,要和主人公视角保持距离是有难度的。

当代小说中婚恋情节的翻新表达了新一代女性在思想中和实际生活里的两难处境。罗莎蒙德们的精神历程只是女性寻求理想生活方式的探索在某个方向上迈出的有意义的一小步。也许,我们正在目睹"新"情节模式的诞生——那将是个漫长的过程,恐怕会与几代甚至几十代女性尝试的坎坷经历一路相随。

初稿完成于1995年

默多克与 unselfing[①]

艾丽丝·默多克(1919—1999)呼唤评说。

默多克是第二次世界大战后英国杰出的小说家兼哲学家。她长期在牛津大学任教讲授哲学并撰写学术著作,与此同时以几乎一年一部的速率创作小说,作品有广泛影响,曾多次获得布克奖等重要奖项。不难理解,她的小说"思想性"特别强,讨论了许多与当代西方人的生存困惑密切相关的伦理和哲学问题。

默多克明确宣扬"unself/unselfing"(即"去我")观念,让人为之心动。自文艺复兴和宗教改革以降,西欧各国的发展使传统社会纽带(家庭、村社、教会等

[①] 国内多将 unself 译作"无我",亦有译"非我"。陆建德先生译作"去我",或许最接近默多克原意。

等)衰颓乃至瓦解,个人逐渐从群体中离析出来,成为出售自身劳力的孤立"自我"(或曰"主体")。随之而来,有关"自我"的言说滔滔涌现,小说即是最重要的讨论"场地"和工具之一。如弗洛伊德说:现代小说故事中那位得作者特殊关照并往往赢得读者同情尊敬的英雄/主人公,乃是"自我陛下"的变种。尽管人对自身的意识逐渐"自我化"的过程一直伴随着有力的反驳、质疑、狙击甚至局部逆转,但是总的说来数百年里个人主义自我观稳步扩大了阵地,成为西方模式现代社会的思想支柱之一。不少公开标称"主体死亡"的后解构主义、后现代主义理论家很大程度上仍然在维护个人自由和个人选择的至高地位。

然而,在分工极端细致、生产和服务高度专业化的发达社会里个人对他人和社会组织的依存只是被市场交换所遮蔽,其实非但没有削弱,反而更强化了。离了他人,现代都市人的衣食住行连一天都无法维持。过度强调个体自由和自足的言论必然不断滋生种种悖论、弊端、精神危机和践行困境。这也是批判和怀疑不曾断流的根本原因。默多克是持鲜明批评态度的思者之一。她的反思指向整个浪漫人本论的个人主义传统——包括体现于弗洛伊德学说的康德自由主义和维特根斯坦逻辑学的思想联姻,也包括推重"意志"和"选择"的风靡一时的存在主义思潮。当然,萨特的思想和实践都不是浅薄片面的,他毅然参与(二战中)法国抵抗运动和左翼政治事业,证明了他对公共生活的重视。关于个人和他者间的关联、纠葛和冲突，他也有深入的透视和精辟的言说。不过，即便如此，默多克经考辨与深思指出萨特"关注的焦点是个人的孤独意识而不是个人与他所存身的社会的融合"，是切中肯綮的。在1980年代里有许多中国人曾如醉如痴读萨特，他们对他提及的"共在(Misten)"或"我作为他者所知道的身体而存在"未必深思，却因高调出现的"意志"、"自由"等词句以及"他人就是地狱"之类惊心动魄的警句油然生出醍醐灌顶之感。这类反应固然首先是对我国刚刚过去的一个失衡时代的反拨，但也印证了默多克对萨特思想重心的概括。

默多克认为，不加批判地认可人的主观愿望和追求，让贪婪的孤独个人的"意志"成为道德准绳，是一种"恶魔(Luciferian①)哲学"。她说，萨特在《存在与虚无》中"透辟而精彩地描画的是孤单个人的心态……是唯我论的(solipsistic)"，由此他赋予了巴黎先锋文人圈内普遍存在的漂泊无根感某种虚幻的普世色彩。默多克曾让笔下虚构人物力陈人际关系纽带及"根"的重要，强调个人的满足和幸福不是好的行动指南，"真正的自由是全然不考虑自我"。她还在文章中明确指出："自由不是选择。自由是知晓、理解并敬重和我们自己不同的事物。"

---

① Lucifer 即基督教义中的魔鬼撒旦，原为天使之一，因追求权势而反叛上帝，被罚下地狱。

与此相关,默多克反复申说要认可并重视偶然性(contingency,也有人译"偶在"及"偶合无序")。这不仅是在认识论层面探讨哲学命题,也是在倡导对自我以外的客观存在的尊重,与 unselfing 思想彼此呼应,相辅相成。她喜用分词形态的 unselfing 也颇为耐人寻味,似乎表达了强调动态过程的意愿。也就是说,默多克并非脱离现实地幻想把人们的思想拉回前现代状况,也不否认"自我"意识产生的必然性及这一历史过程焕发出的巨大社会动能,而是力图推动一种积极的对话性的自我反省、自我限定和自我批评,以求对虚假孤立自我的超越并推动新社会纽带和新生存共同体的创生。

默多克的小说秉承写实传统,又极富寓言色彩,对古典哲学和文化(柏拉图思想、古希腊罗马神话等等)多有涉及,人物处理常常出人意料。在我国,对默多克的介绍和评论虽然尚不充分,也已有好几种小说译本问世并出现了一批忠实的关注者。他(她)们结合默多克哲学论著逐一分析其小说,力图条理清晰地说明其中涉及的伦理和哲学问题——比如,和柏拉图洞喻寓言的关系,有关偶然性的见解,对于语言功能的思考以及当代法国神秘主义者西蒙娜·韦伊(Simone Weil,1909—1943)和佛教传统的影响,等等,做了很多梳理和阐发的工作。

值得注意的是,国内有关著述大都指出了默多克伦理话题的现实意义。的确,对于当下在大跃进式经济发展中一头撞入城市化、工业化乃至后工业化境遇的中国人,是应该进一步强化个体自我意识还是尝试开启 unselfing 进程,日益成为迫在眉睫的问题。短短三十年里我们见证了旧有城乡社会的瓦解和日益加剧的资源环境危机;看到了潜规则盛行、职业操守溃坏、强势利益集团无所制约、老幼病贫弱势群体缺乏保障等等"礼崩乐坏"的乱象。很多人意识到,作为一个民族,我们想要可持续地生存下去就必须有所调整。这也是提出"和谐社会"口号的现实语境。以此为背景来思考默多克,人们不免会想:unselfing 与对"和谐社会"的吁求是否有某种内在关系?是否有特殊的借鉴价值?

另一方面,我们不应忘记,小说本质上是混沌的,芜杂的,自相矛盾、难以圆说的。默多克选择更多通过虚构叙事来传达思想,也许恰恰因为它们不是理论或观点的图解,不能被任何理念整除。而这种思想上和艺术上的矛盾性与丰富性往往也是最吸引读者的地方。比如,默多克强调真相不可说,可是她自己却在不折不挠地尝试用各种话语来传达真实或现实,当如何理解?又如,经由柏拉图和韦伊等人的思想主张,默多克回归到更传统的责任观和无私(selflessness)概念,但她却无法在自己的作品里复活 19 世纪小说中那种血肉丰满的社会生活图景,她笔下的世界带给读者的感受很多时候是孤独的甚至是怪异的。这是否意味着默多克本人并不能逃脱她所非议的萨特式生存？此外，她的小说是喜剧性的，其主要人物企图克服自我中心倾向的努力往往不怎么成功，展示的毋宁说是求善求真历程中的失误、歧途、迷茫和谬见。这是在传达 unselfing 历程的艰难曲折，还是在提示，作为一种意识形态，自我观不可能仅仅通过个人层面的思辨、觉悟或"善行"等等来求得本质性更新？

还有小说中的男性叙述人。

女作家默多克为什么每每选择男性做主人公和叙述人？这类讲述者大都不可靠，都被一己的眼界、好恶和利益所局限，但是隐含作者和他们的距离却很不一样，他们的语言和行事风格也大相异趣。《网下》(1954)开篇第一句话是"我一看见在街拐角等我的费恩，就知道有什么事出了岔子"。它以亲切平易又略带玩世不恭的腔调把读者径直带入 1950 年代初漂流无家的年轻知识分子的生活旋流。而《黑王子》(1973)中布拉德利·皮尔逊的"前言"从抽象的真善美迂回到他本人身世的来龙去脉，像陀思妥耶夫斯基书中某些失意小人物那般喋喋不休且偏执夹缠。不过，同一位皮尔逊先生进入"故事"后却并非如他自称的那么优柔寡断，讲述风格也变得多样甚至多彩：有些场面记述非常生活化、戏剧化也非常滑稽，另一些景物描写明晰优雅，甚至浪漫而感伤。这种种自相矛盾，加上由虚构编者和书中不同人物提供的序言后记(它们各有私人考量甚至商业目的)或强调或否定皮尔逊记述的真实性，使《黑王子》成为一部极为复杂的作品。作者在多大程度上认可又在多大程度上暗中贬损主人公兼叙述者,两者间存在怎样的多重对话关系,实在是诱人的话题。

同样发人深思的还有女性人物。女作家默多克写小说,即使用第三人称,也很少从女性角度出发。这与 unselfing 相关吗?她是在刻意通过异性之眼反观以求陌生化效果吗?

国内曾有学位论文分析默多克书中的女性复仇者形象。"复仇"说是否得当姑且不论。这一切入点却颇有启发性。皮尔逊在街头偶然看到朋友之妻也即他一时的情人蕾切尔在人流中匆匆穿行,生出成年妇女"就像一群动物"的感喟。阅读至此,读者或许会猝不及防被话中双刃的刻薄击中。《沙堡》(1957)里的男主人公对自家老婆也不胜其烦。这里,两位妻子是作为谜一样的他者出现的,而且这些被鄙视、厌倦的中年女性最终对事态的发展变化起了十分重要的作用。这类不能被主导叙事眼光穿透的异己女人给读者带来怎样的提示——关于性别、关于自我、关于共在?

……

有很多疑问和可能在等待愿意到默多克世界里去摸索的"探险"者。

初刊于《中华读书报》2010 年 6 月 23 日

风靡一时的《着魔》

拜厄特(Antonia Susan Byatt,1936—)是英国著名小说家玛格丽特·德拉布尔的姐姐,出生在谢菲尔德的一个律师家庭,曾就读于剑桥大学。拜厄特以教授文学为职业,在上世纪六七十年代里陆续写了三部长篇,一部短篇集,两本批评专著,享有相当的声誉,可以算是文坛宿将了。不过,她"一炮走红"却是相对晚近的事情。长篇小说《着魔》(*Possession*:*a Romance*)[①]1990年问世,一边在英国拿了当年的布克奖;一边上了美国畅销书排名榜,居久不下。据说其电影版权也卖了个大价钱。此后,她又陆续出版了几部作

[①] 该书名常被译作《占有》,中译本定名为《隐之书》(于冬梅、宋瑛堂译),由南海出版公司2008年推出。

品，包括《思想的激情》(1991)和《天使与昆虫》(1992)等。

作为一本畅销书，《着魔》的特点在于它是不能批量生产的讲究质量的工艺品——光是编写书中两位维多利亚时代人的尺牍和诗作要用多少力气！而若是作为1990年代的"严肃"作品，它又具备传统小说和流行文学的种种特征。如副标题"浪漫传奇"(a romance)所明白宣告的，这部小说真正是在讲故事：它不仅是双料的浪漫爱情史，也是扣人心弦的推理小说。被种种困惑和新潮"主义"团团包围的现代人又体会到久违了的听(或"读")故事的乐趣，纵容自己轻松的好奇心不断地探问——后来呢？

故事的主角罗兰·米契尔是半失业的穷文学博士，和女友瓦尔住在阴暗潮湿的地下室公寓。他从小迷上了维多利亚诗人艾什(虚构人物，多少有些像罗伯特·勃朗宁)的诗。不过等他拿到博士学位，流行的时髦是后结构主义、解构分析以及女权主义之类，他这样的老派文本分析学者已经不吃香了。他能找到的最好的工作是在英国一所大学为研究艾什的著名老学者布莱凯德教授打打杂。此外零星授课，甚至刷盘洗碗打零工。就这样尚难以对付日用，还要多方倚重瓦尔做女秘书的收入。

一天，罗兰去伦敦图书馆翻阅该馆收存的艾什私人藏书，想从眉批旁注中发现点什么。他边翻书边做笔记，不料忽然看到书页中夹着两页对折的纸。罗兰小心翼翼地展开纸页,认出了上面的字是艾什本人的手迹。其中一页的第一句话是:"自从我们不寻常的谈话之后我再无法移心思虑其他任何事。"这是一札情书的草稿。另一页纸也是同一封信的草稿,只是稍长些。两页上都有他本人的地址和写信的月日,但没有年代,也没有署名。对对方的称呼是"亲爱的小姐"。正经严肃、有家有室的艾什给某位不知名的女士写情书!顿时罗兰的心跳加快了,由于好奇,也由于意识到了这个发现所包含的宝贵机会。仿佛是着了魔,他离开图书馆时把那两页信稿揣进自己的口袋,打算查出受信人的身份,追个水落石出。

　　罗兰根据信稿中一些细节大致判断出该信的年代,并开始查阅当时文化人的日记等材料。经过一番紧张的文学考证工作,他终于断定受信人是女诗人克丽斯贝尔·拉摩特(她似乎是伊·巴·勃朗宁和克里斯蒂娜·罗塞蒂的结合体)。他不失时机地赶往林肯大学,会见了毛德·贝利教授。毛德是位年轻有成的女性主义学者,主持着一个拉摩特研究中心。她客气而疏淡地接待了来访的不速之客,允许他利用该中心的资料,并告诉他,当年拉摩特的姐姐嫁了一位乔治·贝利爵士,她本人算来是拉摩特的曾曾侄孙女。

　　罗兰在拉摩特的女友格拉弗的日记中发现了一些隐约相关的记录,于是把一切原原本本地告诉了毛德,还给她看了艾什信稿的复印件。毛德的态度起了变化——也许是罗兰出乎寻常的坦率诚恳态度感动了她,也许是他探究的热忱有传染性,也许是两位诗人的恋爱秘密有不容抵御的吸引力。她提供条件使阮囊羞涩的罗兰得以留宿一夜,完成他在林肯大学的研究工作,第二天毛德还驱车带他去看位于西尔院附近的拉摩特的坟墓。西尔院的主人即当今的乔治·贝利爵士,算起来是毛德的远亲,但两族间素无来往;而且乔治爵士以怪僻著称,从不允许人参观打扰。

然而这一次探访却注定是吉星高照。罗兰为人热忱,主动上前帮助一位坐在轮椅中的老妇,不想她却是西尔院的女主人。于是他的好心为他们赢得了"入门券"。乔治爵士最后甚至拿上手电,带他们去久已无人居住的二楼看拉摩特住过的房间。

房间的陈设器物一如当年。两个年轻人一心想找到女诗人留下的文字材料,却毫无收获。突然,毛德朗朗地背诵起拉摩特的诗:

> 娃娃信守秘密
> 牢靠胜过朋友
> 娃娃沉默不语
> 同情绵绵无期。
> ……

像是得了神秘的提示,她直奔小小的娃娃床,拿起躺在其中的娃娃,在毯子和床垫下找到了一个扎裹得很严实的小包。包里藏着艾什和拉摩特的通信.其中第一封信是艾什表示爱慕（即罗兰所发现的信的修订稿），最后是他应拉摩特要求归还全部旧信，忍痛断情。毛德和罗兰虽然尚不能仔细研究全部信稿，但已激动万分。他们不愿意这些材料落入美国人手，也不想让别人染指。罗兰说："我真不知自己为什么会对这些该死的信生出如此的占有心。"

侦探工作这才刚刚开场。寒假里罗兰和毛德终于得到贝利夫妇允许仔细研读信件并作索引。罗兰在读信时得到某种暗示；而毛德意识到拉摩特日记中1859年有一段空白，直到她的女友次年自杀。艾什在1859年夏天曾独自到约克郡海岸旅行，考查自然历史，莫非拉摩特曾和他一路相伴？两位青年学者深入侦察，在艾什妻子爱伦的日记中发现了蛛丝马迹。他们结伴重走了艾什当年的旅程，细细重读了两人当时的诗作，找到了种种证据。是的，几乎可以断定他们曾瞒着世人共享了一段难忘的浪漫旅行。可后来呢？又发生了什么？为什么艾什和拉摩特的爱情戛然而止，为什么拉摩特突然消失了？一连串的什么和为什么指引向艾什-拉摩特的浪漫故事的揭秘与完成，指向毛德自己家世中的一个重大秘密，也促使毛德和罗兰两位合作者之间生成了一种温存的情谊。

罗兰和毛德有许多竞争者，如倚仗资金雄厚无孔不入地搜罗艾什遗物的美国佬克罗博教授；张口"性"闭口"肉体"的咄咄逼人的女权主义学者利奥诺拉·斯特恩；还有曾在法国（后）结构主义大师巴尔特和福柯门下修行，然后杀回英国猛"镇"一盘的新潮派福格思；以及老布莱凯德，等等。可以说在这场文学侦探案和文学遗产争夺战中，当代英语文学学术界的各式人物都粉墨登场了。

小说的主题，如书名所标示的，为"possession"。该词多义，"着魔"只是意思之一.此外它还可以被理解为"占有"、"拥有"、"所有物"以及"财产"（用作此意时常为复数形式）等意。"possess"和"possession"两词在小说中曾多次出现，显然书中具有驱动力的热情都与各种意义上的possession有关，如艾什和拉摩特和的恋爱关系；罗兰对他发现的艾什的书信所生出的占有欲及他和毛德的探究秘密的狂热；以及克罗博像猎狗一样四处追寻艾什遗物的举动，等等。

"占有"或"着魔"的主题在两个不同的时间层面上展开——即艾什的时代和罗兰（也即当今）的时代。多年来维多利亚人的道德意识和行为方式等等一直是20世纪作品的"攻击"目标。然而《着魔》却反其道而行之。在这部小说里对比是有利于艾什和拉摩特们的。他们的诗歌和书信真挚动人。不论艾什的凝重（也似有些呆板）深沉的戏剧性独白诗，或拉摩特的直接诉诸女性经验的童话和新颖奇特的短诗，还是他们往来的信件，都表达了极为认真的精神探索。他们诚挚而严肃地讨论信仰和怀疑，议论彼此的诗歌创作，惶然急切地谈到这不期而至的友情引发的思想危机和生活危机，动情地描述一次次林中相会在心中留下的波澜。他们不断地诉诸理智和责任（这使拉摩特不肯放弃独身妇女的自由，使艾什不愿伤害自己并不爱的妻子），但是当热烈的性爱燃起时也并不退缩或虚饰。拜厄特以神似的风格模拟了种种维多利亚文本，颇有怀旧之情，全无讽刺之意。与此相比，罗兰作为"幸运吉姆"①式的当代小人物，生活只给他留下了狭隘、寒酸、局促的空间。在私人关系里真正的理解和爱情似乎不复存在，有的只是苟且的性关系。罗兰和女友瓦尔同居只是出于习惯和生存的方便（瓦尔是主要的"养家人"）；曾与毛德一度尝试同居的新派风流学者福格思似乎对对方的感情毫无兴趣或敬意；斯特恩劝毛德试试同性恋，就如劝人换个菜谱。艾什们关心一切知识和真理，严肃而又不安地讨论上帝存在与否，兴致勃勃地从事植物和地理的考察，在精神上和心智上拥抱整个世界。而如今就连事业和追求似乎也变得猥琐渺小了。罗兰的学术探险开端不怎么光彩，往好里说也只是被好奇心加投机心所驱使。而罗兰其实是书中小小学术世界中最不机会主义的老实人之一。克罗博的贪婪，福格思的机敏轻佻，等等，岂不更令人齿冷？

小说中出现的当代人的文学批评文字大抵是以令人解颐的讽拟笔调写成的。如罗兰在侦探过程中

---

① 指英国小说家金·艾米斯（1922—1995）的小说《幸运的吉姆》（1954）中的主人公。

读到这样一些文章:《白手套:布兰什·格拉弗:拉摩特被阻抑的同性恋倾向》或《阿利亚什妮之断纬:拉摩特诗中将艺术比拟为被放弃的织作》等等。仅从这类标题就可见现代批评之一斑。其特点之一是"性"与"艺术"为两大时髦母题。特点之二是寻章摘句,强拉硬比。有些联系有一定的道理和启发作用,如将纺织和艺术相比;也有些恐怕大可怀疑,如从"白手套"(white glove)直接跳到拉摩特的亲密女友格拉弗的名字(Blanche Glover)——根据大约是两者有谐音或近意之处——从而推断拉摩特关于"白手套"的诗隐喻同性恋爱,等等。特点之三是一种追求新奇、玩世不恭的恣意旷达的游戏态度,强调解读的主观性和随意性。正在密切跟踪维多利亚人精神轨迹的罗兰们对比之下不禁对现代人有些不满:

> 你不觉得我们的比喻吞噬了我们的世界吗?……所有这些手套,我们刚才还在玩儿挂钩和扣眼的职业游戏——中古时期的手套,巨大的手套。布兰什·格拉弗……而一切又都像熬果酱似的,最后被归结为性。就如利奥诺拉·斯特恩把整个世界读成女人的身体。语言——一切都是空言。

罗兰还向毛德发牢骚说:"我们被禁闭在自身中,不再看见事物。"文风和态度的差异指示着世界观和文化氛围的某种根本区别。维多利亚人似乎为种种具体问题所纠缠所折磨,但是对真理和"进步"深信不疑;而福格思或克罗博视万事为游戏为交易的态度则意味着在他们眼中终极的真理或责任的消逝。在罗兰们(包括作者拜厄特?)看来,这不是进步,而是一种退化。

当一切秘密都已揭开(此前罗兰早已将私窃的艾什信稿悄悄退还图书馆),当自卑犹疑的罗兰和羞涩而又矜持的毛德终于在散伙的前一分钟说出了他们彼此间的爱恋,读者便也跟他们走到了故事的结尾。这结尾是一种满足,又似乎是一种背叛。如同是失望和无望的起始——我们原来还在指盼"后来呢",可现在只有一个老掉牙的浪漫结局:罗兰不过是从瓦尔的地下室搬到毛德的床上,在社会生存的等级中爬高了一个阶梯。虽然他和毛德的爱情多少复现了艾什-拉摩特关系的真挚,但难道它真能有补于世,或维持一个温馨的私人空间吗? 不过,这类问题问得太多,故事就要被"解构"得七零八落了。拜厄特小心地也很聪明地避开了现代人的困境,在结尾时把读者带回1868年的夏天:

原野上满是野花和新鲜的干草。有个小姑娘在木门上悠着玩。一名留胡子、戴宽边草帽的高大男人走过来。他问小姑娘叫什么名字。孩子说,她的"长名字"叫梅亚·托马辛·贝利,不过她喜欢人们简简单单叫她"梅",还说到她的家,她的哥哥们和她的小马。

来人说:我想我认得你母亲,你真像你母亲。孩子说:没人说我像她。我认为我像我父亲。我父亲又有劲儿,又和气,带我骑马跑得像风一样快。来人说她也像她父亲。他们并肩坐下,聊起天来。男人说他愿为小姑娘编一个花冠,来换取她一小束发卷。他做好花冠,为她戴上,说她美极了,犹如小仙女,犹如女神普罗塞耳皮娜。① 他随后念了一段关于普罗塞耳皮娜的诗。小姑娘有点轻蔑地说:我有个姨妈,老给我念那样的诗。我可不喜欢诗。陌生人拿出一把小剪子,剪下一小缕浮云般的秀发。孩子亲手替他把发缕编起。很遗憾你不喜欢诗,他说,因为我是个诗人。啊我喜欢你,孩子说,你会做好东西,又不多事。男人说:"告诉你的姨妈,说你遇到一位诗人。他在寻找美丽的宽恕女郎,却见到了你。他向她致意,他将不打扰她,而去寻找新的树林和草场。"②说罢他轻轻吻了吻孩子就离去了。小姑娘在回家路上碰见了她的哥哥们,又发生了好多别的事。于是好看的花冠残破了,口信也被遗忘了。

这部小说以第三人称叙述贯穿,叙述者很少出面,每每只是从人物的角度出发讲述,"前朝"人物的

---

① 普罗塞耳皮娜为罗马神话中的女神,相当希腊神话中的佩耳塞福涅,相传她曾戴着水仙花环在草地上睡着了,被冥王发现并掳走。

② 关于树林和草场一句出自弥尔顿的诗《李西达思》结尾的名句。

故事尤其多用文中文来表达。然而,在讲述这段动人的小小尾声之前,全知全能叙述者直接出场解释说,这次相逢没有留下任何记录或痕迹,但不等于它不存在或毫无影响。约翰·福尔斯为《法国中尉的女人》(1969)构思了三种不同的结局,凸现了小说的虚构性和不稳定性,也进一步在历史可能性的框架里深入地讨论了偶然与必然,选择与命运等一系列富有哲学意味的问题。与此相似,《着魔》的作者有意地强调尾声部分没有任何考证依据,纯属虚构(小说其他部分至少貌似写实),展示的是一个难寻踪迹的纯真清新的童话天地。指责说这不是维多利亚时代的全面真实写照(它显然没有包括狄更斯笔下的贫民窟里的泥尘)未免太轻巧了。嘲笑其中的田园诗幻境也不过是重复一种众人熟知的老调。问题在于,为什么那一片原野、那一场相逢仍能感动许许多多的人?这魔力是否与现代西方后工业化社会的生活与文学的得和失,与人们的向往和失望,甚至与我们的追求、尝试乃至挫折都有关联?

这至少值得再仔细想一想。

初刊于《世界文学》1992年第1期

"狂野之夜"令人心惊

翻开乔伊斯·卡罗尔·欧茨(1938—)的短篇集《狂野之夜》(2008),便很难释卷。可能对于美国人尤其如此。因为他们毕竟更熟悉更钟爱本国文学精粹——比如《哈克贝利·费恩》或《老人与海》——及其创作者。

是的,五篇故事的主人公个个都是顶级名家,合起来几乎占了美国文学史的半壁江山——埃德加·爱伦·坡,艾米莉·狄金森,塞缪尔·克莱门斯(即马克·吐温),亨利·詹姆斯和厄内斯特·海明威。有四五十年写龄并获奖无数的欧茨举重若轻,把我们径直带进泰斗们的"最后时日"。

大师们

克莱门斯爷爷年过七十。他倦于四处奔走演讲并出席社交聚会,为众多衣装华丽的阔太太们扮演幽默有趣的著名文人马克·吐温。更让他时时烦心的是,想完成预计的煌煌巨作,恐怕真的力有不逮了。"爷爷"深知自己被卷进了无情的文化商业运作,本人既是生产工具又是产品,"机器生产机器"。为了应付如此这般的生存,他的衣袋里永远藏着一只小酒瓶。与此同时,在另一重空间里,他聚集起女性小粉丝(十一到十五岁)组建了"水族馆俱乐部"。小姑娘是他的"天使鱼",而他是俱乐部里唯一的成人、男性和主宰——"海军上将"。他颁发天使鱼造型珐琅质小别针;他在酒店里用精美甜食款待女孩子,送她们芭蕾舞票,邀请她们到自己的乡间别业度假。这难道不酷似虚拟空间里的优雅游戏?天真美丽纯洁的女孩令"爷爷"想起他早夭的爱女苏吉。

然而,仅只如此吗?

"爷爷"为什么把游戏做到如此规模,乐此不疲,如中毒瘾不可克制?当又一个俏丽少女游进水族馆罗网,开始偷偷用书信传递热烈的钦慕之情,作为读者的我们不禁有点提心吊胆。某种不祥的暧昧阴影在飘荡。女孩得到了来自"爷爷"的饱含感情也充满机智的回信:"海军上将爷爷已被你彻底迷倒","那个饶舌的密苏里纸牌作弊老手吐温先生依旧那么招人喜欢……","无论我们的内心多么纯洁无瑕,该死的成人世界还是会对我们做出极其冷酷残忍的评判",等等。如此炫着真情和才华倾诉衷肠,哪个小姑娘能够抵挡?是文字高手在尽享精妙掌控之乐?是老登徒子日薄西山的调情?是对缪斯的呼唤还是对哈克贝利·费恩调皮捣蛋时代的无尽怀念?抑或是本能地想贴近年轻的生命、对生机和活力有吸血鬼般不可遏制的渴念?

然而,少女已经年届十六。她无视母亲禁令,带着年轻人对抗世界的决绝态度继续向克莱门斯倾诉。游戏戛然中止。此后,"爷爷"拒绝理会那个企图通过禁食退回少年时代的姑娘,对接踵而来的绝望求告信置若罔闻。摆平那位闹事的母亲和可能引发的丑闻将是代理人和律师的责任。克莱门斯的沉默深不可测。是残酷还是残喘?我们不知道。在悲剧的另一个侧面,操控人又何尝不是弱者,戏耍的女娃们有时可以任意作弄"爷爷"。也许他真的没有气力应对自己从魔瓶中唤出的十六岁的幻想与激情了。

人性的丰富和黑暗让我们陡然战栗。

狂野暗夜里埋伏着大师们晚年的失望、隐痛、不堪和无奈。欧茨的海明威和死亡诱惑周旋,是几个故事中笔调最低沉而苦辛的。缠绵的病痛、对妻子(第四任)的怨恨、对工作甚至整个人生的怀疑,当然还有过量的酒精,这一切都在侵蚀生命。而以日志形式出现的艾伦·坡故事是书中最具超现实色彩的作品。

开篇第一则记录标注的日子恰是历史中坡本人客死巴尔的摩的那一天。坡与某位萧医生签约合作到小孤岛上做灯塔守护人并从这天起记述孤独生存对于人类男性之影响。这是一份从清醒欢悦逐渐步入疯狂和死亡的第一人称记录,话题从海景、职责越来越多地转移到污秽、腐尸和怪异事物。坡对陌生两栖动物"独眼兽"的描写带几分19世纪博物家观察自然的热忱,却又分明是狂乱的梦呓。怪诞的故事匪夷所思,它的震撼力却根植于**可能性**——坡有关厄舍古屋的哥特想像与他对推理逻辑的热衷诡异地共存于同一头脑;而"理性之梦孳生诸般魔怪"[①]更久已是"启蒙"之后艺术的不绝忧思。总体说来,这些故事所依赖的可能性不在于有史料暗中支持(有人读毕便去挖掘那些名家的传记和隐私,发现很多内容其来有自),更在于作品对于人性和社会的穿透洞察。有人评论说,这些"摧割、铭心、感人至深"的故事"直剖深层心理……让读者透不过气来"。

不过,欧茨点燃一支明烛,不仅意在探究、揭橥并平等地审视,她也在酝酿包容的慈悲和至诚的敬意。她向我们展示,老亨利·詹姆斯沐着第一次世界大战的血色畏畏缩缩地步入伦敦圣巴托罗缪医院,让自己变身为照顾伤兵的平民志愿者。对于这位毕生"沉迷于自我内心"、小心经营文字艺术的老单身汉,这是极

---

① 弗·戈雅(1746—1828)的画作名称。

其出位、不可思议的冒险。来日无多,战争似乎使他猛然痛感自己的缺失。多年前在美国独立战争中编借口逃避兵役的往事仍纠缠着他,甚至连少年时代伤害的一只猫都无法从记忆中抹去。

出乎所有人的意料,这位颤颤巍巍的七十老者忍受了对其名作家身份毫无感受的护士们的吆喝欺侮,忍受了周遭的血迹、残肢,恶臭和哭号。他拖地倒便盆擦洗伤口清理呕吐物。他给半死不活的年轻伤员诵读诗歌和小说,当然,不是他本人那些过于阳春白雪细腻曲折的文字。叙述不断提及血迹脓污粪便之类引起强烈生理反应的实物,笔触浓重,近乎夸张。其中包含的震骇来自虚构人物詹姆斯,来自他在人生最后一程里与象牙塔外"真实"世界的狭路相逢。但叙事安排却十足是欧茨的,她刻意要与詹姆斯的人生和艺术构成某种鲜明对照——因为"在大师所有的文字中,都不曾提过便盆"。

在特定时空里面对特定的绝望伤残者,詹姆斯对青年男子难以压抑的爱忱终于以他自己能认可的方式迸发了出来。大师老矣,对他来说这爱已经没有多少荷尔蒙动因,更多是对生命对他者对交流对幸福的浓浓依恋。欧茨曾对媒体说,她一生都在读詹姆斯,那位苦心孤诣死而后已的写家对她影响极深。访谈中轻柔动人的女性声音只说出了部分真相,小说家欧茨落笔如下手术刀,对偶像作家其实并不客气。但是她确实也在向詹姆斯、向在人生收官之际突破常态、改变作风甚至国籍,毅然选择以老病之躯办"实事"做"奉献"的艺术家致无限的同情和敬意。

在寒冷的北国乡村,宿醉未醒、衣裳不整的老海明威赤足趟过雪地去解救被铁蒺藜围栏困住的小野鹿,是另一个唤起温暖和敬重的瞬间。还有克莱门斯密信里的诚意。当他的小天使鱼在"笔友"激励下开始吟出律动的诗行——"没有什么秘密/会如此神圣无比/除非它在我们之间/自由地呼吸——",谁又能说,那似乎越界并最终酿成不幸的老少情谊不包含高贵的触发?

欧茨挥动魔棒,我们在亦真亦幻中反复体尝着震惊、刺痛、怜悯和敬畏。

"狄金森"之逃遁

"狄金森"是例外。

其他几位大腕都是男人,是叙述的焦点又兼首要视角人物。诗人艾米莉·狄金森是唯一的女性,不占据叙述视点,也算不上被着重讲述的"主人公"。狄金森甚至根本不是人,而是由计算机操纵的高仿或超仿人偶。

故事发生在可以预见的将来。以各类名人大家为原型的计算机人偶已是成熟批量产品,正大规模推广进入美国家庭,以提升他们的生活品质。克里姆先生是税务律师,太太在家做主妇,没有子女。由于国情差别,他们位于郊区小镇的独栋房和车来车去的出行方式所代表的标准美式富裕中产生活比当下很多中国人全力冲刺奔向的"幸福"在空间占有上要奢侈得多。不过,克家空阔的"光滑如镜的桃花木桌面"映现出充盈物品背后的虚渺和贫瘠。貌似偶然其实必然,夫妇俩都觉得有必要给生活添加一点内容和色彩,对机器人发生了兴趣。丈夫本想买体育明星,可是妻子却选了最新型号限量版狄金森。家务事上总得让女人几分吧——何况,狄金森正优惠百分之二十大促销呢!

于是,谜一样的生人走进了家庭。她身量被压缩了三分之一,外形酷似活人,但没有生理功能,不吃不喝。据说她的控制程序完全是根据原型特点定制的,她躲躲藏藏不愿见人,寡言少语,开口如谜题。她用不置可否的方式应付太太,对先生则几乎视而不见。时不时,她会从围裙口袋里掏出小纸片在上面涂写几个字。不过,她倒是顶呱呱的家务帮工,烹饪保洁样样出色——机器人总得具备实用功能才能有销路呀。何况,八成狄金森当年确是持家高手。

克太太被迷住了。她想知道自家那缄默幽灵般的狄金森是怎么回事。多年了,她和丈夫已经"没话"。充满有形物品的生活是那么稀薄而空洞,甚至连婚姻究竟存续了九年还是十九年在当事人的意识里都已模糊。日子过得串了行——这不是静如止水,而是如死的生。她模糊地渴望变化。"狄金森"我行我素的姿态进一步扰动了她的心。克太太叫她"艾米莉",偷看她的小纸条,想和她交朋友,甚至自己也再次拾起笔,重续几十年前的写诗尝试。

故事有几分科幻,讲述生动逼真。读者身临其境般目睹着丝丝入扣的机器人营销以及"狄金森"在克家搅起的激动和不安,感受到变故之兆在字里行间时隐时现,如山雨欲来。故事对现代科技的预见与石黑一雄(1954—　)近作《莫弃我》(2005)暗中相通。后者娓娓叙说专为提供器官移植供体而"生产"出的克隆人的生活遭遇,文字低调温婉,极尽写实能事,展示的却是基因工程迷狂未来的冷酷和可怖。同样,在《狄金森》中我们蓦然领悟现代生活不知不觉中已经商业化科技化到何等地步。故事和诗歌伴随人类数千年,到如今以纸介商品存在都属明日黄花。现下的文人和各类明星无论生前死后都是大众消费的"产品"。狄金森当年生活方式极为私密,曾在诗中自称"无名辈"("I'm Nobody"),表示绝不愿抛头露面如叫蛙整日对塘嘶鸣,死后也不能幸免。而将来的克太太们可能不得不通过机器人找寻丢失的生命之诗。莫非,这就是我们的"进步"?

另一方面,供货商和克先生们没有想到,超仿"狄金森"并不是充分体现他们意图的机器或玩偶。也许因为其控制程序中植入了女诗人的思想基因。"狄金森"不合产品规格的人性表现(比如她宁"死"不留的抉择)是书中最鼓舞人心的诗意元素。虽然也不难想像,机器的失控可以成为其他科幻背景中大灾难的肇端。

克先生的强暴企图以及克太太与"狄金森"一道消失等情节进展多少有女性主义书写规定动作的味道。尤其是,强暴意图针对的是人形机器,就不免显得既让人惊愕,又滑稽可悲。值得庆幸的是,作者让夫妇二人不同的性别视角获得某种平衡。欧茨笔下的克先生不是恶棍,不是施暴狂,同样是失去精神家园并深陷孤独的普通现代人。"狄金森"打乱了居家生活常规,他不由得恼怒烦躁,但又被那陌生神秘的少女身形撩动吸引。妻子的激动和焕发让他不快,他开导说:机器人不是同伴是"物件儿",而他们则是"主人"。终于有一天他忍无可忍,深夜推开狄金森房门,半是打算镇压,半是渴望交流。他给自己打气——他是花了钱的买家,对"她"有无限的处置权。可是当他开始撕扯狄金森衣衫时,少男式的忐忑消失殆尽,他已十足是因为意识到自己荒唐乖谬而愈发狂暴的冒犯者。唯有深谙人性和生活的笔才会写得如此无情而又如此宽厚。

顺便说,本书中不仅"狄金森"是被看者。除了克太太,其他的女性,不论是小天使鱼、克莱门斯爷爷的女儿克拉拉、海明威的第四任妻子、还是詹姆斯遇到的女护士,很大程度上都是因老男人的眼聚焦注视而显形的,目光里往往包含与生命困境交织的不耐烦、厌倦甚至敌意。细细辨识覆盖在她们身上的如层层油彩的男人眼光,是本书阅读过程中很有启迪意义的一个环节。

浮士德命运变调曲?

五个短篇按照几位作家在世年代(同时也是小说发表前后顺序)安排,艾伦·坡领先,海明威殿后。这使全书或多或少具有了一种整体安排和构思。

曾有人指出过欧茨对浮士德主题的持续关注。这在《狂野之夜》中仿佛得到了一些印证。短篇集以爱伦·坡签约从事科学考察开篇,令人联想到浮士德博士与魔鬼订约。在"签约后"世界里,对神或上帝的信托消失殆尽,只剩下对"占有"和"主人"身份的津津乐道以及各种刺激感官的物的凸显扩张,当然还有那最最重要的"我"和"我的"追求。临近人生退场,克莱门斯"爷爷"痴迷天使鱼、力挽时光"停留片刻"的举动似乎更多揭示了人欲的迷失。几乎在与上帝近身搏斗的海明威"爸爸"无法摆脱"死"念的纠缠,枪作为男性力量象征和死亡工具盘踞在"老酒鬼"的意识中心。写出最优秀最伟大的作品是主人公们为之鞠躬尽瘁的"光荣与梦想"。然而,失去了信仰的支撑,对个人写作的怀疑就可能变得致命。日复一日,那些无边漫长的"写不出东西的早晨"折磨着"爸爸",把他一点点挤向对自己举枪的结局。

只有"我"的生活注定缺少分享和分担。"孤独"是贯穿的母题。爱伦·坡独居小岛。《狄金森》以触目的"如此孤独!"高调开场,之后反复地状写夫妻间的隔膜,还添加了狄金森的清醇诗句"调味":

> 我把自己藏在花心
> 它在你的瓶中渐渐枯萎,
> 你懵然不知,却几乎代我——
> 觉到了一丝寂寞。

最后,克先生留在太太出走后的空房里宣示了升级版的"如此孤独!"

也许,每位主要或次要人物都认同詹姆斯悄悄写下的警句:"孤独!——人最真实的存在。"但是,欧茨也在提醒我们,"孤独"在文化中大行其道不仅因为它的确是当代生存真相,是觅求沟通和情谊的实在缘由,也因为它成了颇有市场号召力的时髦话语和讨邀喝彩的法宝,甚至可以是自我招贴和文字诱饵——"爷爷"在召唤小天使鱼时便十分老到地递上小纸条:"我很孤独,急需秘密笔友!"

和作者的一些鸿篇大作相比,《狂野之夜》节奏急促,文字更具骨感。每篇故事都逼近死亡,却没有一个主人公抵达浮士德式的终点,即魂魄出窍并见证天堂与地狱对决的一刻。海明威最后仍旧半明白半糊涂地蹒跚于恼怒中;而体验过"奉献"的詹姆斯则在临终病榻上借助幻觉迷离而"快乐"地遨游四海。

大师也是常人。

初刊于《书城》2011年第3期

漫步芒果街

《芒果街上的小屋》(1984)是美国当代女诗人桑德拉·希斯内罗丝(Sandra Cisneros，1954—　)的成名作。

希斯内罗丝是墨西哥移民的女儿，1960年代在芝加哥市贫困移民社区里长大，受政府资助上了大学，后来又因写作天赋而被推荐进了国际知名的爱荷华大学研究生写作班，毕业后当过中学教师和大学辅导员，与少数族裔的穷学生打了很多交道。看到他们的困境和迷惘，她联想到自己的成长历程，决定要写点什么。一部《芒果街》酝酿了五年，成书在她三十岁时，采用一种诗歌与小说的混合文体，讲述一个少女的成长，描绘移民群落的生存状况。

在20世纪后期美国知识界高度重视族裔问题的

文化氛围里,这本书引起了相当大的反响和争论。它1984年出版,次年便获得了"前哥伦布基金会"颁发的美国图书奖,又陆续进入大中小学课堂,后来大出版社兰登书屋取得了版权并推出其平装本。与此同时,各种评论、导读纷纷出台,耶鲁大学的大牌文学教授哈罗德·布鲁姆也亲自出马编了一本。有些导读十分详细,书里的字句被条分缕析,挖掘隐义。如此对待一本并不引经据典、没有文学野心的半"童书",的确有些令人惊讶,可以说是当代美国文化的特异景观。

少女呢喃

呢喃自语是少女埃斯佩朗莎·科尔德罗的存在方式之一。

《芒果街》全书由44节短小的片段独白构成。每节围绕一个不同的话题。那些"节"或"篇"讲述在小埃斯佩朗莎心中留下痕迹的一些经历,或围绕某事某人,或有关头发、云朵、树木和荒园,等等。

进入芒果街世界,我们首先接触的就是那讲话的声音。人们常用"清澈如水"之类词汇来形容它。尽管它其实并不像乍读时感觉的那么纯粹而明澈,尽管渐渐地我们会分辨出复合于其中的成年人的追怀之情,但是最主要也给人最深印象的,确实还那是个十多岁敏感小女孩的话音。小埃斯佩朗莎在对自己、对自己想像中的至亲好友说话,心口相通,毫不设防,没有间隔和距离。

"我们不是一直住在芒果街的。以前,我们住在鲁米斯的三楼,那以前,我们住在吉乐……"开篇那近乎透明的语句直接把我们带进科尔德罗们的生活。

不时地,有句子会像阳光下闪着异样光彩的石子出其不意地吸引我们的注意力。在这样的时刻,我们不妨稍稍驻足,听听那些字句的音调,品品它们所提示的意象。比如:芒果街的新居"很小,是红色的,门前一方窄台阶,窗户小得让你觉得它们像是在屏着呼吸。几处墙砖蚀成了粉。前门那么鼓,你要用力推才进得来。"屏住呼吸的窗户和鼓胀的门,多么栩栩如生。什么样的人会这么看这么想?那拟人的笔法所展示的难道不是个万物有生命有灵魂的童话世界?当然,新颖而生动的比喻所提示的感受却不一定简单也不一定轻松:小窗口很可能意味着压抑、与肿胀相关的首先是疼痛,如此等等。

再比如"头发"一篇中,写到一家六口每个人的头发都不一样。但只有:

> 妈妈的头发,妈妈的头发,好像一朵朵小小的玫瑰花结,一枚枚小小的糖果圈儿……把鼻子伸进去闻一闻吧……气味那么香甜,是待烤的面包暖暖的香味,是她给你让出一角被窝时散发出的和着体温的芬芳。

这里,中译相当妥帖而传神地转达了原作的风格。作者用的是简单稚拙的儿童语言,没有抽象观念,没有复合长句,一个又一个逗号断开了又串联起那些日常的小词(头发糖果被窝之类)和鲜活的形象,三五词一顿的明快节奏和着音步的抑扬,构成一曲母爱的颂歌。从头发的外观到气味再到对母亲的依偎,行文恰如女孩的思绪轻盈跳动。

还有那些歌谣……

在这些诗意的片刻,短暂的停留曾把我带回到凝神注视疏疏坠落的雨滴一点一点打湿北京四合庭院地面砖头的年月。那是很多年以前的事了——记忆的天空里依稀地布着夏日的树荫。不同读者的感受肯定是不一样的,但不论是青少年还是成年人,如果读得慢一点,让埃斯佩朗莎的轻声呢喃在你的心镜中投映出某些图像,呼唤出某些联想,敲打出某些节奏和音律的回声,那将会是一种美的体验——即使其中有时会包含痛楚和酸涩。

隐约的"故事"

《芒果街》虽然由一些相对独立的小"节"构成,但它们有内在的关联,总和起来讲述了一个关于美国大城市中贫苦墨西哥裔少女成长的"故事"。"我的名字"一节里,埃斯佩朗莎说明:她那多音节的长名字来自西班牙语,在美国学校里被同学认为既别扭又滑稽。她很明白:自己属于"棕色的人"。

在种族差异和矛盾非常突出、对肤色和族裔问题十分敏感的美国社会,身为拉丁美洲移民后代常常意味着家境贫寒、遭人歧视以及文化上的隔阂与失落。因此,埃斯佩朗莎的成长历程蕴含丰富的社会学内容。布鲁姆主编的导读也主要聚焦于与作者身份和作品内容相关的族裔、性别、贫富和文化差异等问题。

初到芒果街,小埃斯佩朗莎结交的头一个朋友是"猫皇后凯西"。凯西家里群猫聚集,连餐桌上都有猫自由散步,显然也是穷人家庭,绝算不上讲究。小凯西对新来的邻家女孩很友善,主动给她介绍当地的街坊和店铺。然而她也会吹嘘自家的法国亲戚和那里的"家宅",会童言无忌地直说科尔德罗之流(非白人)的到来导致社区档次下降,所以她家将要向北迁居,还会警告新来者不要和"像老鼠一样邋遢的"露西姐妹玩耍。小孩子似懂非懂的话充分地并且残忍地折射着成人社会的矛盾、弊端和偏见。

透过小埃斯佩朗莎的眼我们认识了众多芒果街的拉美移民。有凯西走后搬进她家房子的"么么"一家。有住在他家地下室的波多黎各人——他们中的一名少年曾偷来一辆黄色卡迪拉克豪华车并载上所有邻家孩子在窄街上兜风过了把瘾然后被警察拘捕进了局子。有又想攒钱和波多黎各男友结婚又想在美国另找个阔丈夫的玛琳。有被男人遗弃的单身母亲法加斯:她带一大窝孩子艰难谋生,无人管教的小家伙们一味胡闹,终于有一天酿成惨祸。还有新到美国来的胖女人玛玛西塔,她不肯下楼也不愿说英语……

一顿午餐也能告诉我们许多事情。小埃斯佩朗莎眼巴巴地看着那些能在学校吃午饭的"特殊的孩子",无比向往,千方百计说服了妈妈给她带饭,却遭到嬷嬷的拦阻,委屈地哭了起来,勉强留下来后,她在其实"没有什么特别"的食堂里流着泪吃自己带来的冷腻的米饭三明治(她家的午饭没有肉),感到那么失望,那么满心屈辱。我们恐怕得动用点想像力才能充分体会学校食堂对于这个孩子的巨大诱惑。把微不足道的就餐权利幻化成某种美好辉煌体验的,该是多么辛酸而卑贱的处境。此外,从各位掌事嬷嬷的言行,我们还能感受到拉美裔穷孩子读书的那些天主教会学校的氛围。

当然,穷孩子也有自己的欢乐。埃斯佩朗莎不顾凯西的警告,和露西姐妹交了朋友。她们凑钱合伙买了一辆旧自行车,三人一起挤上去,风驰电掣地穿过整个街区。那是"我们的好日子"。老吉尔的旧家具店又小又黑又脏,里面只有些破破烂烂的东西,但对孩子们来说仍然魅力无穷——比如那个能发出奇妙声音的八音盒。仰头看云彩是大自然提供的探讨"科学"和"审美"的机会。唱着歌谣跳绳则是街头平民孩子的快乐游戏。

参加小表弟的洗礼晚会让人忧喜参半。妈妈为埃斯佩朗莎买一身鲜亮的新裙子,却没买新鞋。这使她沮丧万分,晚会上根本不敢去和男孩子跳舞。不过,墨西哥移民中存在着浓浓的家族和同乡亲情。长者会关照孩子们,而且大家沾边不沾边都算是"表亲"。后来埃斯佩朗莎在那乔叔叔的鼓励和邀请下进了舞场,跳得兴高采烈,无比风光。

发生化蛹为蝶巨变的青春期不知不觉就来到了。小姑娘们开始注意自己的屁股和腰身。她们跳着舞,跳着绳,同时半是天真无邪,半是初解风情地唱着歌谣。她们穿上别人送的五颜六色的旧高跟鞋招摇过市。她们开始对男孩子生出兴趣。埃斯佩朗莎打了第一份零工。她在照相馆分装照片,那儿的一个看来和气谦卑的东方人突然吻了她。我们几乎能听到她的心跳,感到她的尴尬和惊恐,也不免会对留在叙述之外的那东方人的境遇、心态和动机等等生出一些模糊的猜度。真正的初吻发生在这之后。在嘉年华会游乐场上,约定碰头的女友萨莉没露面,却有一群男孩来纠缠,其中一个白人少年还强行亲吻了埃斯佩朗莎,打破了她对爱情的幻想。

然而,不论有多少压力,有多少挫折和伤害,埃斯佩朗莎会像她家房子近旁那四棵细弱的小树一样突破砖石的阻挠顽强成长。她每天都和它们对话:"它们的力量是个谜。它们在地下展开凶猛的根系。它们向上生长也向下生长,用它们须发样的脚趾抓紧泥土,用它们凶猛的牙齿啃咬天空。"这般有如猛兽的树是不可阻挡的。能在痛苦时刻思考树的秘密的小埃斯佩朗莎也一定是打不垮的。她要长大,有一天要离开芒果街。

离开意味着更有意义的归来——如伴随八月的风一起来临的三个老姐妹所告诫的:"你离开时要记得为其他的人而回来……你不可能忘记你知道的事。你不可能忘记你是谁。"如果说离开芒果街的渴望几乎等于对成功和富裕的追求,那么返回芒果街的责任和期许则在本质上超越了通常意义上的美国梦。

如许多评论者所强调,这本书的另一个重要关注点是性别问题。有人说《芒果街》中的男性形象统统不佳,但事实并非如此。半夜醒来的疲惫的父亲,聚会中善解人意的拿乔叔叔,还有许多别的挣扎着谋生养家的男人,勾勒他们的笔显然饱含同情。当然,那同一支笔也毫不含糊地写出了萨莉和密涅瓦们的父亲或丈夫殴打女性的劣迹,写出了墨西哥裔男人的种种陈旧或荒唐的性别观念和行为方式——因为那些也是芒果街生活的一部分。

在一节节亲切的讲述中,我们听到了小埃斯佩朗莎对男孩女孩差异的非常具体而感性的分辨,体会到她因家庭主妇(包括她母亲和鹭鸶儿们)被荒废的才华而生出的惋惜,还见证了她对玛琳和萨莉以嫁人为中心的人生设计的审视和最终扬弃。这些是成长中的女孩子关心的问题,也是已经成年的女性仍在思考的问题。可以说,幸运的是,作者的艺术直觉让她没有过于主题先行,没有脱离具体真切的生活经验。因此,展现在读者面前的,不是有关社会性别的说教,而是美国墨西哥裔少女色彩斑斓的生活。

梦　想

房子是小埃斯佩朗莎的梦想,也是全书的核心象征。

关于的房子的梦想中也包含了对理想自我的憧憬。在书中许多处拟人化的描写中,比如关于房子、气球和树木的意象,都可以看出主人公的自我感觉在客观世界的投影。这本小说,从某种意义上说,是关于一个人在世界上寻求自我,寻找一片归属之地的故事。

> 他们(父母)总是告诉我们,有一天我们会搬进一所房子,一所真正的大屋……我们的房子会有自来水和好水管子。还有真正的楼梯。不是门厅里的窄梯,而是像电视上的房子里那样的楼梯……我们的房子将是白色的。四围是树木,还有很大的院子,草儿生长着,没有篱笆圈着它们。

定义梦想的一个关键词组是"像电视上的"。科尔德罗一家希望住进电视上展示的那种房子,固然表明他们想摆脱贫困、分享美好生活,但是从中也可分明看出大众媒体所代表的强势文化和主流生活方式"洗脑"的作用。

梦想和愿望并非凭空而来。我们记得那位一直坚持"别说英语"的玛玛西塔。让她心碎的是:她自己的小儿子开口说的第一句话就是英语,他会唱的头一支曲子是百事可乐的广告歌。听英语广告歌长大的孩子会怎样梦想将来的生活?与此类似,还有准备赴晚会的小埃斯佩朗莎对新鞋子的重视。为什么她那么强烈地渴望与新衣相配的新鞋子呢?为什么一双旧鞋就让她羞惭得连脚都不敢伸出来了呢?轻灵的叙述只蜻蜓点水般地提到了男孩子的注视。然而我们若是在那些隐含的问号旁稍许驻留,就能感受到少年经验背后的近乎沉重的成人潜台词。是的,商业化社会里人们以消费品来定义的"美"和"体面"的标准多么霸道地主宰了孩子的感觉!与朦胧性觉醒纠缠在一起的那种把自己物化成男性欲望对象的心理过程又是多么"自然"地发生在天真少女身上!

随着小埃斯佩朗莎渐渐长大,她的梦中房子不断有所变化。她羡慕"住在山上、睡得靠星星那么近的人",却又明确意识到,那些高高在上的人"忘记了我们这些住在地面上的人"。于是,她想:有一天她自己在山上有了房子,要在阁楼里收留无家可归的流浪者。接近收尾之处,在"自己的一栋房"中,她再一次描述了心目中的房子:

> 不是小公寓。也不是阴面的大公寓。也不是哪一个男人的房子。也不是爸爸的。完完全全是我自己的……

>只是一所寂静如雪的房子,一个自己停留的空间,洁净如同诗笔未落的纸。

这时,如诗的语言构筑起的房子承载的是更加成熟的埃斯佩朗莎的精神追求,小节标题也显然在有意识地回应弗吉尼亚·伍尔夫的名篇《自己的一间屋》。不过,它们传达的,很可能仍只是某一特定时段的感受,而非最终的结论。

在这个意义上,我们庆幸小埃斯佩朗莎在成长中不断修订着丰富着自己的梦,而且有代表墨西哥土著文化的女巫般的神秘人物指点她。梦想是人前行和创造的动力。然而梦想也是需要甄别,需要分析,需要批判和修正的。

初刊于《芒果街》(译林出版社,2006)

"听"杨绛先生话文学

论文也每每有一种品格或性格。杨绛先生的文章不似布道,不像讲课,也不是信马由缰地"侃大山",而像一位朋友娓娓叙谈,字字句句透着不同寻常的诚意。不知道这是否因为先生较多地得了中国文士的真传,把读书治学与修身看作两位一体的事:做学问即是做人,要"诚其意""正其心"地进行。这和西方现代学者越来越把文学当成研究对象、把学术视为谋生职业是有所区别的。读杨先生的文章,能感到一种人格力量,还有一种如闻其声的亲切感。

杨先生反复地谈到读书和生活的关系。她说,读书如阅世——"可加添阅历,增广识见,变得更聪明更成熟些,即使做不到宠辱不惊,也可学得失意勿灰心,

得意勿忘形,因为失意未必可耻,得意未必可骄。"①又如在《有什么好?》一文里她说:

> 她(奥斯丁)让读者直接由人物的言谈行为来了解他们……读者由关注而好奇,而侦察推测,而更关心、更有兴味……仿佛亲自认识了世人,阅历了世事,有所了解,有所领悟,觉得增添了智慧。

这话背后的一些基本文学见解并不怎么玄奥或新潮,不少可以追溯到亚里士斯多德或贺拉斯等老祖宗的著述。比如,杨先生对小说和现实的关系大体持源远流长的"模仿说"——即认为小说是"假"中有"真",确实描摹出了社会和人生的种种情态。又如,她认为文学是与"求知"相关的,其功用如老话所概括的,为"寓教于乐"。读者不仅能从中欣赏作家编排叙事、遣词造句的艺术,还可以得到教益:一面是得了关于社会和人生的知识,即所谓增添了智慧,另一面通过书中的人和事直接或间接地受到道德上的陶冶和启迪。

写文章的人大概都不满足于独善其身,都试图说服或打动读者。不过,杨绛先生采取的平和低调的语气表明她不想把自己的见解强加给别人。她的议论

---

① 引用的杨绛先生的论文均见于《春泥集》(1979)和《关于小说》(1986)两本文集。

仿佛在谈人,又似乎在说己,但总之是在很平等很恳切地和读者交流读书和做人的感想,重心不在书本,而在人和人生。不知是不是个人偏见,我觉得杨先生最精彩的论说是关于人的,关于那些形形色色的小说人物。譬如关于堂吉诃德的"疯"和桑丘的"半痴半黠",关于蓓基·夏普的伶俐和工于心计,每每讲得真切、中肯、精妙。她说堂吉诃德是"知其不可而勉为其难",从他斗风车战羊群的荒唐事中看到他执著的理想主义和献身精神,说理想与现实结合的不易,叹他的可敬和可悲。如果没有深切的感受,她的话还能这样有效地构成回路把塞万提斯几百年前编造的游侠骑士和我们联系起来吗?

先生的"诚"还体现在对文事的极端认真。她的文学论文除了那些着重评论作品内容(如小说所刻画的人物和世态人情等)的以外,还有一些侧重讲文学的形式、技巧或有关理论。如探讨早期小说理论沿革的《斐尔丁的小说理论》,论述《红楼梦》对宝黛爱情的处理方法的《艺术与克服困难》,将中西戏剧理论加以比较的《李渔论戏剧的结构》,阐发小说与"现实"的关系的《事实—故事—真实》等等。不管谈论什么,杨先生都一丝不苟地做大量的准备工作。在她笔下,平常的字句有很惊人的容量。比如,《堂吉诃德和〈堂吉诃德〉》一文中有一段谈英国人对该书的看法,起始一句话是:"《堂吉诃德》最早受到重视是在英国。"为了这句简短的陈述,作者做了近一百八十字的长注,说明该书的三种早期英译本的情况等等。该段总共不足二百字,却概括了艾狄生、谭坡尔、斯蒂尔以及笛福、拜伦等许多人的见解,而且全都一一做注。注解比正文长得多,可以说无一字无来历。着重地指出这点,不是说注释比正文长就一定可钦可敬,而是因为在杨先生笔下注释特别体现了作者的治学精神。她不但认为自己的每一陈说或论述都需言之有据,而且总是不辞辛苦考查第一手资料,绝不取巧走捷径。她的《论萨克雷〈名利场〉》开头谈车尔尼雪夫斯基以及马克思、恩格斯对萨克雷的议论,为此她分别查阅了俄文和德文的原著,不依赖别人的译文。

值得注意的是,杨先生虽然纵览群书,做了大量的研究,却很少在正文里长篇大论地广征博引。如论斐尔丁一文涉及斐尔丁和其他古今许多西方人关于叙事的种种论述,特别是亚里士多德的《诗学》,由杨先生讲来就几乎全是晓达顺畅甚至生动活泼的间接引语——她只是在注里说明出处,大约是为了给那些有志深究的人们一个确切的线索。其中有一段以仅仅六百余字的篇幅撮要复述亚里士多德关于悲剧和史诗的议论,十分清晰明了,即便从未接触过《诗学》的读者也绝不至于"搁浅"。在我的印象中,这样一贯小心翼翼地回避引证艰涩论说文字的似乎只有杨先生一个。我想这并非偶然,而是标志着她的另一种诚恳和认真——即对读者的悉心关照。想必她心目中的读者不是满腹经纶的大学问家,却是约翰逊博士和伍尔夫夫人提到的普通读者。她追求清楚的表达和有效的交流,仿佛一位细心的对话者,时时留意着对方的反应。不知道这与杨先生身为女作家、女学者是否有关。也许因为女性历来是"听"人讲话的,所以无意中更关注自己的潜在的听众?

杨先生不仅翻译、研究古人洋人的著作,也编剧本写小说,对某些文学问题自有真知灼见。不过,即使涉及理论问题,她也总是以平等交谈的语气,以常人听得懂的朴实语句来表达。她在《旧书新解》中说:西班牙古典作品《薛蕾丝蒂娜》(简称《薛婆》)虽以戏剧形式出现,通篇是人物对话,但实际上用的是史诗或小说的叙事结构;如果称它为小说,却又和传统小说不一样。"我们现在有意识地把它当小说读,就觉得像一部打破了传统的新小说,和近代某些小说家所要求的那种不见作者而故事如实展现的小说颇为相近。"接着她又说:"小说家以'无所不知'的作者身份,自有种种方法来描摹现实,不必用对话体。而且,作者出头露面就一定损坏小说的真实性吗?小说写得逼真,读者便忘了有个作者吗?小说写得像'客观存在的事物','客观存在的事物'未经作者心裁能摄入小说?"

这里杨先生翻出一部老作品来印证"新"与"旧"的联系和关系,并且对"意识流"小说等要求作者隐去的主张提出了一系列的疑问。她的看法显然和我们的常识性感受一致,即认为小说的作者是无论如何

"隐"不掉的。可是,那些大智大慧的名作家为什么会提出这样的主张呢?杨先生没有回答这个问题。她只是提出了疑问,请我们和她一起思考,并由此间接地向我们建议:不妨多信任一点自己的直觉和常识,对时髦的和"权威"的说法多打几个问号再决定取舍。

说来最令我且"迷"且"惑"的是杨先生对流浪汉(婆)们的偏爱。她译的小说,如《小癞子》和《吉尔·布拉斯》都是典型的流浪汉小说。堂吉诃德虽然不是正宗的流浪汉,但至少有在各地方和各阶层中游走的经历,出门碰运气的农夫桑丘就更多一点流浪气。她还曾专门撰文介绍尚未有中译本的西班牙名著《薛婆》,主角是个以拉皮条为业的"积世老虔婆","流浪汉的祖婆婆"。也得杨先生不少笔墨的蓓基·夏普虽然生不逢时,错过了"流浪"的黄金时代,但她见机行事,单枪匹马为自己谋立身之地,也分明是该门中晚辈传人。

让人"惑"的是:那些"出身微贱"、"在法网边缘上图些便宜"的无业游民和杨先生这样的名门闺秀严谨学者距离太远,反差太大。若仅仅是出于对喜剧的爱好,为什么不挑选其他类型的喜剧作品呢?莫非,吸引杨先生的,恰恰是这个距离和反差?她曾说,"艺术是不能用一把尺子来衡量的",以此鼓励年轻人吸收多样的文化营养。这大概也是她自己亲身实践的体验。

流浪汉小说的特点之一是涉及的社会生活极为广泛极为多样,而传达的道德/社会理想非常模糊或自相矛盾。这两种丰富性（或称"复杂性"）都是通过贯穿全书的主人公的经历来展示的。一方面广泛地摹写生活，似有揭露社会、讽刺世人、警顽劝善之意；另一方面，作为主角的流浪汉们对这沸沸扬扬、不免也龌龌龊龊的大千世界不但"看破"了，而且很相安，往往还随其流扬其波，得捞处且捞便宜。即使主人公没有落个好下场——如薛婆贪财丢了性命——故事的结局也远远不如这些人物欢蹦乱跳的行为方式以及他们生动鲜活、振振有词的言谈给人印象深刻。所以这些小说的和弦中既有否定也有肯定，既有讥讽也有承认甚至欣赏。这类流浪汉人物显示出某种特殊的魅力，标志了一个变动时代的混乱和生机。杨先生概括说："流浪汉是赤手空一拳、随处觅食的'冒险者'。他们不务正业，在世途上'走着瞧'，随身法宝是眼明手快，善于照顾自己，也善于与世妥协。他们讲求实际，并不考虑是非善恶的准则，也不理会传统的道德观念，一切可以通融，但求不落法网——那是他们害怕的。他们能屈能伸，运气有逆有顺，人生的苦和乐经常是连带的。他们得乐且乐，吃苦也不怕，跌倒了爬起重新上路。"他们不怕苦，因为他们是从苦窝子里出来的。他们倒霉后总要重整旗鼓，因为他们一无可失，不试白不试。而这类小说不断流转的情节和喜剧性的笔调也似乎表明，对他们来说世界确实是充满机会的。虽说他们不是楷模和英雄，不体现传统道德，却也并非没有自己的道德意识和哲理。比如薛婆，她为全城的人"服务",就很心安理得。人家跟她吵架,她回嘴时态度很硬:"我是个什么东西?……我天生就是这么个老太婆,没比别的女人坏,干什么行业吃什么饭;我吃我这一行的饭,一规二矩……我是好人,坏人,上帝眼里雪亮,可以作证。"她还知道用法律来保护自己:"人人都得守法,法律面前一概平等。"她经营某少爷与某小姐的私情,也顺带为少爷的小厮们效劳(作纤头),并无偿地开导他们如何做人:

> 我像亲妈一样告诫你……眼前你吃主人家的饭,且顺着他,伺候他……可是别傻头傻脑地为他卖命,现在这个大少爷是靠不住的,得结交自己的朋友才牢靠……花儿当不得饭吃(No vivas en flores),主人家把佣人耗得干了,只空口许愿,你可别听他们的。他们吸干了你的血,不感激你,只辱骂你;不念你的功,也不想报酬你。可怜哪,"在府邸白了头的佣人"!这个年头儿,主人家顾念自己还来不及,有多少心力顾得家里佣人?他们的算盘也不错。你们作佣人的,得学他们的样……我的儿子,我说这话呀,是因为看透你主人爱使出人的本儿来;只求人家伺候,不想给报酬……你在他家且找同伙做朋友。最宝贵的是朋友。可是别和主人家攀什么交情;不是一个阶级、同样穷富的人,能交上朋友是罕事……

经杨先生精心翻译，这番话讲得活灵活现。薛婆"宣传"的是世俗的物欲的个人主义。她和小厮八儿套近乎，称母道子，颂扬友谊，抨击阔人，在她是一石数鸟的事。她既算到了这小伙子对己的利害，又真心实意对地位相近的年轻仆人有所同情。此外，有机会发表自己积年的阅世经验无疑也是件乐事。一席话说罢，一个世故、精明、巧舌如簧的老虔婆跃然纸上。

流浪汉小说还有一个共同特点，即大量吸收运用民间文学和语言。杨绛先生注意到这些作品在叙述过程中常常游离开主线，整节插入各式流行故事和笑话等等。小说中的人物有很多也是满腹民间"经典"。如桑丘肚子里的俚语俗话像冒泡的泉水一样往外涌，也不管离题不离题，常常说得驴唇不对马嘴。这与堂吉诃德的语言方式形成鲜明的对照：主仆二人一个讲理想，一个求实利；一个咬文嚼字，一个满口鄙俚。杨绛先生一再强调这种对照所蕴含的深远意味，尤其欣赏他们两人的"奇谈妙论"。与桑丘类似，薛婆也是出口成章——什么"花儿当不得饭吃"呀，什么"在府邸白了头的佣人"呀。不同的是，她技高一筹，用语得当，与她的话题和目的结合得天衣无缝。当一度是她的朋友和同谋的八儿为钱翻了脸，来向她要求分享酬金时，她便忽而打岔，忽而威胁，忽而扯谎，忽而又撒泼："像话吗！到我家来威胁我！我是一头驯良的母羊，一只拴着脚的母鸡，一个七十岁的老太太，你们要对我动粗吗？"她以母鸡母羊自比，极俗，并饱含喜剧色彩，如乡下泼妇吵架。这和当时三个卑微人物拼死争钱的情境以及后来——毙命的结局既相呼应,又相矛盾。总的来说,这里语言的重要性远远大于人物的命运(人物在很大程度上只是语言的载体)。这种语言博览会式的陈列,这种多样话语多样风格相应相对共生共存的现象,大约是文艺复兴时期或资本主义早期(即典型的流浪汉小说产生的时期)作品的一个特征。杨先生曾经不止一次地指出这些人物对民间成语和谚语的爱好。她不仅在译文和论著中努力传达那些民谚的特点,还常常注明原文或另外加注解释原话中一言难尽的微妙之处。比如,癞子的妈妈悟到一个至理名言:"要依傍有钱的人,自己也就会有钱。"杨先指出了其中的讽刺意味。她解释道:"这话原是西班牙谚语:'和好人为伍,也就成为好人。''好人'(los buenos)和'有钱人'是同一个字。癞子和他妈妈把谚语这么理解,很自然也很合理,正是他们从生活里体验出来的。"这一番考究,点出"钱"和"好"同源,直指语言的多义性以及语言和社会经济政治秩序的关系,颇为耐人寻味。

杨先生无意从社会学或语言学角度下什么结论。她只是很认真很传神地把那些流浪汉介绍给我们,并提醒我们值得注意的方方面面。在她关于这些"下里巴人"的故事的译文和论文背后,当有一副能欣赏并消化文艺复兴时代平民文化的很健康的"脾胃";有一种对"人"、特别是对和本人有相当距离的芸芸众生的深刻的关心和好奇。也许不无关系,杨先生本人在"文化大革命"中挨整时,仍在善意地观察揣摩革命群众("披着狼皮的羊")的种种心态;在干校生活的艰难中不忘把眼光投向周围的农民;并在集体劳动(虽然是很荒谬地强加于她的)里体味到一种"我们"感。杨先生说,钱钟书先生和她选择一生留在中国,是因为这土地上生息着他们所从属的"我们"。有时我想:倘若杨先生不是属于生逢战乱、长于忧患的一代人,不是曾经目睹身受国破家亡的悲剧,后来又因种种原因经历许多的颠簸磨难,她的"我们"感会在某种程度上扩展到包纳形形色色的底层人吗?若是没有这种比较博大的"我们"感,她还会对那些三教九流的流浪汉们怀有这样的兴趣吗?当然,若不是得益于书,杨先生恐怕也不是我们今天所知的那位在各种风潮和境遇里不失本色,不失尊严,聪慧淡泊,从容努力的学者——这是事情的另一面。

初刊于《外国文学评论》1991年第4期

代后记:奥斯丁"遇见"《教育诗》

我大致是共和国同龄人,开始读长篇小说时正在小学二、三年级读书,起因是偶然听到了在电台连播的《林海雪原》。推算起来,那应该正是全民轰轰烈烈"大跃进"的年月。大约因为尚属稚幼,我没怎么参与炼钢铁、除"四害"之类社会活动,却一步超越听童话看小人书,跨入啃大部头的"历史新时代"。不过,当时以及之后许多年,我只读中国和苏联的"革命文学"。

其中有一部书现在不大有人提起了,即苏联作家马卡连柯(1888—1939)的《教育诗》。在苏维埃国家初创、百废待兴之际,在内战留下的遍地瓦砾上,在与官僚机构的抗争和缠磨中,一位年轻的理想主义教育工作者率领若干浪迹街头的小流氓混混从巴掌和斗殴开始建设新生活。多么传奇！多么激动人心！我不知道那本书究竟算回忆录还是虚构作品。但是少年的我被深深打动,也本能地懂得:那麦浪上弹跳的笑语和随着汗珠滚动的集体劳动的欢乐不可能仅仅是书斋中的幻象。这本书和我1960年代中期学生生活中最阳光最焕发的努力融为一体,多年来沉积于心底,再未触动过。

1966年对于整个国家和普通中学生的阅读生活都是个分水岭。那年夏天,"文化大革命"开始了。几乎所有的文学作品统统被扣上"封(建主义)、资(本主义)、修(正主义)"的帽子遭到批判和查禁。反讽的是,正是这封杀使我开始阅读西欧古典小说,邂逅了对我个人影响深远的另一本书,即女作家简·奥斯丁(1775—1817)的《傲慢与偏见》。

生活和历史都很吊诡。

事情和我母亲有点关系。1958年前后她被调到中国科学院工作。因为个人爱好,她选择进了离科学最遥远的文学研究所。结果是她认识了一批著名文化人,也使我们家里有了不少西方名著译本,即使经过"文革"抄家,剩余仍然很多。由于父亲黄克诚是被钦点的"右倾机会主义反党集团"要员,运动初期不仅母亲挨斗进了"牛棚",我也遭到同学们猛烈指责围攻,并因为这番触礁经历而渐渐搁浅在"革命"的边缘。当逍遥派,生活中就有了乱翻书的节目。记得从母亲的书堆中拎出阅读的第一本西方小说是哈代的

《德伯家的苔丝》。后来便一发不可收拾。我曾在一篇短文中记述了与奥斯丁深度接触的过程：

> 有一天我读了王科一先生翻译的英国小说《傲慢与偏见》。女作家奥斯丁幽默、轻快的语言打动了我，我意识到原文一定更精彩，觉得要读一读原著才过瘾。从当时初中学生的外语水平以及"文化革命"的社会氛围来看，这实在是个异想天开的念头。不过，我就读的师大女附中（即现在的北师大实验中学）是北京最好的中学之一，自己又因受兄长影响从初一就开始读英语简易读物，因而对洋书的恐惧不那么强烈。此外，也许更重要的是，那时我有太多的空闲时间……这样，在一段时间里我竟被这个念头纠缠住了。
>
> 我开始盘算去哪里找书。不知学校图书馆有没有这本书。但不管有没有都绝对不能去。如果同学们发现你这个准反动分子想借外国的资产阶级小说，那还得了？于是我想到了北图。国家图书馆书最全，名著一定会有；而且那里谁都不认识我，即使他们不肯借我，也不至于出什么别的岔子……
>
> 想必是反反复复掂量了一些时日。最后，在一个初夏的日子里，我捏着简陋的中学生学生证，忐忑不安地迈进了位于文津街的老北图。进门很顺利，并且没费什么力气就在西文目录里找

到了我想要的书名书号。我飞快地填写好了借书条。但是,在把借书单交出的那一瞬,我又不由自主地紧张起来。那位严肃的女馆员会不会说这些外国书都被封存了?她会不会打量着我怀疑地追问:"你为什么要借这本书?!"我暗自拿定主意,若是见势不妙就立刻撒腿飞逃,决不跟他们啰嗦。

实际上什么都没有发生。

女馆员只扫了一眼我的书单,就一声不响地把它和别的单子一起送进了书库里面的什么地方。过了大约20分钟或半个小时,我要的书顺顺当当出来了。女馆员平静地把书交到了我手中。没有人多看我一眼,也没有人多看那本书一眼。我只是一个普通的读者,而它只是一本普通的书。

如今,大约不会有人认为,对于任何读者或书籍,这种不被重视算是一种幸运或福分。但当时我捧着那本书走进大阅览室的时候,心情轻松得近于欢跃,确实只能用"幸福"二字形容。

阅览室高大而幽深,十分空旷。仅有三三两两的读者散落其中,各自占据一方小小的空间。桌椅都是暗色实木的,大约是从建馆时就有的器物吧,显得古旧而沉稳。带围圈的木椅很舒服,而宽阔的桌面使隔桌相对的人都不会觉得彼此干扰。目光向窗外掠去,印象里留下的是围廊外浓郁的绿荫。我找了个角落坐下,小心地打开了那本32开小精装书。书已经不新,纸张有些发黄了。我尚不懂关注版本、编者或前言,只知径直去读故事。映入眼帘的第一句话,便是奥斯丁那段在英国文学史上大名鼎鼎的开场白:"It is a truth universally acknowledged, that a single man in possession of a good fortune, must be in want of a wife."

我在这充满反讽意味的幽默语句上盘桓了片刻,对那一两个认不得的单词迟疑地多瞧了几眼,然后就借助自己先前读译本得来的印象囫囵吞枣地朝前奔去了。

这是我读英语原文著作的开始。

在那个时段里,北图的正常运行似乎是个小小的奇迹。我没能坚持坐北图,但是那一天的尝试却具有象征意义。此后我几乎没有中断英语阅读,即使在数年下乡插队的艰苦劳动生活中。除了麦收时节每天要出工十几小时的日子以外,我不论多么乏累多么消沉,都坚持在煤油灯下(后来有了电灯)读书不少于二十分钟。

由于机缘凑巧,1970年代中我以不正规的方式在山西大学外语系修习了一年多英语,又因此得以在1978年直接报考"文革"后第一届研究生,然后就不知轻重地带着这一点点十分Chinglish的游击装备到美国读英语文学博士去了。回想起来,时代巨变造成的这些人生跳跃实在过于"大写意"。

如有的人说,对于我们这代人,"一切"都始于七十年代。"文化革命"适得其反(或者也是"题中之义"?)促生了相当数量的地下读者群。他们突破禁区读书并思考中国的问题和命运,讨论的范围不仅涉及中外文学,也包括历史、哲学和政治等等。我和我的一些朋友也大致可以归于此类。不过,对我个人来说,思想的进一步拓展、深化发生在1980年代在美国读书期间。

异乡氛围使我深切意识到与祖国的血肉联系。

过去我一直自以为不喜欢中式戏剧和音乐。但是在那些日子里,不时有一段中国风旋律冷不丁在我这个乐盲心中荡起;朦胧夜色中几缕暗香会陡然将四合院的树影和花墙推到眼前;甚至田间劳作晌时斜倚过的那垅草畔都勾魂摄魄。或许,对于我们这个没有严格意义上的宗教传统的民族,"家乡"和"故园"具有安顿灵魂的形而上效用?

留学生活不但给了我一些正规专业训练,也使我得以在更开阔的视野里重新省思国家命运和个人选择。与英语小说"厮混"数年,我意识到小说是求"美"的艺术,也是西方现代化先行国家中人们在历史迁变中应对种种社会、道德和精神困境的文化工具,是论辩"场所"和现场记录。既然中华民族百多年来已经被迫以惨烈革命和巨大动荡为代价走上了工业化现代化之路,对西方小说的领会和考察便不可免是当今中国人摸索前行路的一个部分。

在这种思想语境中,奥斯丁再次进入我的视野。我重读了她的全部作品并多少有些惊讶地目睹着20世纪末开启的一轮温度空前的奥斯丁热。如果说她的小说持续常销并进入英语文学教学必读书单不算意外,她"蹿红"于新媒体的盛况真有点让人瞠目。她的六部小说被密集地改编成电视剧和电影,或原汁原味,或推陈出新。电影版《理智与情感》得了大奖,早在1930年代就由名家拍过电影的《傲慢与偏见》则不甘落后地接连出了第二种BBC版本电视连续剧和新电影。进入新世纪这类"产品"仍源源不绝地面世,如传记片《成为简·奥斯丁》和电影《劝导》等等。人数众多的铁杆奥斯丁迷构成了不可忽视的文化"势力"。他们建起规模庞大的书友会社,组织各类活动,在互联网上"跑马圈地",把与她相关的各种资料统统搬进电子空间并创设了纷繁的超文本链接系统。因为他们的存在,奥斯丁才变成影视红人,相关衍生产品才兴盛一时——有美国小镇妇女开写奥斯丁探案系列并斩获颇丰;戏拟《傲慢与偏见》的小说和电影《单身女人日记》(1996)让无名写手一炮而红;根据《爱玛》攒出的青少年时尚电影(*Clueless*,译名之一是《独领风骚》)着实小小地领了一回风骚。更令人惊异的是奥斯丁小姐在文化领域之外的战绩——据说,挂上她的名牌的寻常菜食价格翻番仍然卖得不错。远在中国,奥斯丁小说大都有多种译本同时出售,其中《傲慢与偏见》

的译本多达二三十种。

可以说,在当今这个行色匆匆的汽车和电脑的时代里,奥斯丁现象是一道引人注意的文化风景。人们难免诧异:这位不曾出嫁、从未出过远门、"生活平淡无奇"家庭妇女何以会有如此"誉满全球"的一天?并非巧合,当代奥斯丁热正赶上西方种种新潮批评理念在各国大学校园和各文化领域中迅速传播。女性主义批评、文化研究、后殖民理论、族裔和性别研究及形形色色后结构主义思想极大地丰富并深化了对奥斯丁的理解,有关她的研究著述如井喷涌现。人们越来越认识到奥斯丁的"小"题材涉及女性处境、婚姻和家庭的经济基础、不同人群间政治经济文化权力的分配和运行等许多深层次的问题,也直接参与了有关伦理和认识论的讨论。是的,若不是独到地探讨了现代商业社会的某些根本问题,若没有比较深厚的思想底蕴,她的作品又怎么可能仅凭一点小才情小机智跨越两百年催生出雅俗共赏的火爆局面?

近年,当婚姻选择成为巨变中的中国的焦点话题之一,当"宁嫁黄世仁不嫁80后"、"宁在宝马车里哭不在自行车上笑"之类的择偶宣言引发了民间热议和经济、社会学者们的纷纷关注之时,我更恍然明白了,我们仍生活在奥斯丁的时代里,有关"嫁人"的长考的确是真问题大问题,直指金钱冲击波面前的社会选择和道德选择。奥斯丁的价值不取决于她提供的答案保守还是激进、题材重大还是渺小,而首先在于其极为到位的问题意识。

这应是她对于受众仍具有如此亲和力的根本原因之一。当然,各国各地有不同。在英国,追思昔日帝国崛起时代的怀旧情结或许在助推奥斯丁流传;在陆续步入后工业时代的诸多大都市,由荧幕转呈的奥斯丁笔下英格兰乡村那一派青绿可能撩起无限的怅惘与神迷。

奥斯丁故事那有点老套也有点戏弄的大团圆收局,包含对个人期求的温慎认可,也有再造自我与他者关系的严肃构想。由于她拒绝无条件地给"自我"签发通行证,西方一些新派学者不时指责她"保守"。实际上,如果撇开一国一地狭隘的党派政治,仅就问题意识而言,很难说谁比奥斯丁更"进步",更面向未来。因为,她质疑的是现代社会的根本弊端。

或多或少由于女性身份的限制,奥斯丁把对"问题"和"答案"的考察都限定在休谟所说的个体生活的"狭小范围以内",让主人公的婚姻构成某种私人乌托邦,承担起重新缔造面临解体的人际关系纽带的历史重任。读者有充分理由无情盘诘这一愿景的局限性和可行性,或深入阐发她的小说在文体和内容上的自相矛盾。然而,寻得真正不同于奥斯丁设计并且具有生命力的替代答案却并非易事。

大约是在思及这些的时候,我忽然记起了《教育诗》。

我想起了《教育诗》所记录或呈现的龙腾虎跃的

生活共同体。奥斯丁们做梦也想不到那样的生活。它来自另一个性别,来自很不相同的民族文化背景以及思路迥异的另一种人类实践。近一个世纪之后回头看,那条路显然并不是阳光灿烂的康庄大道。但是,诞生于那种尝试的作品中是否包含某些宝贵的文化因子,可以丰富、修订甚或"刷新"我们对奥斯丁问题的理解呢?

如此,两本在时空和"血统"上均山隔水阻的书以作者们绝对想不到的方式在一个八竿子打不着的中国人心里相遇了。这"会见"是非常私人也非常偶然的事。不过,其中是否也有某些不那么私人也不那么偶然的根由和意义?

不少时候,人们坚守着拒绝放弃,只为了一个"或许"和"可能"。

初刊于《中华读书报》2011 年 7 月 6 日

附录:和钱钟书先生做邻居

钱钟书先生离开我们已经十多年了。有关他的形形色色的文章和论作不可胜计。我从未动笔,不是没有怀念之心,而是因为他是"大师",是文化名人,我自觉既非门生,又不通"钱学",没有资格赶热闹。

五月里杨绛先生提到,十一月是钱先生百年诞辰。是的,今年不仅钱先生逢百年,按旧习俗九十九岁的杨先生也该做百岁寿了。如今连我都到了退休年龄,想到这里不禁深感人生如白驹过隙,一些相关的甚至不相干的往事纷纷涌上心头。

最初认识两位先生,是在四十多年以前。那时我还是十五六岁的年轻人。我父亲(黄克诚)1959年遭批判、解职后,于1965年秋迁黜山西。母亲唐棣华在中科院哲学社会科学部文学研究所工作。于是我们兄弟姐妹连外婆等统统搬入位于干面胡同东罗圈11号的学部宿舍楼,一家七口住进一单元底层一套三居室(没有客厅)。

那时正值"文革"之前,"革命"气氛日渐浓郁,突出政治、大学毛泽东思想之风一日盛过一日。有时母亲会跟我说说左邻右舍的"先生"和"太太",我心里十分惊异,也很不以为然,觉得这个院子是被时代忽略的一潭死水。不过,即使在那时,钱、杨两位还是给我留下了特殊的印象,因为他们夫妇都是"先生",而没有"太太"。

1966年夏天"文化革命"一发动,我就在中学受到批判和围攻,母亲担任副所长,又是著名"右倾反党分子"的老婆,自然在劫难逃,和其他"走资派"、"反动学术权威"一起被横扫。于是她这个自学生时代就叛离封建资产阶级家庭的共产党员成了钱、杨等"先生"的患难之友:他们一道挂牌子挨斗,一道扫宿舍院子,一起清理办公楼道和厕所,一起被集中在"楼上"会议室检讨反省。当然,即使在高压之下,他们也并不是时时刻刻都在"老实交代",早早晚晚,会私下交流,彼此给些小小的劝慰和支持。记得在风头最紧的惶恐时期过后,母亲曾不时讲一些"楼上"故事。比如,有位先生曾口占打油诗就监督他们劳动的威风八面的女临时工开玩笑,曰:"莫道蜀中无大将,亚夫原是女将军"。

其他一些事也是共同经历的——1969年里被"横

扫"的人家搬进"掺沙子"的新住户就是其中之一。客观地说,这事的起因不能归于任何个人,也基本不是政治性的。因为搞运动,经济社会建设全面停顿,没有新宿舍提供给年轻人,他们要安家落户,只能挤"牛鬼蛇神"。我家邻居第一次上门的第一句话是:"我要生孩子了。"但是,两户住一个单元共用厨厕造成的不便和麻烦是可想而知的——何况两家里一户是被打倒的,另一户身份过硬而且很可能是有相当战斗力的"革命"小头目。我们和新邻没有酿出大矛盾,可是钱家却未能幸免——他们的邻居在院子里是有些知名度的闻人。1973年学部下干校的人陆续返京,曾经被打倒的老干部老专家的处境大都有所改善,不想钱家的邻里冲突却终于发展到难以共处。那年冬天,钱杨两位先生忽然来告别,说这里住不下去了,他们已经逃离,此番是来取点东西。他们连门都没进——几年来共当"牛鬼",已没有做客喝茶之类习惯,而且两位先生情绪很不安宁,仿佛担心稍有迟缓便不能安全顺利离开。我二哥与他们作别时劝说道,是不是再忍一忍,看看事态。钱先生毫不迟疑地用相当激烈的口吻回了句英文,说:"Can't go back to mother's womb(断不能走回头路)!"那种书生意气的决绝态度给我留下极深的印象。事后,母亲久久不能平静,说:他们夫妇年过六十,没有另外的居所,如此出走,何以为生!

由于那段特殊岁月,我渐渐把钱、杨等先生看做是共命运的前辈,后来他们夫妇名满天下,在我心目中也仍然更多的是可亲可近的邻家长者。

说起来我开始阅读英文小说也和"牛鬼"们有关。"文革"开始不久,就有位先生(可能是陈翔鹤)送给我母亲两三本英文书。不知是他主动相赠,还是我母亲开口讨要。那时我在学校里处境艰难,精神处在半崩溃状态。母亲想方设法为我安排一点拯救心智的事,读书自然是首选。于是我们有了司各特的《撒克逊劫后英雄略》(即 *Ivanhoe*)和另外一两本英文书,其中一本似乎是写欧洲犹太人的生活。后来,在已遭抄家、工资被扣且存款封存的情况下,母亲又挤出一笔我当时觉得堪称"巨款"的钱(可能是 200 元)让我周末去北大教授吴兴华夫人谢蔚英家淘几本英语书。谢也在文学所工作,买书是她和母亲私下商定的——一方面吴先生突然过世(当时红卫兵说是"自杀",后来证明是受迫害患急症不治),她家生活非常窘困,另一方面自然是母亲想赞助我读书以摆脱消极绝望。当时吴家三口已经被赶到海淀某简易楼上的两间屋,但琳琅满目的书柜仍让我赞叹不已。只是我那时连一本西洋(当然不算苏联)小说译本都还没有读过,全部西方文学知识几乎就限于那本 *Ivanhoe* 的封面,从何挑起!于是只拣了一套小巧精致的司各特全集。大概我的趣味让谢颇感意外吧,她随手另拿了两本书给我,其中一本是企鹅版纸皮本的特罗洛普的《养老院长》。

在干面胡同时代,到住在三单元的钱先生家敲门不算稀罕事。钱先生"出走"历经数年流浪,于1977年迁入三里河南沙沟小区,"文革"结束,我1978年结婚以后也搬到那里,使做邻居的缘分延续了下来。

我是1960年代的中学生,又下乡插队多年,虽然爱读书,骨子里是有点"工农"的,不免"愣"且"憨"。两位先生和气地和我聊天,听我说些搭界的和不搭界的话。钱先生建议我注意从辞书中获取知识,特别点到一部名为 *Brewer's Dictionary of Phrase and Fable* 的工具书。还有一次,他们向我推荐了几本小说,其中有史蒂文森的《巴伦特雷的少爷》。他们家基本不藏书,事后杨先生特从外文所里借出这几本书让我读。那时我肚子里已经储存了若干书名,还不求甚解地翻过几本英文原著,因此曾对钱先生的书单里没有一流"巨著"感到有点不解。

我在国内修得硕士学位进了外文所,成了杨先生的小"同事"。1983年我得到公派留学的机会。当时要做两个选择:一是去英国还是去美国;二是修比较文学还是进英系。我的一位同学得风气之先,早与国外学界建立了联系,他建议我去美国加州师从某知名华裔教授。我没有主意,跑去问钱先生。钱先生听了,毫不含糊其辞、虚与委蛇,明确表态说:出去总要把英文学好点吧?上英语系。此外还讲了几句典型钱氏风格的"刻薄"话——可以理解,以先生的腹笥,他对国外一些华人专家的中、外文学养是有所质疑的。然后,他又举出女儿钱瑗出国进修的例子说,英国生活费用太贵;国家能提供的钱为数有限,还是在美国过日子容易一些。

那年秋季起我到美国读博士学位,遇到很大的语言障碍和文化隔阂,一度怀疑自己这个不曾按部就班读高中和大学的"非正规军"到底还是入错了门——毕竟,如果是华裔老师,过渡或许会容易一些。当时我真有山穷水尽之感,只因心眼死不懂挪窝,才硬着头皮坚持了下来。不过,在一个注重细读也相当活跃地推进理论探讨的英语系里磨了六年,我渐渐对英语文学原作的妙处和真味有了较多体会,认识到学习虽说是无穷的过程,但能在某些时段里获得到位的点拨和指教对"开窍"是至关重要的。回想起来,人生真是充满偶然性。钱先生的只言片语无意间竟影响了我此后终生读书问学的走向。

六年后我毕业回国,又去拜望两位先生,也算是"汇报"吧。钱先生笑着说:"这下好了,你'痘'也出了,可以安心读书了。"我囫囵吞枣地读过1980年再版的《围城》,却记不得方鸿渐那段"出洋好比出痘子,出痧子"的名言,以为钱先生仅仅是把留学之类求功名的事看成传染病,于是信口回答:还没过白喉猩红热的关呢,留完学还要争升级评职称,"病"又如何生得完?两三年后我重读《围城》,不由得记起那天的对话,感叹自己是十足的门外汉,绝非钱先生的合宜对话者,不知有"典",因而没有会心的应答和笑声。当然,我更知道,先生一番话着重的是"安心读书"。对我这类懵懂的晚生后学,他并不苛求,如果有什么寄望的话,恐怕全在那四个字上了。

还有一次,谈到他的作品的译本。他提起有些译者来信跟他反复商讨,说及几个具体段落在翻译过程中造成的问题和麻烦,也泛泛谈论译事之不易。他微笑着眯起眼,说:"Don't shoot the piano player, he is doing his best!"随后,他绘声绘色地解释说:美国西部拓荒时期牛仔们动辄拔枪,令小酒吧里弹琴助兴者心惊胆战,于是便有了"琴师已尽力而为,请勿射杀"的告示。讲罢他开心地笑了。琴师插曲和前边话题的连接点显然是"尽力而为"。但是后面的生动讲述却已经和表达对"尽力而为"者的体谅尊重没有太多关系,自然流露的似乎主要是对生活中的荒唐奇事和语言中的戏谑欢闹的由衷欣赏。据说马克·吐温和王尔德等幽默家都曾经对这个段子很感兴趣。钱先生无疑也属于这类真正有喜剧情怀的人。

不仅如此。钱先生的解说让我长时间心存讶异:难道他的知识雷达竟随意漫天旋转把如此这般边边角角的信息都收罗起来永久储存到脑子里了?几年前我经人提醒读了几则先生的《容安馆札记》,涉及萨维奇小姐和简·卡莱尔的那一段使我再次体会到他的率性和自由。他读的很多书不仅不在中国1949年后的推荐书目上,甚至也常常不属于西方"正典"。我曾在一篇相关的文章中写道:

钱钟书先生的确剑走偏锋。

他的"偏"使他时不时会在传统"重要"著作的范畴之外随心漫游。在中国社科院图书馆馆藏《巴特勒与萨维奇通信集》(1955)一书的借书卡上,孤零零地留着他的名字,日期是1960年3月22日。书页里还夹着一纸被他遗落的冒效鲁手写的便条。也就是说,在女性主义尚不那么走红的年代里,他是留意阅读或多或少被掩在他人背后的简·卡莱尔和萨维奇们的极少数人之一。

今天我们得以结识她们,还得感谢钱先生的引荐。

钱先生在世的最后几年里,已不大出门。我仍断断续续去看望杨先生,和她聊聊家常。杨先生讲究待客之道,即使对我这样的晚辈,也每每要喊钱先生出来。于是钱先生应一声,慢慢踱进客厅。他家的住所仍是水泥地面,客厅里有几件并非古董的旧家具——两张书桌,一面书柜。钱先生身穿蓝色旧中式上衣,袖子上有补丁,面容清癯,目光宁和,嘴角微微弯起。

我对他的最后印象永远定格在那一刻。

微笑是那么沉静,衣衫是那么自在,仿佛在说:外边的喧闹与他无关。

到了晚年,两位先生更加轻看物质上的得失。1990年代初钱先生曾说起一位定居美国的朋友有不止一处房产,时时需要牵挂照应,口气里有淡淡的嘲讽,颇有几分无产一身轻的自得。他去世后,公家曾出面主持南沙沟小区住宅的重新装修,普遍铺装了复合地板。杨先生是极少数拒绝的人之一。也许那原装水泥地面融进了太多有关亲人的记忆,她舍不得改变。也许,他们对地板和墙面根本就没有任何兴趣和追求。可能多少出乎一些人的意料,作为出身文学世家的博览群书者,钱先生并不藏书,也不刻意收集古籍古物。让他乐此不疲的不是物质的书,而是阅读的过程。钱先生过世后,杨先生照他们夫妇过去所商定,把每年的稿酬、版税收入统统捐给清华设立"好读书"基金(迄今已累计至八百多万元),以资助家境困难的优秀学生。可以说,"好(四声,动词)读书"三字概括了钱先生的精神。

据小说原作改编的电视剧《围城》播出时曾轰动一时,招来媒体和粉丝的"围追堵截"。钱先生拒绝了很多采访。他说:你们已经得了鸡蛋,又何必要见老母鸡?在当今这个炒作时代,老母鸡们大都要奋力振翅登场,把自己的名字"做"成名牌商标。而钱先生在时潮之外。

1989年《钱钟书研究》编委会成立,他本人表示不赞成,曾向一些称赞他是"文化昆仑"的学者抗议说,"昆仑山快把我压死了。大抵学问是荒江野老屋中二三素心人商量培养之事",又说:"读书人如叫驴推磨,若累了,抬起头来嘶叫两三声,然后又老老实实低下头去,亦复踏陈迹也。"

他的言和行,对愿意"安心读书"者,是温暖的勉励,更是永远的鞭策。

初刊于《钱钟书先生百年诞辰纪念文集》

（北京三联书店,2010）